Susan Cooper u. a.

Lesensgefährlich!

Gruselgeschichten

Susan Cooper u. a.

Lesensgefährlich!
Gruselgeschichten

Aus dem Englischen von
Eva Riekert

Ravensburger Buchverlag

Die Deutsche Bibliothek – CIP-Einheitsaufnahme

Lesensgefährlich! :
Gruselgeschichten / Susan Cooper u.a.
Aus dem Engl. von Eva Riekert. –
Ravensburg : Ravensburger Buchverl., 1999
ISBN 3-473-34582-2

Die Schreibweise entspricht den Regeln
der neuen Rechtschreibung.

1 2 3 4 02 01 00 99

Umschlagkonzeption: Ekkehard Drechsel
Umschlagillustration: © David Kearney 1997,
courtesy of Orion Children's Books, UK
Redaktion: Michael Kohlhammer
Printed in Germany

ISBN 3-473-34582-2

Inhalt

Susan Cooper

Gespenstergeschichte

Ich schreibe das hier von Hand auf Papier, in mein Notizbuch. Das ist nämlich die einzige Möglichkeit, es geheim zu halten. Ein Computer ist kein guter Geheimnisträger – und meiner schon gar nicht. Und die Geschichte hier, die muss echt geheim gehalten werden, Mann! Andernfalls werde ich für verrückt erklärt und man steckt mich in eine geschlossene Abteilung.

Ihr werdet bald sehen warum.

Ich heiße Toby. Toby Waller. Ich habe weder Brüder noch Schwestern, dafür zwei hyperaktive Eltern, Paul und Ethel Waller. Und außerdem einen hyperaktiven jungen Hund namens Sieben, das kommt von der berühmten Sieben-Kräuter-Mix-Grillsauce; wir haben ihn aus dem Tierheim und er ist eine totale Promenadenmischung, aber richtig nett.

Mein Dad ist Anwalt. Er hat sich auf Familienrecht spezialisiert und behauptet, das heißt vor allem, die Leute zu überreden, dass sie zusammenbleiben, wenn es auch irgendwie aussieht, als ob er ihnen in den meisten Fällen zur Scheidung verhilft.

Meine Mom ist Psychotherapeutin, also jemand, der mit durcheinander geratenen Leuten redet und ihnen hilft, wieder klar zu kommen. Eine ganze Menge von ihren Patienten lassen sich auch scheiden. Versteht mich nicht falsch, das hier ist keine Scheidungsgeschichte. Obwohl, als ich klein war, habe ich mir schon Sorgen gemacht wegen Mom und Dad, weil sie sich andauernd angeschrien haben. Vielleicht kommt das auch nur daher, dass sie beide in New York aufgewachsen sind, da schreien eigentlich alle.

Ich bin auch in New York aufgewachsen, bis letztes Jahr zumindest. Wir hatten so eine richtig coole Wohnung an der East Side, und ich konnte zu Fuß zur Schule und im Park Softball spielen. Und wenn auf der Fifth Avenue eine Parade war, dann konnte ich die Musik von den Bands in der Ferne dahinziehen hören. Vor meinem Fenster hatte ich die Äste eines Ahornbaumes, die zu jeder Jahreszeit andere Farben hatten. Keine Ahnung, was in meine Eltern gefahren war, dass sie plötzlich umziehen wollten.

„In Connecticut gibt es *Bäume*", sagte meine Mutter. „Felder, Flüsse, Golfplätze."

„Bäume gibt's hier auch", erwiderte ich.

„Es gibt weniger Umweltverschmutzung", warf mein Vater ein. „Weniger Gewalt. In der Umgebung lernt es sich besser."

Mein Vater ist im Grunde genommen ganz in Ordnung; das Dumme ist nur, er glaubt, dass er alles besser weiß und dass er immer Recht hat. Einmal hab ich sogar mitgekriegt, wie er mit dem Flaschner darüber gestritten hat, was für eine Dichtung in unseren Küchenhahn gehört.

Ich sagte: „Ich will nicht weg von meinen Freunden."

„Was für Freunde?", wollte meine Vater wissen. „Ich kenne keinen, bis auf den Jungen mit dem Ohrring. In Connecticut wirst du im Nu Dutzende von Freunden haben."

„Ich will nicht umziehen."

„Es reicht, Toby. Sei nicht kindisch."

Also verkauften sie unsere Stadtwohnung und kauften ein Landhaus mit fast einem Hektar Rasen drum herum, in einem Ort namens Shady Hollow in Connecticut, wo es nichts gibt als andere Landhäuser mit einem Hektar Rasen drum herum. Das Haus hat einen Pool, einen Tennisplatz und daneben eine große Holzscheune. Obwohl, wenn ihr mich fragt, dann nennen es meine Eltern nur deshalb Scheune, weil sie so tun wollen, als ob wir auf dem Land und nicht in einem Vorort wohnen.

Ich hasste es. Meine neue Schule war voll von sportbesessenen Jungs und etepeteten Mädchen, alle total langweilig. Im Handumdrehen hatten meine Eltern eigene neue Freunde, die am Wochenende zum Tennisspielen kamen, und ich hörte ihr herzhaftes Lachen von draußen, wenn ich in meinem Zimmer am Computer saß und einen langen, tagebuchartigen Brief an meinen Freund Rick schrieb. Der mit dem Ohrring.

Und da fing es an. Das Geistern.

Eines Morgens startete ich den Computer, um meinen Brief weiterzuschreiben, und ließ den Cursor an die Stelle gleiten, wo ich am Tag zuvor aufgehört hatte mit den Worten: „Mein Dad kann es immer noch nicht ertragen zu verlieren. Es ist hier sogar noch schlimmer mit ihm als in der Stadt. Jeden muss er im Tennis schlagen, er muss mehr Längen schwimmen als Mom oder ich, und selbst aus dem Gang an den Frühstückstisch macht er ein Wettrennen. Es ist einfach krank, total krank." Genau da hatte ich aufgehört.

Aber auf dem Bildschirm stand noch mehr.

„Krank krank krank krank KRANK. Zahl's ihm heim heim heim heim. Schlag ihn schlag ihn schlag ihn SCHLAG IHN SCHLAG IHN."

Das war alles. Nur die zwei Zeilen. Aber woher stammten sie? Ich hatte das nicht geschrieben. Außer mir war keiner an dem Computer gewesen, seit ich ihn das letzte Mal benutzt hatte, und ein Modem, mit dem man von außen rein kann, hat er nicht. Und Computer erfinden doch nicht selbst Wörter – zumindest bisher nicht. *Woher kam der Text?* Ich saß da und starrte verblüfft den Bildschirm an – und auch beunruhigt, denn hinter den Worten lag so viel Gehässigkeit, wie ich sie meinem Vater gegenüber eigentlich nie empfunden hatte. Und während ich noch auf den Bildschirm starrte, erschienen dort, unter den anderen, ganz für sich in einer neuen Linie, drei weitere Wörter:

„BRING IHN UM."

Erschrocken sprang ich auf. Es war, als ob der Computer lebendig geworden wäre. Ich schaltete ihn aus, schneller als man eigentlich soll, rannte nach unten, schnappte mir mein Fahrrad und fuhr los durch Shady Hollow mit seinen friedlichen hübschen Straßen, in denen überall weiße und rosafarbene Ziersträucher wuchsen. Sieben hoppelte neben mir her. Er kann inzwischen schon gut mithalten. Brav bleibt er dicht zwischen Rad und Randstein und kläfft auch keine Autos an. Als wir beim Golfplatz ankamen, rannte ich eine Runde mit ihm. Das lenkte meine Gedanken von dem Computer ab, und als ich heimkam, hatte ich mich wieder beruhigt.

Sieben lief in die Küche, um Wasser zu schlabbern. Es war später Nachmittag an einem milden Frühlingstag, die Sonne schien noch schräg durch die Bäume. Von der Veranda her konnte ich Stimmen und Gelächter hören, deshalb nahm ich an, dass die Erwachsenen ihr Tennisspiel beendet hatten und nun bei einem Drink da draußen saßen. Mein Vater lachte so richtig laut, also hatte er wohl gewonnen. Er spielt wirklich gut Tennis und macht sich viel aus Wettkämpfen und Turnieren, die er meistens gewinnt, und er will immer, dass ich auch damit anfange. Ich bin groß für mein Alter und ziemlich sportlich und er kann es einfach nicht verstehen, warum ich nicht sein will wie er und ständig Tennis übe, um ein echt starker Tennisspieler zu werden, der *gewinnt*.

Ich hielt mich fern von der Veranda. Sieben kam mit einem alten Tennisball im Maul herausstolziert, also spielten wir Bällchen werfen, kreuz und quer über den Rasen, runter in Richtung Pool und Tennisplatz. Bei meinem letzten Wurf fiel der Ball in den Pool. Sieben sprang hinein und schwamm hinterher, mit hochgerecktem Kinn und schnaufend. Klatschnass und dünn kletterte er mit dem Ball im Maul heraus, schüttelte sich, ließ den Ball fallen und bellte mir hoffnungsvoll zu. Dann erstarrte er plötzlich.

Er stand auf der Seite des Pools, die dem Tennisplatz zugewandt ist. Der Court ist von einem Drahtzaun umgeben, damit die Bälle nicht davonfliegen und Sieben stand da und starrte hinüber. Er legte die Ohren an, hörte zu wedeln auf und begann leise zu knurren, mit einem tiefen, drohenden Ton, den ich noch nie von ihm gehört hatte. Es klang schauerlich.

„Sieben! Hör auf! Was ist los?“ Ich ging zu ihm rüber und wollte seinen Kopf streicheln, aber er beachtete mich nicht; es war so, als ob er gar nicht merkte, dass ich da war. Das schreckliche tiefe Knurren ganz hinten in seiner Kehle hörte nicht auf, aber gleichzeitig musste er wohl auch Angst haben, denn er drückte sich auf den Boden und zog sich langsam zurück. Dann bellte er einmal kurz und hoch auf und rannte zum Haus zurück. Es war echt seltsam.

Durch das Tor im Zaun betrat ich den Tennisplatz und

spähte in die Büsche auf der anderen Seite, falls sich da ein Waschbär oder ein anderer Hund verborgen hielt – wobei Sieben vor Waschbären oder Hunden oder sonst was eigentlich keine Angst hatte. Normalerweise.

Es war nichts zu sehen, keine Spur eines Lebewesens – nur ein zerknülltes weißes Handtuch, ein paar gelbe Bälle und zwei Tennisschläger, die am Zaun lehnten. Einige Freunde meines Vaters sind nicht ganz so pingelig mit ihrer Ausrüstung wie er.

Ich kenne mich mit den Tennisregeln aus, weiß auch, wie man aufschlägt oder Überkopfbälle, Stoppbälle und Lobs und so weiter spielt. Darum kommt man in unserer Familie nicht herum. Vor zwei Jahren hatte mir mein Vater Privatstunden geben lassen und in der neuen Schule gibt es ein Tennisteam für meine Altersgruppe – wenn ich mir auch fest vorgenommen hatte, mich davon fern zu halten, ebenso wie von den anderen Vorstadt-Cracks, die auf den familieneigenen Tennisplätzen gespielt hatten, seit sie vier waren. Jetzt ging ich über den Court zurück und nahm einen der Schläger und zwei Bälle auf. Keiner sah zu, daher trat ich an die Grundlinie und schlug auf, nur um zu sehen, ob ich es noch konnte. Es war kein schlechter Aufschlag, aber er streifte die Netzkante. Ich schlug das zweite Mal auf, und der Ball sauste ziemlich schnell über das Netz und traf das Aufschlagfeld, sodass ich ziemlich stolz auf mich war.

Und dann kam der Ball plötzlich zurück.

Ich war so überrascht, dass ich nicht einmal den Versuch machte, ihn zu treffen. Ich stand nur da und glotzte und der Ball schlug neben mir, noch gut innerhalb der Linie, auf und sprang sanft weg. Ich sah ihm nach. Ich sah über das Netz in das leere Feld. Ich dachte: *Was für ein Aufschlag, Toby!* Ich musste den Ball so hart geschlagen haben, dass er nach dem ersten Aufprallen den dahinter liegenden Zaun getroffen hatte und zu mir zurück geflogen war.

Während ich das dachte, wusste ich, dass es eigentlich nicht sein konnte. Aber ich wusste nicht, was ich sonst denken sollte. Hättet ihr es gewusst?

Ich nahm den Ball auf und hielt ihn lange in der einen Hand und in der anderen den Schläger. Kein Laut kam von irgendwo her, außer dem Krächzen eines Eichelhähers von einem Baum auf der anderen Seite des Gartens. Dann holte ich tief Luft und schlug auf. Ich bemühte mich extra, nicht so hart zu schlagen wie das vorige Mal; es war ein weicher Aufschlag, und der Ball konnte den hinteren Zaun keinesfalls so hart getroffen haben, dass er zurücksprang.

Ich sah ihn über das Netz fliegen und aufprallen – und dann sah ich ihn zu mir zurückkommen, hoch und langsam, in einem lang gezogenen, trägen Lob.

Vermutlich hatten mich die paar Tennisstunden doch mit einem ausreichenden Gefühl für Tennis ausgestattet, sodass ich diesmal nicht wie festgenagelt stehen blieb – ich tat, was man bei einem Lob tun muss: Man läuft dorthin, wo der Ball herunterkommt und schlägt ihn überkopf zurück, und zwar so hart und schnell, dass er nicht retournierbar ist. Ich war rechtzeitig am Ball, holte mit dem Schläger aus und *schlug*. –

Und der Ball flog zu mir zurück, flach und schnell und cross gespielt, so schnell, dass ich nur hilflos dastehen und zusehen konnte, wie er vom Boden an den Zaun prallte und von da sanft abtropfte und bewegungslos liegen blieb. Ich stand da und sah ihn an.

„Hallo Toby! Fängst du doch mit Tennis an? Hat dein Vater nicht gesagt, dass du ein aussichtsloser Fall bist?"

Es war einer von Dads Tennispartnern, unser Nachbar Mr Patterson, ein großer, gelassener kahlköpfiger Mann, der vor hundert Jahren mal für Dartmouth Fußball gespielt hatte. Ich mochte ihn; er redete mit Jugendlichen wie mit richtigen Leuten. Er trat auf den Court und nahm das Handtuch und einen Schläger auf. Den anderen Schläger streckte ich ihm schnell entgegen.

„Hab nur so ein paar Bälle geschlagen. Ich sammel sie für Sie ein."

Ich lief und hob die Bälle hinter mir auf und dann den einen, der auf der anderen Seite des Feldes lag. Ich zögerte, ehe ich ihn aufnahm und sah mich nervös um, aber es war nichts und niemand zu sehen.

Vielleicht war es ja gar nicht geschehen. Eine Einbildung … Zu schön um wahr zu sein.

Mr Patterson grinste mir zu, als ich ihm die Bälle reichte. „Sag Bescheid, wenn du jemanden brauchst, der sie dir zurückschlägt. Ich bin nicht so ein Hochleistungsspieler wie dein Vater."

„Danke", sagte ich. Er war nett; er wusste Bescheid über Dad, über den Druck und den Ehrgeiz. „Danke, Mr Patterson, aber eigentlich hab ich mit Tennis nichts am Hut."

Dabei hatte es mich bereits gepackt. Ob ich wollte oder nicht.

Ehe ich an diesem Abend zu Bett ging, schaltete ich meinen Computer ein und öffnete ziemlich beunruhigt die Datei mit meinem Brief an Rick. Da war er, genau wie ich ihn abgebrochen hatte, als ich mit Schreiben aufhörte. „... Jeden muss er im Tennis schlagen, er muss mehr Längen schwimmen als Mom oder ich, und selbst aus dem Gang an den Frühstückstisch macht er ein Wettrennen. Es ist einfach krank, total krank." Und das war alles. Die zusätzlichen Zeilen, die geheimnisvollen Zeilen, waren weg. Stattdessen stand da nur ein Wort.

„Entschuldigung."

Ich blinzelte es verdutzt an und hörte mich mit belegter Stimme flüstern: „Schon in Ordnung." Das war wohl der Augenblick, in dem ich mir zum ersten Mal eingestand, dass ich mit einem Geist redete.

Ich schaltete den Computer ab, doch kurz ehe er ausging, tauchte noch mal eine Zeile auf dem Bildschirm auf, nur einen Augenblick, gerade lang genug, dass ich sie lesen konnte.

Sie lautete: „Guter Überkopfball. Platzier ihn nächstes Mal besser."

Dann erlosch der Bildschirm.

Früh am nächsten Morgen, noch vor der Schule und kaum dass meine Eltern zur S-Bahnhaltestelle nach New York losgefahren waren, ging ich zum Tennisplatz hinüber. Sieben schloss ich in der Küche ein, auch wenn es ihn schwer kränkte. Ich nahm eine Dose Bälle mit und meinen Tennisschläger, der seit ewigen Zeiten hinten in meinem Schrank gelegen hatte. Ich schlug einen Ball über das Netz und er kam zurückgeflogen und eine halbe Stunde lang wechselte ich nun mit meinem unsichtbaren Gegner die Bälle.

Nach dem ersten Schock über die Tatsache, dass ich das Unmögliche so einfach akzeptierte, war es erstaunlich, wie schnell ich mich an den Gedanken gewöhnte, mit jemandem Tennis zu spielen, der gar nicht da war.

Man konnte es nicht spielen im eigentlichen Sinn nennen; eher üben. Er – ich weiß nicht warum, aber ich nahm an, dass es ein „er" war – spielte mir immer wieder den gleichen Schlag zu, so lange, bis ich ihn wirklich gut retournierte. Dann wechselte er zu einem anderen Schlag, machte es wieder so, und kam schließlich nochmal zum ersten Schlag zurück. Da ich ihn weder sehen noch hören konnte, war es eine ständige Herausforderung zu erraten, wo er stand, und die Art zu spielen faszinierte mich. Ich verstand zu dem Zeitpunkt noch gar nicht, dass es die allerbeste Trainingsart war, um zu erahnen, in welche Richtung sich ein echter Gegner bewegen könnte – sodass man den Ball sauber in die Ecke des Feldes spielen konnte, die für ihn oder sie unerreichbar war.

Aber mir war noch nicht klar geworden, dass er mich trainierte. Mir machte es einfach Spaß. Jeden Wochentag, den es nicht regnete, ging ich vor der Schule mit dem Schläger auf den Cour und genauso jeden Tag nach der Schule, bis meine Eltern von der Arbeit zurückkamen. Sieben verstand überhaupt nichts mehr; er weigerte sich, auch nur in die Nähe des Platzes zu kommen, wenn ich spielte. Stattdessen lag er vorwurfsvoll vor dem Haus und wartete auf mich. Dann sprang er um mich herum und versuchte, mich von Kopf bis Fuß abzulecken, als ob ich von einer langen, gefährlichen Reise zurückgekehrt sei. Wer weiß, vielleicht war ich das ja.

Die einzige andere Person, die sich in der Nähe befand, war Maria, unsere rundliche lächelnde Teilzeit-Haushälterin, die am liebsten kochte und putzte. Ihr war es völlig egal, ob ich auf Tennisbälle eindrosch oder auf Büffeljagd ging, so lange ich nur eine Hand voll von ihren Schokoladenplätzchen probierte, wenn ich ins Haus kam.

Das Trainieren wurde zu einem Teil meines Lebens, zur echten Gewohnheit. Je besser ich wurde, desto mehr Spaß machte es mir. Dann und wann zuckten ein paar ermutigende Worte über den Bildschirm meines Computers: „Toller Lob war das gestern" oder „Versuch's mal mit einem Topspin bei deinen Grundlinienschlägen."

Es gab nur eine Sache auf dem Tennisplatz, die mich störte. Ab und zu, wenn ich einen dämlichen Ball spielte oder eine neue Variante zu langsam kapierte, kam der Ball hart und schnell und bösartig über das Netz zurückgesaust, direkt auf meinen Kopf zu. Ich schaffte es zwar jedes Mal auszuweichen, aber die Sache machte mir Angst: Da war eine irrsinnige Wut, die unter der Oberfläche schwelte und jeden Moment ausbrechen konnte. Wenn tagsüber so etwas vorgefallen war, erschien abends ein zerknirschtes „Entschuldigung!" auf dem Bildschirm.

Mein Vater hatte Unrecht gehabt mit seiner Behauptung, dass ich in Connecticut Freunde finden würde. In der Schule galt ich als Einzelgänger, als Spinner – der Junge aus New York, der ständig am Lesen war und unmögliche Musik hörte. Die Mädchen kicherten über mich und die Jungen ließen mich stehen. Deshalb war es purer Zufall, dass sie das mit dem Tennis herausfanden.

Unser Physiklehrer, Mr Dmitryk, ein feuriger kleiner dunkler Typ mit riesigem Schnurrbart, war im Grunde seines Herzens ein Erfinder. Er liebte es, Apparaturen zu bauen, um wissenschaftliche Thesen zu demonstrieren, und er teilte unsere Klasse in drei Gruppen auf, die jeweils einen vorhandenen Apparat auseinander nehmen und verbessern sollten. Wohl weil Dmitryk auch der Tennistrainer der Schule war, bekam meine Gruppe so eine Maschine, die einem – für den Fall, dass man keinen Trainingspartner hat – Tennisbälle zum Zurückschlagen über das Netz zuschießt.

Mit ein bisschen Hilfe fand unsere Gruppe heraus, wie das Ding funktionierte. Wir zerlegten es und bauten es dann wieder zusammen. Ich kann nicht behaupten, dass meine Gegenwart dabei sehr nützlich war, denn Mathe und Naturwissenschaften sind absolut nicht mein Ding. Ich hielt mich deshalb etwas abseits, als sie den Apparat auf einen der Schultennisplätze bugsierten um Dmitryk zu zeigen, was sie erreicht hatten. Deshalb fiel mir die lästige Aufgabe zu, die Bälle einzusammeln, die die Maschine ausspuckte …

Dmitryk reichte mir einen Tennisschläger. „Macht nichts, wenn du sie nicht triffst“, sagte er nachsichtig. „Fang sie einfach auf und wirf sie irgendwie zurück.“

Ich ging auf die andere Seite des Netzes und dachte: *Ich werde nichts damit machen. Ich bin nicht einer von diesen Superathleten, ich will keinesfalls so ein Muskeltyp sein – ich fang die Bälle einfach wie sie kommen oder grabsche danach, und jeder kann sich über das dämliche Stadtkind lustig machen …*

Aber da war etwas, was mich daran hinderte. Es war, als sei der Schläger an meine Hand geschweißt. „Es geht los!“, rief einer, sie stellten die Maschine an und die Bälle kamen übers Netz geflogen, einer nach dem anderen – und einen nach dem anderen schlug ich sie zurück. Und zwar sauber. Ich schlug sie auf jede nur mögliche Art zurück, als Vorhand-Topspin, als Slowspin, als Rückhand-Slice, als tiefen Vorhandball oder als hohen Lob; ich wusste, dass es angeberisch aussah, aber ich konnte nicht anders.

Von der anderen Netzseite her starrten sie mich alle an. Ihre automatische Ballmaschine hatten sie ganz vergessen, so verblüfft waren sie, dass der New Yorker Waschlappen sich als Tennis-Superman entpuppte. Ich selbst war auch ziemlich überrascht; mir war gar nicht klar gewesen, wie viel ich gelernt hatte. Als der Ballvorrat zur Neige ging und ich den letzten Ball mit einer spektakulären Topspin-Longline-Vorhand gespielt hatte, schlenderte ich zu der verblüfften Gruppe zurück und Mr Dmitryk kam mir entgegen.

„Du hast mir ja gar nicht erzählt, dass du so gut Tennis spielst“, sagte er.

„Ich bin ja nie gefragt worden“, antwortete ich.

„Kannst du heute Abend zum Tennistraining kommen?“, wollte er wissen.

Und schon fand ich mich als jüngstes Mitglied im Tennisteam der Schule wieder und schlug Schüler, die zwei oder drei Jahre älter waren als ich. Mein unsichtbarer Trainer schien dies auch mitbekommen zu haben und er wurde während des Trainings, das jetzt nur noch morgens stattfand, denn am Nachmittag war Schultraining, sogar noch eifriger und anspruchsvoller. Meine Eltern kamen natürlich auch dahinter. Mr Patterson hatte es von seiner Tochter gehört und ihnen erzählt.

Mein Vater war wütend. „Was ist los mit dir? Muss ich von meinem *Nachbarn* erfahren, dass mein Sohn der Star des Tennisteams ist?"

„Ich bin doch kein Star", wehrte ich ab.

„Darf ich denn nicht stolz auf dich sein?" Er war so sauer, dass er überhaupt nicht stolz klang.

Später sagte meine Mutter vorwurfsvoll: „Er möchte einfach das Gefühl haben, dass er dir behilflich sein kann, Schatz. Ich meine, du weißt doch, wie sehr er Tennis liebt."

Ich dachte bei mir: *Du meinst, du weißt, wie sehr er es liebt zu gewinnen.* Aber ich sagte es nicht. Das war auch nicht nötig. Kaum zehn Tage später, an einem Samstag, rief mich mein Vater nach draußen – er und meine Mutter hatten gerade die Pattersons auf unserem Platz geschlagen – und forderte mich zu einem Spiel heraus.

„Ich sitze an meinen Schulaufgaben, Dad."

Er stand draußen und brüllte zu meinem Fenster hoch. „Dann mach später weiter. Nun komm schon, Toby, mach um Himmels willen mal ne Stunde Pause.

Drei Sätze. Zeig mir, wie gut du bist. Oder hast du Angst, dass ich dich schlagen könnte?"

Ich seufzte und schaltete den Computer aus. Kurz bevor der Bildschirm dunkel wurde, flackerte noch eine Zeile auf.

BRING IHN UM BRING IHN UM BRING IHN UM.

Dann verschwand sie wieder.

Da war sie wieder, diese Wut, diese Gehässigkeit. Erschrocken nahm ich meinen Schläger und ging hinaus, um gegen meinen Vater zu spielen.

Es war ein schweres Match. Er gewann den ersten Satz, weil er sich voll reinhängte und richtig gutes Tennis spielte. Ich gewann den zweiten Satz, denn schließlich ist er dreißig Jahre älter und hatte ja am Vormittag bereits ein ganzes Doppel gespielt. Im dritten Satz kämpfte er wie wild, ich aber auch; ich konnte meinen unsichtbaren Trainer in mir spüren, der mich anfeuerte und gleichzeitig fühlte ich, wie das Adrenalin in mir hochstieg und mich drängte, zu gewinnen.

Doch im letzten, entscheidenden Moment fiel mein Blick auf Dads verzerrten Gesichtsausdruck, richtig verzerrt vor Anstrengung, und ich wusste, dass ich genauso aussehen musste – und ich hatte es plötzlich satt. Alles, die Kampfesbesessenheit, dieses Verlangen, besser zu sein als alle anderen. Ich wollte einfach nicht, dass mir Siegen so wichtig wurde wie ihm. Daher ließ ich gerade so viel nach, dass meinem Aufschlag die Schärfe genommen wurde, und mein Vater gewann nicht nur den Punkt, sondern auch das gesamte Spiel.

Er war natürlich hocherfreut. Er war völlig außer Atem und schweißgebadet, aber er lief auf mich zu und sprang doch tatsächlich über das Netz, als ob er Wimbledon-Sieger oder so was sei. „Tolles Spiel, Toby", sagte er und legte mir den Arm um die Schulter. „Weiter so, dann wirst du eines Tages vielleicht sogar noch so gut wie dein alter Herr."

Ich blickte auf und sah, wie meine Mutter zusammenzuckte, als sie ihn hörte. Sie wartete, bis er zu den Pattersons hinübergegangen war, breit grinsend, um sich gratulieren zu lassen, dann kam sie und drückte mich lang an sich. Sie musste gar nichts sagen; wir wussten ja beide, wie er war.

Ich wagte es nicht, meinen Computer an diesem Abend anzustellen, genauso wenig den ganzen nächsten Tag, denn ich wusste, was mein Geist sagen würde. Selbst nach zwei Tagen war er noch wütend, und kaum hatte ich den Schalter angeknipst und der Bildschirm leuchtete auf, da sah ich eine lange, ununterbrochene Folge von Wörtern: DUMM DUMM DUMM DUMM DUMM ...

Ich versuchte „Entschuldigung" einzutippen, aber er ließ mich nicht rein. Ein und dasselbe Wort ergoss sich endlos über den gesamten Bildschirm, der plötzlich erlosch, als habe sich mein Geist schmollend zurückgezogen und den Computer überredet, dies auch zu tun. Am nächsten Tag versuchte ich wieder zu ihm durchzukommen, draußen auf dem Tennisplatz im hellen Morgenlicht, aber er weigerte sich offensichtlich, mit mir zu trainieren, denn keiner der Bälle, die ich übers Netz schlug, wurde zurückgespielt. Sie sprangen einfach auf und blieben liegen.

„Hey, komm schon!“, rief ich in die Luft. „Ich brauch meinen Trainer! Sei doch nicht so böse auf mich!“

Aber er war böse, ernsthaft böse. Seine Verärgerung lag in der Luft, sie prickelte richtiggehend von allen Seiten wie die Elektrizität, die man bei einem heftigen Gewitter spüren kann. In seiner anhaltenden kochenden Wut lag etwas viel Beängstigenderes als in der Tatsache, dass er ein Geist war. Zum ersten Mal überlegte ich, wer er wohl sei – oder wer er gewesen war.

An dem Abend fragte ich meine Mutter: „Wer hat eigentlich vor uns in diesem Haus gewohnt?“

„Eine reizende alte Dame namens Ferrold. Sie ist nach Florida gezogen. Sie hat gesagt, sie sei froh, dass eine glückliche Familie einzöge.“ Mom stellte die Zeituhr an der Mikrowelle ein und sah mir plötzlich in die Augen. „*Bist* du auch glücklich hier, Toby?“

„Ähm“, machte ich. „Ähm – na klar.“

„Du siehst gut aus. Gesund. Und du lachst häufiger.“

„Tatsächlich?“

„Ja.“ Sie drückte mich kurz an sich. „Er kann nichts

dafür, dass er so ist wie er ist, weißt du. Das kann vielleicht keiner von uns."

„Ich weiß." Ich drückte sie auch einen Augenblick lang und dachte: *Mein Vater? Oder mein Geist?*

An diesem Wochenende fuhr ich mit dem Rad durch die Gegend und traf auf Mr Patterson, der an seinem Sitzrasenmäher herumschraubte. Er liebte es, seinen Rasen selbst zu mähen. Er winkte mir zu und ich ging rüber, und weil er es war, sagte ich einfach, was mir durch den Kopf ging.

„Mr Patterson? Hat in unserem Haus eigentlich mal jemand gelebt, der richtig böse war?"

Seine Hände hielten mitten in der Bewegung inne und er starrte mich mit halb geöffnetem Mund an. Nach einem Augenblick sagte er: „Wieso fragst du?"

„Einfach ... nur so."

Mr Patterson lehnte sich an den Rasenmäher und rückte die Baseball-Mütze auf seinem kahlen Kopf zurecht. Der Blick aus seinem freundlichen Gesicht war auf mich gerichtet, direkt und ernst.

„Tja", meinte er, „also – es ist keine schöne Geschichte, aber vielleicht solltest du darüber Bescheid wissen."

„Ja, gerne", sagte ich.

Und Mr Patterson begann: „Es war vor ungefähr vierzig Jahren, als ich noch ein Kind war. Das Ehepaar in eurem Haus hatte einen Jungen, älter als du, so etwa sechzehn schätze ich, und ein viel jüngeres Mädchen, und die Mutter war eine ruhige, sanfte Seele. Der Vater dagegen war ein Albtraum: ein kalter, harter Mann mit einem bösartigen Temperament. Er war im Zweiten Weltkrieg bei der Armee gewesen und ich glaube, im Geist war er noch immer dort. Er führte das Haus wie ein Militärgefängnis: die Kinder, die Mutter, alle mussten antanzen, wenn er pfiff, und wenn er sich über sie ärgerte, war er furchtbar. Ein gewalttätiger Mann."

Er hielt inne, blickte in die Vergangenheit zurück und schüttelte den Kopf. „Der Junge war sanft wie seine Mutter, aber er war auch so jähzornig wie der Vater. Eines Nachts hatten sie eine furchtbare Auseinandersetzung – der Vater hatte getrunken, glaube ich, und er hatte sich über das kleine Mädchen geärgert und sie ins Gesicht geschlagen. Der Junge rastete völlig aus – am liebsten hätte er seinen Vater wohl umgebracht – und er packte seine kleine Schwester und rannte aufgebracht mit ihr aus dem Haus und fuhr wie ein Irrer im Auto seines Vaters davon. Er fuhr gegen einen Baum und er und das kleine Mädchen kamen beide um."

Ich zuckte zurück, als ob er mir einen Schlag versetzt hätte. Wie ein anhaltendes Dröhnen ganz hinten in meinem Unterbewusstsein konnte ich den Schmerz, die Angst und die endlose ungesühnte Wut meines Geistes spüren.

„Der Vater verschwand am Tag darauf", fuhr Mr Patterson fort. „Ging einfach fort. Niemand hat jemals rausgefunden, was mit ihm geschehen ist. Die arme Mrs Ferrold blieb in dem Haus wohnen, aber sie war nur noch ein Schatten ihrer selbst.“

„Hat der Junge Tennis gespielt?“, fragte ich.

„Der Platz ist für ihn gebaut worden“, sagte Mr Patterson. „Er war auf dem besten Weg, Jugendnationalmeister zu werden. Sein Vater hat ihn ständig so getrietzt, als ob er ein Rennpferd antrieb.“

„Wie war der Name des Jungen?“

„Jimmy“, sagte Mr Patterson.

Unser Tennisteam gewann die Regionalmeisterschaft und ich wurde Sieger im Einzel in meiner Altersgruppe. Dann kamen die Sommerferien. Mein Vater wollte mich in ein Tennistrainingslager schicken und konnte einfach nicht verstehen, warum ich nicht von zu Hause fort wollte. Genauso wenig konnte er verstehen, warum ich nicht mit ihm trainieren wollte, warum ich stattdessen mit anderen Jugendlichen auf den Schulplätzen spielte. Ich konnte ihm ja schließlich nicht erklären, dass jedes Mal, wenn er und ich gemeinsam auf unseren Platz kamen, die große Welle des Hasses unerträglich wurde, die von meinem Geist ausging und durch mich hindurch flutete. Ich konnte sie nicht ertragen; ich war sicher, sie würde mich um den Verstand bringen. Und Hass war das Einzige, was ich noch spürte; er trainierte mich nicht mehr. Es war, als ob das Tennisspiel, das ich verloren und das mein Vater gewonnen hatte, Jimmy für immer in dem schrecklichen zornigen Hass gefangen hielt, der ihn getötet hatte.

Dann organisierten mein Vater und Mr Patterson ein Nachbarschaftsturnier, das auf unserem Court ausgetragen werden sollte. Jeder musste gegen jeden spielen. Und da ich immer auf Sieg spielen musste, aus Angst, dass mein unsichtbarer Trainer sonst völlig unkontrollierbar ausrasten würde, hatte ich schließlich im Einzelfinale meinen Vater als Gegner.

Da standen wir uns also auf beiden Seiten des Netzes gegenüber. Ich konnte meine Mutter sehen, die ganz unglücklich dreinschaute. Mein Vater grinste mir zu und spuckte sich in die Hände. „Na los, Junge", rief er. „Dann zeig mal, aus welchem Holz du geschnitzt bist."

Es wurde ein langes, erbittertes, Furcht erregendes Spiel – Furcht erregend wegen des leidenschaftlich drängenden Verlangens meines Vaters, seinen Sohn zu schlagen, was für jeden auf peinliche Weise zu sehen war, aber auch wegen der riesigen Welle von Hass gegen ihn, die den gesamten Court erfüllte, die jedoch niemand außer mir spüren konnte. Wir spielten beide erstaunlich gut. Die ganze Zeit fühlte ich, wie mich Jimmy antrieb, wie er mich erbittert zum Sieg antrieb. Mein Vater gewann den ersten Satz, ich den zweiten; er gewann den dritten Satz, ich den vierten. Er war inzwischen ziemlich außer Atem und allmählich erschöpft. Ich führte fünf zu vier im letzten Satz und ich schlug auf.

Mein erster Aufschlag sauste mit hoher Geschwindigkeit die Linie entlang und mein Vater streckte sich danach, konnte ihn aber nicht erreichen. Fünfzehn-Null. Ich schlug wieder auf und sein Return war hart, landete jedoch im Netz. Dreißig-Null. Auf seinem Gesicht erschien wieder der gequälte Ausdruck, der verzweifelte Wunsch, nicht zu verlieren. Aber es war mir egal. Jimmy saß mir im Kopf und schrie TÖTEIHNTÖTEIHNTÖTEIHNTÖTEIHN, und ich wollte nur noch gewinnen. Nacheinander servierte ich zwei Asse und bei dem zweiten Schlag schlitterte mein Vater bäuchlings über den Platz, während ihm der Ball entwischte – und ich hatte das Match gewonnen.

Ich hörte den Applaus nicht. Das rasende Toben in meinem Kopf war zu einem einzigen unversöhnlichen Siegesjubel geworden, während der Geist in mir schadenfroh darauf wartete, dass mein unterlegener Vater sein verbittertes, wutschnaubendes, besiegtes Gesicht hob. Er wartete auf seine Stunde des Triumphs, voll von all dem aufgestauten Hass aus vierzig Jahren.

Aber nichts dergleichen geschah. Stattdessen rappelte sich mein Vater auf die Füße, warf den Schläger weg, rannte auf das Netz zu und sprang darüber, genauso wie damals, als er mich geschlagen hatte. Er schlang die Arme um mich und drückte mich lange und herzlich an sich, dann schob er mich mit den Händen auf meinen Schultern von sich, sah mich mit breitem, hocherfreutem Grinsen an, wie ein kleiner Junge, der vor dem Weihnachtsbaum steht. Mir zuckte es durch den Kopf, dass eigentlich er der Junge war, der irgendwo tief in seinem Inneren noch viel kindlicher war als ich. Seine Freude war absolut echt.

Und freudig sagte er: „Toby, zum Teufel, bist du gut! *Ich bin so stolz auf dich!*"

Dann drückte er mich noch mal an sich und gab mir einen Kuss auf die Wange und ich brachte kein Wort heraus. Auf der anderen Seite des Zaunes konnte ich meine Mutter strahlen sehen.

Und langsam spürte ich, wie all die Wut und der Groll und der Hass, die diesen Tenniscourt und dieses Haus umgeben hatten, dahinschwanden. Stattdessen waren wir umgeben von wundersamem Erstaunen, von Friedfertigkeit und von einer leichten Brise, die vor dem blauen Himmel durch die Ahornbäume raschelte.

Ich schaltete den Computer ein, ehe ich an diesem Abend zu Bett ging. *Jetzt ist alles gut, Jimmy. Alles ist gut. Schlaf gut,* tippte ich ein.

Und für einen kurzen Augenblick tauchten noch einmal ein paar Worte auf dem Bildschirm auf.

Das tu ich, Toby. Spiel weiter so. Auf Wiedersehen.

Dann ging der Bildschirm aus und er war fort.

Jordi Sierra i Fabra

Ungebetene Gäste

1

Es war ein herzzerreißender Schrei.

Als sie fünf Sekunden später in sein Zimmer kam, saß er mit weit aufgerissenen Augen im Bett. Er schwitzte und zitterte am ganzen Körper. Selbst im Halbdunkel des Zimmers bemerkte sie sofort, dass er stark mitgenommen war und dass es nicht mehr lange dauern konnte, ehe er völlig durchdrehen würde. Er reagierte nicht, bis sie sich neben ihn aufs Bett setzte. Er klammerte sich mit beiden Händen an sie.

„Mami! Mami!"

„Ganz ruhig. Ich bin ja jetzt bei dir. Ganz ruhig."

„Sie sind wieder hier, sie gehen einfach nicht weg. Ich will wirklich, dass sie weggehen. Schick sie weg, bitte, bitte!"

Sie hielt ihn an sich gedrückt, streichelte seinen Kopf und wiegte ihn in ihren Armen. Dabei versuchte sie, ihre eigene Traurigkeit zu überwinden. Es war fast unglaublich. Zwei Stunden hatte sie bewegungslos neben ihm gesessen, bis er erschöpft eingeschlafen war. Der Friede schien wieder eingekehrt zu sein. Aber kaum dass sie aus dem Zimmer gehen wollte ...

Eine Minute.

Sie war selbst übermüdet und benötigte nach all diesen Tagen dringend Ruhe.

„Mami, ich hab solche Angst."

„Morgen gehen wir zu einem anderen Arzt."

„Das nützt sicher auch nichts. Er wird mir ebenfalls nicht glauben und mir wieder Schlaftabletten verschreiben, genau wie der andere Arzt. Ich will nur, dass jemand sie verjagt."

Er trommelte mit den Fäusten auf seinen Kopf ein. „Sie müssen weg! Sie müssen weg, Mami!"

Sie drückte ihn enger an sich. Sie war nicht mehr in der Lage, noch irgendwas zu tun. Sie fühlte den gleichen großen Schmerz wie ihr Sohn. Beide sahen sie geisterhaft aus, wie wandelnde Leichen mit leeren Blicken und bleichen Gesichtern.

Langsam, aber sicher drohte sie durchzudrehen.

„Morgen, Jorge, ich versprech es dir, morgen", flüsterte sie ihm ins Ohr. „Doktor Puig ist eine andere Art von Arzt. Er kann dir helfen, da bin ich sicher. Er hilft dir, Liebling, und dann kannst du wieder in Frieden schlafen."

„Aber wenn es diesmal wieder nicht klappt …?"

„Schsch, sei jetzt still!"

„Mami …"

„Schsch."

Sie hatte immer noch liebevoll die Arme um ihn gelegt und hielt ihn weiter an sich gedrückt.

Beide wussten sie, dass es wieder eine lange Nacht werden würde.

2

Ehe Doktor Puig die Türe zu seinem Arbeitszimmer schloss, warf er einen raschen Blick auf den kleinen Jungen mit den eingesunkenen Augen, der da auf der Bank im Wartezimmer saß. Er wirkte mitgenommen und einsam. Genau wie seine Mutter sah er Mitleid erregend aus. Man konnte sehen, dass ihn irgendetwas beunruhigte, dass ihm irgendetwas wirklich zusetzte und dass er kaum schlief. Sobald sich die Frau ihm gegenüber niedergelassen hatte, begann der Doktor zu sprechen. Er kannte die Geschichte des Falles bereits. Er wollte sich nur noch nach einigen Fakten erkundigen und eine angenehme Atmosphäre schaffen, damit sich der Junge entspannen und gelöst fühlen konnte.

„Erzählen Sie mir davon."

„Herr Doktor", begann sie, brach aber sofort in Tränen aus.

„Bitte, Frau Antich. Bei einem solchen Fall muss man versuchen, ruhig zu bleiben, das ist fast genauso wichtig wie die Behandlung selbst."

„Ich weiß, Herr Doktor, aber die ganzen furchtbaren Tage und schlaflosen Nächte ..."

„Wann haben die Schwierigkeiten angefangen?"

„Vor einer Woche. Sie haben uns jetzt acht Nächte

lang wach gehalten", berichtete Jorges Mutter, nachdem sie sich etwas beruhigt hatte.

„Und Sie haben bereits einen Arzt konsultiert?", fuhr er fort.

„Ja. Nach drei schlaflosen Nächten bekam ich Angst. Aber die Schlaftabletten und anderen Sachen, die man ihm verschrieben hat, haben nicht geholfen. Die Beruhigungsmittel helfen ihm einzuschlafen, aber die Albträume kommen trotzdem. Sobald er einschläft, fangen sie wieder an. Das Einschlafen ist kein Problem, das Problem ist, was passiert, wenn er schläft; das Problem ist das, was in seinem Kopf sitzt."

„Und Sie glauben, das stimmt, Frau Antich?"

„Dass etwas in seinem Kopf ist?"

„Ja."

„Ich weiß nicht."

„Ihr Sohn sagt doch aber, dass fremdartige Wesen in seinem Kopf sind, nicht wahr?"

„Ja, das sagt er."

„Und Sie glauben das?", fragte der Arzt nochmals.

Die Frau sah ihn an. Ein Schleier von Müdigkeit und Angst hing vor ihren Augen. Sie beantwortete die letzte Frage des Arztes nicht. Sie schaffte es nicht.

Einen Augenblick herrschte Stille.

„Was genau erzählt denn Ihr Sohn?"

„Dass sie herauskommen, sobald er einschläft. Er sagt, dass sie ständig in seinem Kopf sind, dass sie sich während des Tages aber ruhig verhalten und auch nachts, solange er wach ist. Sie werden nur aktiv, wenn er die Augen schließt und einschläft. Manchmal reden sie mit ihm."

„Und was sagen sie dann?"

„Dass er einfach weiterschlafen soll, dass er keinen Widerstand leisten soll, denn es hätte sowieso keinen Zweck. Jorge erzählte immer wieder, dass es Hunderte, ja, Tausende sind und dass sie klein sind und herumwuseln wie Ameisen. Er sagt, er kann sie fühlen, vor allem aber ..."

„Ja?", sagte der Doktor auffordernd, als er ihr Zögern bemerkte.

„Jorge sagt, dass er spürt, wie sie ihn aussaugen und alle seine Erinnerungen mitnehmen, dass sie aufdringlich sind und alles durchsuchen und all seine Erinnerungen mitnehmen. Und er behauptet, dass sie auch in seinen Körper eindringen."

„Wie?"

„Wenn er nicht mehr kann – denn Menschen können nun mal nicht tagelang ganz ohne Schlaf sein –, wenn er beinahe ohnmächtig wird oder wenn die Beruhigungsmittel zu wirken anfangen, dann geht's los. Er sagt, dass sie sich nicht nur alle möglichen Informationen von ihm holen, sie dringen auch in seinen Körper ein, durch die Arterien, und dort suchen sie alles ab. Alles, sein Herz, seinen Magen, seine Leber, seine Nieren, alles. Später, wenn er aufwacht, kann er sich nicht mehr rühren. Er liegt ganz steif da, so als ob … als ob sie ihm seine Seele gestohlen haben."

„So erzählt er es Ihnen?"

„Ja, so nennt er das, seine Seele! Seine Existenz, sein Selbst!"

Doktor Puig lehnte sich in seinem Stuhl zurück und faltete die Hände so vor dem Gesicht, als ob er beten wollte. Ihm gegenüber fing die Mutter des Jungen aus Angst wieder bitterlich zu weinen an. Und wahrscheinlich befürchtete sie tief im Inneren, dass es Jorge auch um den Verstand bringen würde. Dass er plötzlich von einem Augenblick zum nächsten verrückt werden könnte. Der Doktor war rücksichtsvoll genug und wartete einige Momente, bis sich Frau Antich etwas beruhigt hatte.

„Wann genau ist Ihr Mann gestorben?", fragte er, um zu einem neuen Thema überzuwechseln.

„Nächsten Monat vor zwei Jahren."

„Und Vater und Sohn …?"

„Sie standen sich sehr nahe, ja. Obwohl, in den Monaten nach dem Tod hat er sich ganz erstaunlich erholt. Kinder können das ziemlich gut. Sie sind voller Lebensmut und können Unangenehmes leichter fortschieben."

„Aber manchmal verdrängen sie unliebsame Erinnerungen auch in den hintersten Winkel ihrer Seele und die tauchen dann in ganz unerwarteten Momenten wieder auf."

„Sie meinen, es kann was mit dem Tod meines Mannes zu tun haben?"

„Es könnte durchaus ein Zusammenhang bestehen. Die menschliche Seele ist sehr kompliziert. Zum Beispiel können wir von bestimmten Ängsten und Problemen körperlich krank werden. Man nennt das psychosomatisch."

„Aber Jorge redet immer von fremdartigen Wesen."

„Beschäftigt er sich viel mit Phantasiegebilden?"

„Nicht mehr als andere Kinder auch."

„Glaubt er an Gespenster und Ungeheuer? Hat er früher auch schon öfters Albträume gehabt?"

„Nein, ich glaube nicht."

„Macht er Videospiele?"

„Nein."

„Liest er viel?"

„Ja, er liest viel, aber nicht solche Bücher."

„Was sind denn seine Lieblingsbeschäftigungen?"

„Wie bei anderen Kindern seines Alter auch – Fußball spielen, fernsehen, nichts Außergewöhnliches." Sie deutete mit einer Bewegung ihrer geöffneten, leeren Hände an, dass sonst nichts an ihm ungewöhnlich war. Dass ihr sonst nichts einfiel.

„Schulprobleme?"

„Keine."

„Bestrafen Sie ihn viel oder schlagen Sie ihn jemals?"

„Nein!"

„Tut mir Leid, aber ich muss alle Möglichkeiten prüfen", erläuterte der Doktor, „ehe ich mit der Behandlung beginne."

„An welche Art Behandlung denken Sie?"

Er erklärte ihr genau, was er vorhatte.

„Erst unterhalte ich mich mit ihm und dann will ich ihn hypnotisieren."

Die Frau wurde starr und sah ihn erschrocken an. Sie glaubte zu ahnen, wovon Doktor Puig sprach.

„Sie brauchen keine Angst zu haben", versicherte er ihr. „Hypnose wird oft angewendet, man muss nur darauf achten, dass man alles unter Kontrolle hat. Es kann ein guter Weg sein, das Unterbewusstsein eines Patienten zu erforschen. Wenn Ihr Sohn etwas im Kopf hat oder glaubt, dass etwas darin ist, können wir herauszufinden versuchen, was genau das ist und dann, wie wir es loswerden können. Manchmal ist es so einfach, dass wir eine Person nur hypnotisieren müssen und das Problem ist schon erledigt."

„Aber wenn Sie ihn schlafen lassen, könnte es doch wieder auftauchen?"

„Ich lasse ihn nicht einschlafen. Jorge bleibt bei Bewusstsein. Sie brauchen keine Angst zu haben."

„Und wenn die Methode fehlschlägt?"

Doktor Puig lächelte ihr jetzt zu. Mit einem Lächeln, das sie auch etwas aufmuntern sollte.

„Eins nach dem anderen, Frau Antich! In diesem Fall

ist das Wichtigste der Kampf ihres Sohnes gegen die Schlaflosigkeit, die ihm die dringend benötigte Nachtruhe raubt. Das ist eine ernste Sache und wir müssen rasch etwas dagegen tun. Aber wir müssen auch versuchen, seinen Fall vernünftig in den Griff zu bekommen. Jorge hat ein ungewöhnliches Problem, das nicht häufig auftaucht, aber von meinem beruflichen Standpunkt aus betrachtet glaube ich, dass es leichter zu lösen ist, als es zunächst scheint. Man kann es mit einem Kleidungsstück vergleichen, das einen Fleck hat. Wenn man das Kleidungsstück gut wäscht, verschwindet der Fleck ganz. Ich versuche jetzt, wenn man so will, die Seife zu sein, die man braucht, um die Seele Ihres Sohnes zu reinigen. Ich trete von außen heran und werde mit Hilfe der Hypnose wahrscheinlich erfolgreich sein. Er ist ja immerhin noch ein Kind und Kinder sind sehr empfänglich und leicht zugänglich."

„Haben Sie es schon mal mit solch einem Fall zu tun gehabt?"

Er hatte die Frage erwartet. Er wollte ihr gegenüber ehrlich sein.

„Nein, so etwas ist mir noch nie begegnet. Aber ich bin Arzt und darüber hinaus Psychiater. Ich verstehe mein Metier. Wenn das nicht so wäre, dann säßen Sie nicht hier. Sollen wir sogleich beginnen?"

3

„Wie heißt du?“

„Jorge.“

„Kannst du mich gut hören?“

„Ja.“

„Liegst du bequem?“

„Ja.“

„Bist du noch wach?“

„Ja.“

„Fühlst du dich ruhig?“

„Ja.“

„Kannst du etwas Fremdartiges in deinem Kopf spüren?“

Schweigen.

„Jorge?“

„Ja.“

„Ich habe dich gefragt, ob du etwas Fremdartiges in deinem Kopf spüren kannst?“

„Nein, zur Zeit nicht.“

„Warum sagst du das, zur Zeit?“

„Weil ich jetzt wach bin, das weiß ich. Dann verhalten sie sich ruhig.“

„Sind sie da?“

„Ja.“

„Wie kannst du das wissen?“

„Ich weiß es eben.“

„Und wenn ich in deinen Kopf eindringe, Jorge?“

Stille.

„Würdest du das erlauben?"

Wieder kurzes Schweigen.

„Ja."

„Aber würden sie es zulassen?"

„Ich glaube schon, ich bin doch viel größer."

„Dann würde ich gerne hineingehen. Und ich will, dass du mich in deinem Kopf spürst. Weil ich von innen mit dir reden will. Weil ich dein Freund bin, verstehst du? Ich möchte dir gern helfen, damit du dir keine Sorgen mehr machen musst. In Ordnung?"

„In Ordnung."

„In Ordnung", wiederholte der Doktor.

Jorge lag mit weit geöffneten Augen da und starrte an die Decke. Doktor Puig fing jetzt mit sanfter, warmer Stimme zu reden an, während der Patient gut auf die Hypnose anzusprechen schien.

„Ich komme jetzt in deinen Kopf", sagte er. „Kannst du mich schon spüren?"

„Ich glaub schon, ja."

„Du musst dich sehr anstrengen, um mich zu spüren. Kannst du schon etwas fühlen?"

„Ja."

„Und du musst mir helfen. Kannst du mir helfen?"

„Wie?"

„Ich kann nichts sehen. Ich kenne mich da drin nicht aus. Wo sind sie jetzt?"

„Ich weiß nicht."

„Du weißt es nicht?"

„Nein, ich weiß es nicht. Sie sind doch nur da, wenn ich schlafe!"

„Was passiert eigentlich genau, wenn du schläfst?"

„Na, dann kommen sie raus."

„Wo kommen sie her?"

„Ich weiß es nicht."

„Aber wo haben sie vorher gelebt?"

„Natürlich in ihrer eigenen Welt."

„Was ist das für eine Welt?"

„Baitian."

„Baitian?"

„Baitian", sagte Jorge noch einmal.

„Und wo liegt das, Baitian?"

„Irgendwo ganz weit weg im All."

„Wie hast du ihre Namen herausgefunden und das Land, aus dem sie kommen?"

„Das haben sie mir gesagt, damit ich schweige."

„Wie sind sie hierher gekommen und wie in deinen Kopf geraten?"

„Mit einem Schiff."

„Was für ein Schiff?"

„Mit einem Schattenschiff, weil sie selbst auch Schatten sind.

„Das sind also keine Wesen mit einem Körper?"

„Nein."

„Und warum sind sie bei dir drin?"

„Ich weiß nicht."

„Gibt es sonst noch welche?"

„Nein, die in meinem Kopf sind die Einzigen, haben sie behauptet."

„Warum wollen sie deine Gedanken, deine Erinnerungen, deine Seele?"

„Davon ernähren sie sich. Sie leben davon."

Erstaunlich, dass er eine derartige Konstruktion erfunden hatte, die so in ihm steckte und an die er von ganzem Herzen glaubte. Doktor Puig war der Ansicht, dass der Moment günstig sei, das Problem zu lösen oder es wenigstens zu versuchen.

„Hast du vor ihnen Angst?"

Schweigen.

„Jorge, sag es mir."

„Ja", flüsterte er leise, „ich hab schreckliche Angst vor ihnen."

„Angst vor ihrem Auftauchen?"

„Ich hab sie noch nie gesehen. Ich kann sie nur spüren und manchmal kann ich sie auch hören."

„Warum hast du vor ihnen Angst?"

„Weil sie mich langsam umbringen, das weiß ich eben. Wenn sie mir mein jetziges Selbst geraubt haben, dann sterbe ich."

„Und was machen die Baitianer dann?"

„Ich weiß nicht."

Der Doktor wollte nicht länger mit der entscheidenden Frage warten.

„Willst du, dass sie verschwinden, Jorge?"

Der Junge antwortete umgehend. „Ja."

„Willst du das wirklich?"

„Ja." Er schluckte.

„Jorge, du musst es fühlen, das ist ganz wichtig. Es reicht nicht, das einfach zu wollen, du musst schreien und so laut du kannst verlangen, dass sie weggehen. Ich frag dich noch einmal: Willst du, dass sie verschwinden?"

„Ja."

„Noch mal!"

„Ja ... ja ..."

„Lauter!"

„Ja!"

„Lauter! Schrei es hinaus!"

„Ja! Ja! Ja!"

„Du willst wirklich, dass sie verschwinden, das willst du doch, nicht wahr?"

„Ja, ich will wirklich, dass sie verschwinden."

„Sie müssen verschwinden! Hinaus! Hinaus! Jorge!"

„Hinaus!"

Jorge wurde erregt und begann zu schwitzen und zu keuchen. Er schnappte nach Luft und fing an, wild mit den Armen um sich zu schlagen, als ob er etwas Unsichtbares verscheuchen wollte, was sich vor seinem Gesicht befand. Der Arzt wusste, dass jetzt in Jorges Seele eine Bahn frei war und dass das vielleicht der Anfang seiner Befreiung war. Er wollte wirklich von seinen Peinigern befreit werden. Das war die beste Therapie: dass er selbst befreit werden wollte. Nichts war mehr in ihm, das sie festhielt.

„Gut gemacht, Jorge, gut gemacht. Beruhige dich, beruhige dich." Der Arzt sprach jetzt wieder mit sanfter, stiller Stimme. „Es ist eindeutig, dass es das ist, was du wirklich willst. Dann tu es auch. Tu es, damit … tu es einfach."

„Was soll ich tun?"

„Wirf sie hinaus."

„Jetzt?"

„Jetzt!"

„Wie?"

„Du bist der Boss in deinem eigenen Kopf. Wenn du denkst, dass sie verschwinden sollen, dann können sie nicht länger bleiben. Du musst zu dir sagen: ‚Mir reicht's!' Das ist genug, weil ich jetzt in dir bin und eine Bahn frei gemacht habe in deinem Kopf. Sag ihnen, dass es dir reicht, dann gehen sie."

„Mir reicht's?"

„Ja."

„Mir reicht's."

„Lauter."

„Mir reicht's!"

„Noch lauter."

„Mir reicht's!!!"

Der Doktor tat einen Moment gar nichts, er wartete kurz ab. Dann nahm er die Hand des Jungen und fing an, sie zu streicheln. Dann streichelte er auch seine Stirn.

„Jetzt bist du sie los", sagte er zu ihm.

„Aber sie ..."

„Sie sind weg und sie kommen auch nicht mehr wieder. Das kannst du mir glauben, Jorge. Du wirst heute Nacht gut schlafen. Die Baitianer können dir nichts mehr anhaben. Du bist jetzt viel stärker als sie."

So leicht und einfach war das. Pure Autosuggestion. Er war schließlich noch ein Kind und das sollte reichen.

Jorge wurde ruhiger und ruhiger und schließlich völlig ruhig und entspannt.

„Fühlst du dich gut, mein Junge?"

„Ja."

„Ich zähle bis drei und wecke dich aus der Hypnose. In Ordnung?"

„Ja."

„Eins."

Jorges Atem wurde gleichmäßiger.

„Zwei."

Ein Lächeln.

„Drei."

Und er wachte aus der Hypnose auf.

4

Jorges Mutter war sich noch nicht so ganz sicher. Es war offensichtlich, dass sie es noch nicht ganz glauben konnte und daher ihre Zweifel hatte.

„Und wenn es heute Nacht wieder passiert?"

„Es könnte passieren", räumte der Doktor sofort ein. „Aber wenn ich mich nicht täusche, ist er geheilt. Wenn er heute Nacht von Albträumen geplagt werden sollte, wiederholen wir die Therapie. Ich glaube, dass Jorge so sehr unter ziemlich vielen Belastungen gelitten hat, dass er schließlich an die fremdartigen Wesen geglaubt hat. Kinder besitzen eine solch starke Einbildungsgabe, dass es ihnen nicht schwer fällt, etwas ganz Absurdem tatsächlich Form zu geben. Eigentlich musste ich gar nicht viel machen. Ich habe ihm nur gesagt, dass er viel stärker ist als sie und dass wir zusammen eine Tür geöffnet haben, eine Art Bahn, auf der die fremdartigen Wesen verschwinden konnten. Ich habe ihn von innen her unterstützt. Von außen hätte das nicht geklappt."

„Doktor Puig, wenn das so ist ..."

„Er ist noch ein Kind, Frau Antich", sagte der Doktor lächelnd. „Und Kinder seines Alters können ganz übermächtige Phantasien entwickeln, die sehr gefährlich werden können, wenn sie ein Eigenleben entwickeln. Ich bezweifle das keine Minute lang. Aber Jorge ist stark. Kinder sind stark. Es kann sein, dass der Schmerz über den Tod seines Vaters jetzt erst an die Oberfläche dringt und dass er verstärkt Zuwendung von Ihnen erringen wollte. Wer kann das schon sagen. Es gibt so vieles, was von Bedeutung sein könnte. Beobachten Sie ihn während der nächsten Wochen sorgfältig und bleiben Sie auf jeden Fall in seiner Nähe."

„Das werde ich tun."

„Aber sicher", sagte er lächelnd, denn er wusste auch, dass er das nicht hätte sagen müssen.

„Vielen Dank, Herr Doktor." Sie streckte ihm die Hand entgegen und er schüttelte sie. Dann öffnete er ihr die Tür. Jorge saß im Wartezimmer und las einen Sciencefictioncomic über Astronauten und seltsame Ungeheuer.

„Geht es dir gut?", fragte der Doktor.

„Ja", erwiderte das Kind.

„Ich wünsche dir alles Gute", sagte der Doktor.

Und als Jorge mit seiner Mutter nach draußen ging, schloss er die Praxistür hinter sich und lächelte.

5

Er öffnete die Augen, lag still und wartete. Nichts.

Und es war kein Traum. Er war tatsächlich gerade aufgewacht und das bedeutete, dass …

Ruhig sah er sich um. Das Licht im Zimmer war an, aber durch das Fenster konnte er sehen, dass es bereits Tag war, sicher schon mehrere Stunden lang.

Die ganze Nacht lang.

Er hatte also die ganze Nacht lang geschlafen.

Ohne Unterbrechung, ganz friedlich, frei von Albträumen.

Er drehte den Kopf zur Seite. Neben ihm lag seine Mutter auf seinem Bett, in ihren Kleidern. Auch sie schien die ganzen schlaflosen Nächte nachzuholen. Deshalb wollte er sie nicht wecken. Er setzte sich auf. Eine Minute lang hatte er vergessen, dass sie seine Mutter war. In dem Augenblick fuhr die Frau erschrocken auf. Sie öffnete die Augen und sah ihn an. Er glaubte, einen ängstlichen, sorgenvollen Blick in ihren Augen zu entdecken, aber mit wenigen Worten machte er ihrer Angst und ihrem Schmerz ein Ende.

„Sie sind weg."

„Was hast du gesagt?"

„Sie sind weg, Mami. Sie sind nicht mehr in meinem Kopf."

„Wirklich, Jorge?" Sie traute ihren Ohren nicht. Mit rührender Geste nickte er. Sie konnte seinem Gesichtsausdruck ansehen, dass es stimmte. Er hatte nicht nur gut geschlafen – die Wesen waren aus seinem Kopf verschwunden.

„Ach, mein Sohn!" Sie drückte ihn fest an sich und war so glücklich, dass sie endlich wieder lachen konnte. „Liebling, mein Liebling!"

„Der Doktor hat sie verschwinden lassen, Mami! Er hat sie tatsächlich aus meinem Kopf verjagt. Und sie kommen nie wieder zurück!"

Sie hielten sich ein paar Minuten in den Armen. Dann entzog er sich ihrer Umarmung und sah sie mit gerunzelter Stirn an, nicht ängstlich, eher besorgt.

„Wo sie jetzt wohl sind?", meinte er bang.

„Das kümmert uns doch nicht mehr, oder?", erwiderte seine Mutter und strich mit der Hand über seine Wange. „Wo sie auch sind, dir können sie nichts mehr anhaben. Das ist endgültig vorbei."

„Genau, Mami. Endgültig vorbei", sagte er voller Seligkeit, aber immer noch todmüde. „Endgültig vorbei, aber …" Er drückte sich eng an seine Mutter und seufzte tief. „Aber irgendwo müssen sie doch sein."

6

Doktor Puig taumelte ins Badezimmer und sah sich im Spiegel an. In dem Moment verspürte er einen Schlag. Es war, als ob sein Kopf mit einem Hieb zertrümmert wurde und er erkannte mit Schrecken, dass er von gewaltiger Panik ergriffen wurde. Was er nun sah, hätte er nie für möglich gehalten.

Er sah sich selbst im Spiegel, aber er war verändert, fast bis zur Unkenntlichkeit. Ein Paar glasige Augen starrten ihn an, angstverzerrt und vor Schreck geweitet. Und das nach nur einer Nacht.

„Mein Gott", stammelte er voller Schrecken. Er unternahm einen weiteren Versuch, weit entfernt von seinem Bett und aufrecht vor dem Spiegel stehend.

Schließlich war es ja schon lange Tag. Vielleicht … Er schloss die Augen.

„Wir sind hier", sang eine Stimme in seinem Kopf. Und es war nicht nur eine Stimme. In dieser Sekunde spürte er, wie sie auf und ab hasteten, an seinem Gehirn nagten und all seine Gefühle heraussaugten.

Er öffnete die Augen wieder.

Ja, da waren sie wieder. Sie …

Und er wusste, dass sie lange dableiben würden, vielleicht zu lange. Denn schon eine Stunde mit Baitianern im Kopf reichte für den Rest des Lebens.

Kit Pearson

Die Augen

„Ich mag ihre Augen nicht“, sagte Bernie. Sie deutete auf eine der sechs Puppen, die auf einem Bord im Gästezimmer ihrer Tante saßen.

„Die da?“ Tante Sheila lachte. „Kann ich dir nicht verdenken. Ich hab sie auch nie gemocht.“

Michelle nahm die Puppe vom Bord, strich ihr den grün karierten Schottenrock glatt und schob ihr das Haar unter die Mütze zurück. „Was soll mit ihr sein? Sie ist doch hübsch.“

Bernie starrte das Puppengesicht an. Ihre Porzellanwangen waren rosa getönt und ihr Mund zu einem leichten Lächeln geschwungen. Mit dem Finger rieb Michelle der Puppe Staub aus den Augen. Ihre Farbe war ein seltsames Gelborange, wie bei einer Katze, von schwarzen Linien durchzogen und von einem Kranz sorgfältig aufgemalter Wimpern umgeben. Die Augen schienen Bernie zu beobachten.

„Sie ist sogar sehr hübsch“, pflichtete Tante Sheila bei. „Die hübscheste von all den Puppen aus meinen Kindertagen. Aber ich habe nie mit ihr gespielt, weil sie so zerbrechlich ist. Deshalb ist sie noch so gut erhalten.“ Sie setzte die Puppe zurück auf das Bord. „Aber ihr könnt immer gerne mit all den Puppen spielen.“

Bernie sah die anderen fünf Puppen sehnsüchtig an, aber Michelle sagte: „Wir sind aus dem Puppenalter raus."

„Soll ich das Flurlicht für euch anlassen?", fragte Tante Sheila.

„Nein danke", erwiderte Michelle. „Bernie und ich mögen es dunkel, stimmt's?"

„Hmhm", brummte Bernie.

„Gute Nacht dann, Mädels. Schlaft aus so lange ihr wollt. Ich freu mich so, dass ihr endlich hier seid." Tante Sheila gab ihnen beiden einen Kuss und ging nach unten.

Michelle war fast augenblicklich still, doch Bernie fand nicht den Schlaf, nach dem sich ihr ermüdeter Körper sehnte. Es war so ein langer Tag gewesen, der Flug quer durch Kanada bis in diese große Stadt an der Westküste.

Sie und Michelle verbrachten die letzten drei Wochen der Sommerferien bei Tante Sheila, der Schwester ihres Vaters. Sonst sahen sie Tante Sheila immer an Weihnachten in Neuschottland, wenn sie ihre Eltern besuchte. Sie war ihre Lieblingstante und richtig begeistert gewesen, als Bernie und Michelle endlich ihre alljährlich wiederholte Einladung zu einem Besuch angenommen hatten.

Bisher waren sie wegen Bernie nicht gekommen. Sie hatte Angst vorm Fliegen, sogar wenn ihre große

Schwester mitkam. Und Michelle hatte nicht allein kommen dürfen – ihre Eltern meinten, das sei ungerecht. „Du bist so eine Schissliese!", hatte Michelle Bernie jedes Mal angezischt, wenn sie sich geweigert hatte.

Dieses Jahr, zu ihrem zehnten Geburtstag, hatte sich Dad mit Bernie zusammengesetzt. Und anschließend hatte er doch tatsächlich geglaubt, dass er sie zu dem Flug überredet hatte. Aber in Wirklichkeit war es Michelles Verachtung, die Bernie nicht mehr ertragen konnte.

Michelle war nur ein Jahr älter als Bernie, aber sie versuchte so schnell sie konnte groß zu werden. Dafür hatte sie alle möglichen Maßstäbe: ‚Dad' zu sagen statt ‚Daddy'; wenn man acht war, nicht mehr mit Puppen zu spielen; sich mit zehn die Ohrläppchen durchstechen zu lassen. Bernie war erleichtert gewesen, dass ihre Eltern das bis zum zwölften Geburtstag verboten; *sie* wollte keine Löcher in die Ohren gebohrt bekommen.

Bernie versuchte so gut sie konnte, den Erwartungen ihrer Schwester zu genügen, aber sie hatte vor so vielen Sachen Angst, dass dies oft schwierig war. Der Flug war schlimm gewesen. Sie war noch völlig verkrampft von der Angst, mit der sie die ganze Zeit gekämpft hatte. Egal wie liebenswürdig die Flugbegleiter waren oder wie nett Michelle im Flugzeug zu ihr war, sie konnte keinen Bissen herunterbekommen. Und nachdem sie gelandet waren, wollten ihr die Beine nicht mehr so recht gehorchen. „Na, siehst du“, hatte Michelle gemeint, als sie in das Flughafengebäude kamen, „ich hab doch gesagt, dass es ganz leicht ist.“

Nur Tante Sheila verstand sie. „War es schrecklich, arme Bernie?“, flüsterte sie während der Umarmung. „Ich bin so stolz auf dich. Es ist sehr mutig von dir, etwas zu wagen, obwohl du so viel Angst davor hast.“

Und nun waren sie sicher im Haus von Tante Sheila in Vancouver gelandet. Es lag nahe am Meer und sie wollten morgen früh gleich an den Strand. Tante Sheila hatte sich freigenommen und sich viele Überraschungen für die beiden ausgedacht – einen Ausflug nach Victoria mit der Fähre, in einen Wasserpark, ins Kino und auf den Rummel. Und in der dritten Woche kamen Mum und Dad mit dem Flugzeug nachgeflogen.

Bernie verkroch sich tiefer unter die Steppdecke. Eigentlich war sie total bettreif nach der Tortur. Warum also war sie immer noch so angespannt?

Weil das Zimmer so dunkel war; zu Hause war das Flurlicht eben doch an.

Es war albern sich zu fürchten. Wenn sie das mit dem Flugzeug geschafft hatte, dann sollte sie doch auch in der Lage sein, die Dunkelheit auszuhalten. Sie nahm die Steppdecke vom Gesicht und drehte sich auf den Rücken.

Hoch auf dem Bord gegenüber vom Bett glitzerten die Augen der Puppe – zwei gelbe Kreise in der Dunkelheit, die Bernie direkt anstarrten.

Bernie schrie auf, aber es blieb alles still. Sie verbarg den Kopf, dann schaute sie wieder hervor. Die Augen leuchteten immer noch und ihre Pupillen wurden weiter und enger wie die in richtigen Augen.

„Michelle", jammerte Bernie, sprang auf das Bett ihrer Schwester und schüttelte sie.

Michelle schlug stöhnend um sich. „Lass mich in Ruhe, lass mich schlafen!"

„Michelle, b-bitte ..." Bernie kroch zu ihrer Schwester ins Bett und flüsterte ihr zu: „Die P-puppe da – ihre Augen sind – sie sind lebendig! Sie leuchten! Schau doch!"

„Du bist so blöd ..." Michelle setzte sich kurz auf, warf einen Blick auf die Puppe und ließ sich wieder fallen. „Das tun sie *nicht,* Bernie. Geh in dein eigenes Bett zurück und lass mich schlafen!"

Bernie zwang sich, noch einmal hinzusehen. „Doch, sie leuchten!"

Aber Michelle schubste Bernie aus dem Bett, drehte ihr den Rücken zu und rührte sich nicht.

Bernie kroch eilends zurück unter ihre eigene Decke. Sie rollte sich schwer atmend in der heißen Bettkuhle zusammen.

War es denn wirklich nur ein Traum? Sie wagte noch einen raschen Blick, dann tauchte sie wieder unter die Decke. Die flackernden Augen waren sogar noch heller. Sie brannten sich in Bernies eigene Augen.

Bernie zog die Knie an die Brust und blieb so liegen, bis sie schließlich vom Schlaf übermannt wurde.

„War dir nicht heiß, so tief unter der Decke die ganze Nacht?"

Bernies Kopf tauchte auf. Michelle sprühte wie üblich vor der für sie typischen morgendlichen Energie. Sie stürzte ans Fenster. „Der ideale Tag für den Strand! Komm, wir ziehen gleich die Badeanzüge unter den Shorts an."

Doch Bernie blieb im Bett und vermied es krampfhaft, das Bord anzusehen.

„Bernie? Was ist los, bist du krank?"

„Die Puppe", flüsterte Bernie. „Sie hat mich die ganze Nacht angestarrt. Ich konnte ihren Blick spüren, obwohl ich mich unter der Decke versteckt habe. Sogar im Schlaf hab ich gemerkt, wie sie gestarrt hat."

Michelle zog sich den Pyjama aus. „Ehrlich, Bernie. Es war nur ein Traum. Du hast wahrscheinlich von dem Video geträumt, das wir ausgeliehen haben, in dem eine Puppe zum Leben erwacht."

„Das hab ich doch gar nicht angeschaut", sagte Bernie schaudernd.

„Na ja, es muss aber ein Traum gewesen sein. Das ist doch nur eine Puppe – schau sie dir an, dann siehst du es."

Mit einem tiefen Atemzug drehte sich Bernie um zu der Puppe.

Michelle hatte Recht – sie sah genau wie eine Puppe aus. Mit leerem Blick starrte sie wie die anderen Puppen in die Luft – sie sah Bernie nicht an. Die gelben Augen glitzerten ein wenig im Sonnenlicht, aber sie waren einfach aus Glas und nicht lebendig.

„Vielleicht war es tatsächlich ein Traum", meinte Bernie zögernd.

„Natürlich. Komm, wir wecken jetzt Tante Sheila."

An diesem Abend überlegte Bernie, ob sie Tante Sheila bitten sollte, die Puppe woandershin zu setzen. Aber inzwischen war sie ausgeruht und dachte, dass die glimmenden Augen nur ein Traum gewesen waren.

Sie hatten einen wunderbaren Tag verbracht. Der Pazifik war viel wärmer als der Atlantik. Sie hatten gebadet und Sandburgen mit Gräben gebaut, die sich mit Wasser füllten, als die Flut kam. Zu Mittag gegessen hatten sie an einem Hamburger-Stand und am Nachmittag waren sie im Stanley-Park gewesen.

Bernie und Michelle lagen im Bett und schwatzten schläfrig, bis Michelle mitten im Satz einschlief.

Auch Bernie schlief bald darauf ein.

Ein paar Stunden später fühlte sie plötzlich ein heftiges Schaudern. Sie drehte sich herum und wurde wach. Jemand starrte sie an. Sie *wusste* es. Wer es auch war, sie fühlte einfach den Zwang, die Augen zu öffnen und ebenfalls zu schauen.

Die bernsteinfarbenen Augen schwebten in der Dunkelheit, als gehörten sie nicht in ein Gesicht. Sie wirkten noch bedrohlicher als am Abend zuvor.

Bernie taumelte aus dem Bett und lief die Treppe hinunter. Sie kroch zu Tante Sheila ins Bett.

„Was ist los, Bernie? Du zitterst ja!"

„Die Augen – die *Augen* …", schluchzte Bernie.

Tante Sheila zog sie an sich und stopfte die Decke um sie beide fest. „Ist ja gut, Schätzchen. Du hast einen Albtraum gehabt. Schlaf wieder ein – du bist jetzt in Sicherheit."

„Tante Sheila, bitte nimm die Puppe aus unserem Zimmer", sagte Bernie beim Frühstück.

„Du bist vielleicht ein Baby!", spottete Michelle. „Glaubst du denn immer noch, dass sie dich ansieht?"

„Ja", flüsterte Bernie.

„Lass sie in Ruhe, Michelle." Tante Sheila tätschelte Bernie auf die Schulter. „Wenn dich die Puppe beunruhigt, nehm ich sie natürlich fort."

Bernie weigerte sich das Zimmer zu betreten. Sie sah oben von der Treppe aus zu, wie ihre Tante die Puppe in ein altes Handtuch wickelte, sie in einen Karton legte und den Deckel schloss.

„Siehst du!" Tante Sheila schaute zu Bernie hinauf. „Sie kann jetzt in der Schachtel bleiben, bis du wegfährst. In Ordnung?"

Bernie wusste nicht, ob es in Ordnung war. Die Puppe war zwar aus ihrem Blickfeld genommen, aber ihre feurigen Augen standen noch lebhaft vor ihr.

Sie versuchte an andere Dinge zu denken. Ihre Cousine Jennifer kam zu Besuch und Bernie und Michelle waren erstaunt, dass Jennifer, die schon dreizehn war, vorschlug, mit Tante Sheilas Puppen zu spielen.

„Natürlich bin ich eigentlich schon zu alt", sagte sie, während sie einen winzigen Lederstiefel aus der Tasche mit den Puppenkleidern nahm. „Aber ist es nicht toll, dass Tante Sheila sie aufbewahrt hat? Ich hab mein Leben lang mit ihnen gespielt. Aber wo ist denn die andere – die hübsche mit dem Porzellangesicht?"

Bitte sag es ihr nicht, flehte Bernie Michelle stumm an.

Zum Glück schien Michelle nicht zugeben zu wollen, dass ihre Schwester ein Feigling war. „Was für eine andere?", fragte sie unschuldig.

„Es gibt noch eine Puppe. Vielleicht hat Tante Sheila sie weggeräumt, damit ihr sie nicht kaputtmacht. Sie hat einen komischen Namen – Grisel!"

Michelle kicherte. „Grisel?"

„Ist er nicht merkwürdig? Sie ist aus Schottland – sie hat unserer Urgroßmutter gehört, diejenige, die mit ihrem Mann nach Kanada ausgewandert ist."

Jennifer hatte die kleinen Stiefel zugeschnürt und sah auf. „Wollt ihr sie sehen?"

„Wen sehen?", flüsterte Bernie.

„Grisel! Tante Sheila würde sie euch bestimmt zeigen."

Michelle sah Bernie an. „Nein danke. Bernie und ich sind zu alt für Puppen. Komm schon, es wird allmählich Zeit fürs Kino."

Bernie versuchte sich im Kino abzulenken, aber sie musste die ganze Zeit an Grisel denken. Jetzt wo sie ihren Namen kannte, schien die Puppe noch lebendiger. Es passte zu ihr – ein hässlicher Name für etwas Hässliches, das aus dem hübschen Gesicht der Puppe starrte.

Sie dachte daran, was Dad gesagt hatte, als sie übers Fliegen gesprochen hatten. „Wenn du vor etwas Angst hast, dann finde mehr darüber heraus." Er hatte ihr Statistiken über die Flugsicherheit gezeigt.

Es hatte nichts genützt – Bernie war trotzdem den ganzen Flug lang überzeugt gewesen, dass das Flugzeug abstürzen würde. Aber vielleicht nützte es was bei Grisel. Irgendetwas musste sie tun, um das Bild von den feurigen Augen der Puppe aus dem Kopf zu verscheuchen.

Abends half sie ihrer Tante beim Einladen der Spülmaschine, während Michelle und Jennifer fernsahen. „Tante Sheila", begann sie zögernd, „könntest du mir mehr über die Puppe erzählen, die ich nicht mag? Jennifer hat gesagt, dass sie Grisel heißt und unserer Urgroßmutter gehört hat."

„Doch … das kann ich schon. Aber lass mich erst mal Tee machen."

Bernie sah zu, wie ihre Tante Wasser in die Teekanne goss und Tassen herausholte. Sie schenkte Bernie Tee mit ganz viel Milch ein und beide setzten sich an den Küchentisch.

Warum wirkte Tante Sheila so unwillig, die Geschichte zu erzählen? „Es ist schon gut", sagte Bernie. „Ich will eigentlich gar nichts mehr über die Puppe wissen."

Tante Sheila rührte ihren Tee um. „Nein, ich bin froh, dass du gefragt hast. Du solltest es wissen, Bernie. Vielleicht du ganz besonders."

„Warum?"

„Weil du so phantasievoll und feinfühlig bist. Wie die Besitzerin von Grisel – deine Urgroßmutter Margaret. Du siehst ihr sogar ein bisschen ähnlich."

„Hast du sie noch gekannt?"

Tante Sheila nickte. „Während meiner ganzen Kindheit, aber eigentlich kannte niemand sie gut. Sie war sehr verschlossen und sie sah immer traurig aus. Aber eines Tages, gegen Ende ihres Lebens, hat sie mir eine tragische Geschichte erzählt. Ich war erst sechzehn, aber ich habe sie nie vergessen." Tante Sheila legte ihre Hand auf die von Bernie. „Soll ich sie dir erzählen? Ich will nicht, dass du wieder Albträume kriegst."

Bernie schluckte fest. „Erzähl."

„Es geht um ein Feuer", begann Tante Sheila langsam.

Bernie erschrak zutiefst. Eine ihrer nächtlichen Ängste war ein Feuer, das sie im Schlaf überraschte.

„Grannie ist an der Ostküste Schottlands aufgewachsen. Sie hatte zwei ältere Schwestern und einen jüngeren Bruder – sein Name war Ewan und sie liebte ihn über alles. Sie zog ihn immer in einem Wägelchen durch die Straßen der Stadt und sie hatten ein gemeinsames Zimmer. Und außerdem liebte sie noch ihre Puppe."

„Grisel", hauchte Bernie.

„Ja – ein merkwürdiger Name in unseren Ohren, aber damals in Schottland war er ganz gewöhnlich. Es ist die Koseform von Griseldis. Margaret hatte Grisel zum achten Geburtstag bekommen und während der nächsten vier Jahre nahm sie sie überall hin mit. Mädchen wurden damals viel langsamer erwachsen – es war nichts Ungewöhnliches für eine Zwölfjährige, mit Puppen zu spielen. Margaret und Ewan erfanden dauernd Geschichten um Grisel – dass sie in Wirklichkeit eine Prinzessin sei und in einem Land namens … Iloria oder so lebte. Ich weiß es wieder: Eleuria."

Bernie lächelte; manchmal, wenn sie nicht einschlafen konnte, dachte sie sich auch ein Phantasieland aus. „Hat sie dir viel über Eleuria erzählt?"

„Eigentlich nicht – es war ihr ein bisschen peinlich, aber offensichtlich konnte sie sich noch an vieles erinnern, was sie sich ausgedacht hatten. Sie erzählte, dass sie und Ewan die ganze Zeit von Eleuria redeten. Sie trugen Grisel auf einem roten Kissen durch die Gegend und Margaret nähte ihr königliche Gewänder."

Bernie dachte an Grisels Furcht einflößende Augen – offensichtlich hatten sie den beiden Kindern von anno dazumal nichts ausgemacht.

„Eines Abends gingen Margarets Eltern und die älteren Schwestern weg zu einem Vortrag. Margaret sollte auf Ewan aufpassen. Sie war zwölf und er war sechs – sie vertrauten ihr, dass sie gut Acht geben würde auf den Bruder, den sie so sehr liebte. Sie wollten nicht lange fortbleiben."

Tante Sheila seufzte, nahm einen großen Schluck Tee und fuhr fort. „Es gab noch keine Elektrizität im Haus – sie benutzten Petroleumlampen. Margaret und Ewan setzten Grisel auf ein hohes Bord und spielten, sie seien Höflinge, die ihr Geschenke brachten. Sie hüllten sich in bunte Tücher und tanzten vor Grisel. Plötzlich musste Margaret mal und ging auf die Außentoilette. Sie hat erzählt, dass Ewan sich noch im Kreis drehte, als sie ging. Er muss mit den Enden von dem Tuch eine Lampe umgerissen haben. Margaret hörte ihn schreien und rannte zurück ins Haus, doch der Rauch überwältigte sie und sie wurde vor dem Zimmer ohnmächtig."

Bernie hielt vor Schreck die Luft an und Tante Sheila

legte ihr den Arm um die Schulter, ehe sie fortfuhr. „Ihre Familie kam gerade noch rechtzeitig, um sie in Sicherheit zu zerren. Aber für Ewan war es zu spät – er kam in den Flammen um.“

Beide schwiegen eine Weile. Schließlich flüsterte Bernie: „Und was war mit Grisel?“

„Grannie hat erzählt, dass sie überhaupt nicht beschädigt war. Sie wurde zwar vom Einsatz der Feuerwehr patschnass und roch auch noch monatelang nach Rauch – aber sie hatte so hoch oben gesessen, dass sie den Flammen entgangen war.“

Tante Sheila seufzte. „Ich glaube, Grannie hat das nie verwunden. Sie fühlte sich für Ewans Tod verantwortlich – deshalb wirkte sie immer so traurig.“

Sie schwieg und sah selbst traurig aus. „Das war noch nicht alles, stimmt's?“, flüsterte Bernie.

„Ja … Grannie hat erzählt, dass sich Grisel von dem Moment an verändert hatte. Dass ihre Augen plötzlich statt grau gelb waren. Und manchmal, im Dunkeln – “

„Leuchteten sie“, wisperte Bernie. „Ich hab es gesehen, Tante Sheila. Sie haben im Dunkeln geleuchtet und sie haben sich bewegt – wie richtige Augen.“

„Genau das Gleiche hat Grannie erzählt. Sie hat gesagt, dass sie solche Angst davor hatte, dass sie Grisel weggeben wollte. Sie fing an, Grisel zu hassen, aber sie musste sie behalten – denn Grisel war die letzte gewesen, die Ewan lebend gesehen hatte, verstehst du?“

„Hast du ihre Augen jemals leuchten sehen?“, fragte Bernie. „Oder deine Mutter?“

„Niemals.“ Tante Sheila schob ihren Stuhl zurück. „Es gibt viele Dinge, die man nicht erklären kann. Ich glaube, ich sperre Grisel von nun an in der Schachtel ein. Grannie hat mich versprechen lassen, dass ich sie nie fortgebe, deshalb muss ich sie behalten, auch wenn ich mich vor ihr grusle – ich lass sie einfach nicht mehr raus.“ Sie lachte. „Hör mich nur an, ich rede schon, als ob sie leben würde.“

„Ihre Augen tun es“, flüsterte Bernie.

„Das kann wirklich nicht sein“, sagte Sheila sanft. „Manchmal glaube ich, dass es nur deine – und Grannies – besonders lebendige Einbildung ist. Aber ich bin auch eine viel nüchternere Person als du. Michelle ist wie ich – aber du bist anders. Vielleicht siehst du Dinge, die wir nicht sehen können.“

Sie drückte Bernie an sich. „Komm, wir gehen zu den anderen und vergessen Grisel. Kannst du versuchen, nicht mehr an sie zu denken?“

Im Verlauf der restlichen Woche glitzerten Grisels fiebrige Augen in Bernies Kopf. Sie schienen etwas von ihr zu wollen.

Schließlich gab Bernie nach. Eines Nachmittags, als Tante Sheila Michelle zum Frisör mitnahm, schlich Bernie in den Keller.

Sie trug den Pappkarton nach oben, damit sie ihn nicht im Dunkeln öffnen musste. Sie stellte ihn in der sonnendurchfluteten Küche auf den Tisch, hob den Deckel ab und wickelte das Handtuch ab.

Grisel sah wieder ganz normal aus – wenigstens so normal, wie es mit den unheimlichen Augen ging, die das Licht genauso reflektierten wie alle Glasaugen.

Bernie nahm die Puppe heraus und untersuchte sie. Sie war wirklich schön – kein Wunder, dass Margaret und Ewan gespielt hatten, sie sei eine Prinzessin. Grisels schwarzes Haar war so weich wie echtes Haar und ihre langen Finger waren besonders sorgfältig modelliert.

Doch Bernie musste daran denken, wie Grisels Augen in der Dunkelheit aussahen. Sie begann die Puppe wieder in die Schachtel zu packen. Doch als sie den Deckel draufsetzte, schienen sie die goldenen Augen anzuflehen.

Bernie nahm sie wieder heraus und setzte sie sich auf den Schoß. Sie passte gut auf, dass die Arme und Beine aus Porzellan nicht gegeneinander schlugen. Der Rumpf von Grisel war aus Stoff gemacht, der mit etwas Festem ausgestopft war; sie wog ganz schön viel.

Es war ja nicht Grisels Schuld, dass ihre Augen solchen Schrecken ausstrahlten. Es kam von dem, was sie *gesehen* hatte, was sie mitbekommen hatte, als sie hilflos auf dem Bord in dem Zimmer voller Flammen saß. Und sie hatte die Augen nicht schließen können, wie Menschen das können. Eine Puppe musste einfach zusehen.

Bernie schauderte und drückte Grisel enger an sich. Margaret hatte sie schließlich gehasst, sagte Tante Sheila – als ob Grisel für Ewans Leid verantwortlich war. Wie konnte sie das alles verkraften – sie war doch nur eine Puppe!

Nur eine Puppe ... Bernie umarmte Grisel noch fester, während sie einen Entschluss fasste. Vielleicht sollte sie anfangen mit Grisel zu *spielen,* so wie ihre ehemaligen Besitzer? Puppen waren nicht da, um gehasst zu werden – man sollte sich um sie kümmern, sie anziehen, herausputzen und mit ihnen reden. Vielleicht konnte Grisel wieder zu einer normalen Puppe werden – vielleicht würden ihre Augen sogar vergessen, was sie gesehen hatten.

Ich kann es tun, solange es Tag ist, beschloss Bernie. Nachts könnte sie Grisel in den Karton stecken. Aber tagsüber – jetzt sofort! – könnte sie Grisel wie eine normale Puppe behandeln.

Tante Sheila und Michelle staunten, als sie Bernie in der Küche antrafen und sie etwas tat, was jedermann mit einer Puppe tut. Sie frisierte sie.

Von nun an war Grisel die ganze Zeit vor dem Zubettgehen mit Bernie zusammen. Bernie kämmte sie und flocht ihr Zöpfe, die sie mit roten Schleifen zuband. Sie suchte aus den ganzen alten Puppenkleidern diejenigen heraus, die Grisel passten und zog sie jeden Tag anders an. In Tante Sheilas Nähkasten fand sie ein Stück glänzenden Stoff, aus dem sie Grisel einen Umhang nähte. Mit ihrem Ferientaschengeld ging sie in einen Bastelladen und kaufte Pailletten für den Umhang und unechte Edelsteine, die sie auf eine Pappkrone klebte.

„Prinzessin Grisel", nannte Bernie sie. Sie machte ihr Ketten aus ihrer Glasperlensammlung und wünschte sich ihr Holzpferd auf Rädern, das zu Hause war, herbei. Es hätte genau die richtige Größe für Grisel gehabt.

Bernie nahm Grisel überallhin mit, selbst auf die Fähre nach Victoria.

„Du bist doch zu alt für Puppen", sagte Michelle.

„Nein, bin ich nicht", erwiderte Bernie und war über ihr Selbstvertrauen überrascht. „Tante Sheila hat gesagt, dass unsere Urgroßmutter noch als Zwölfjährige mit Puppen gespielt hat. Und Jennifer mag sie auch."

Das stimmte. Jennifer kam fast jeden Tag herüber und half Bernie, Dinge für Grisel zu basteln. Gegen Ende der Woche beteiligte sich sogar Michelle am Entwurf einer Landkarte von Eleuria. Auch Tante Sheila wurde einbezogen. Sie verbrachten Abende damit, Namen für die Mitglieder des königlichen Hofstaates zu erfinden. Tante Sheila erlaubte ihnen, ihr altes Puppenbett so anzumalen, dass es für eine Prinzessin angemessen war. Es regnete drei Tage lang ununterbrochen, aber das machte keiner von ihnen etwas aus – sie waren versunken in eine Zauberwelt, die um Prinzessin Grisel kreiste.

Nur nachts wurde Grisel verbannt. Zuerst ließ Bernie sie in dem Karton in der Küche. Dann nahm sie die Schachtel mit in ihr Zimmer, damit Grisel wenigstens in der Nähe war. Aber sie ließ den Deckel drauf.

„Am Sonntag kommen eure Eltern", erinnerte Tante Sheila ihre Nichten eines Nachmittags.

„Schon?", wunderte sich Michelle.

Sie saßen auf der Terrasse und machten Geschirr aus Papiermaché für Grisel. Wenn es getrocknet war, wollten sie es golden anmalen.

Doch auf einmal setzte Michelle ihren Teller ab, als ob er sie anekelte. „Das ist vielleicht langweilig", sagte sie. „Können wir nicht ins Einkaufszentrum gehen, Tante Sheila? Ich würde mir gern den Ring kaufen, den ich dort gesehen habe, damit ich ihn Mum zeigen kann."

„Natürlich." Tante Sheila strich noch etwas Papiermaché auf eine Schüssel. „Kommst du mit, Bernie?"

Bernie tat so, als hörte sie nichts. Es war, als ob ein Bann gebrochen sei. Sie nahm Grisel hoch und band die Schleife des Umhangs neu. „So", sagte sie, „jetzt bist du bereit, um den Botschafter von Eleuria zu empfangen." Aber Michelle und Tante Sheila und Jennifer waren schon dabei, aufzubrechen.

„Mum und Dad werden sich aber wundern, dass du mit Puppen spielst", sagte Michelle am selben Abend.

„Mir doch egal. Übrigens hast du auch mitgespielt."

Michelle wurde rot. „Ich hab nicht richtig gespielt. Ich hab halt so mitgemacht, weil es sonst nichts zu tun gab. Ich finde, du benimmst dich richtig merkwürdig mit dieser Puppe, Bernie. Sie ist nichts als eine Puppe – du bist ja richtig verhext von ihr."

„Ich weiß, dass sie nur eine Puppe ist", sagte Bernie. „Es ist nur ein Spiel, aber es gefällt mir. Ich denke mir gerne Sachen aus."

Michelle zuckte die Schultern. „Wie du meinst." Sie ging schlafen.

Bernie war zufrieden. Sie hatte ihre Meinung gesagt und Michelle hatte es akzeptiert. War es wirklich so leicht? Konnte sie sich einfach weigern, alles so zu machen wie Michelle, wenn sie keine Lust dazu hatte?

Ich kann machen was ich will, stellte sie erstaunt fest. Das hatte sie während der vergangenen Woche gemacht, und zwar mit so viel Erfolg, dass sie Michelle und Jennifer und sogar Tante Sheila in ihr Spiel gelockt hatte. Sie hatte angenommen, dass es Grisel war, die sie alle verzaubert hatte, dabei war sie selbst es, Bernie …

Sie starrte Grisel an, während sie sie für die Nacht in die Schachtel legte. Sie war nichts als eine Puppe. Nur ein menschliches Wesen, jemand wie sie selbst, konnte sie zu einer Art Leben erwecken.

Bernie sah die Puppe an und erkannte – wobei sie

wusste, dass es ihre Einbildung war, die das erkannte –, wie einsam Grisel aussah. Auch wenn sie gekämmt und auf Ausflüge mitgenommen und herausgeputzt und verehrt wurde, auch wenn sie in allen möglichen Geschichten über Eleuria vorkam, sie mochte es nicht, jeden Abend in die Verbannung geschickt zu werden. Man stelle sich eine Prinzessin vor, die in einen Pappkarton gesperrt wurde!

Bernie nahm sie raus und steckte sie in das Bett, das sie angemalt hatte. Doch selbst dort wirkten Grisels bernsteinfarbene Augen sehnsüchtig.

Was fanden Puppen schön? Neben ihrer Puppenmutter zu schlafen natürlich. In einem gemütlichen warmen Bett in den Arm genommen zu werden und im Dunkeln zu flüstern. So hatte es Bernie früher mit ihren Puppen gemacht.

Aber die Augen ...

Ihre Augen waren so, weil meine Urgroßmutter sie gehasst hat, dachte Bernie. Jetzt wird sie doch geliebt – von mir. Jetzt ist sie wieder eine richtige Puppe, mit ganz normalen Glasaugen.

Obwohl sie starkes Herzklopfen hatte, nahm sie Grisels Umhang ab, zog ihr das Kleid aus und steckte sie in das Nachthemd einer der anderen Puppen. Als Tante Sheila kam, um ihnen Gute Nacht zu sagen, lag Grisel neben Bernie unter der Decke.

„Sehr gut“, lächelte Tante Sheila. „Du hast jetzt gar

keine Angst mehr vor ihr, was? Pass nur auf, dass du dich nicht auf sie wälzt."

„Man stelle sich vor, sie nimmt noch eine Puppe mit ins Bett!", spottete Michelle, doch Bernie drehte ihr einfach den Rücken zu und nahm Grisel in den Arm.

Sie verspürte einen leichten Rauchgeruch – aber das war sicher nur Einbildung. „Schlaf gut", flüsterte sie.

Bernie drehte sich um und spürte, wie einer von Grisels steifen Armen ihr in die Seite stupste. Sie wachte sofort auf. Hatte sie sich auf den Puppenarm gelegt und ihn zerbrochen? Sie hob Grisel hoch und tastete ihren Arm im Dunkeln ab.

Die Augen – sie glitzerten und loderten und sprühten vor Feuer. Bernie schnappte nach Luft und ließ Grisel auf die Steppdecke fallen.

Doch eine neue Kraft half ihr, die Puppe wieder aufzunehmen. Etwas veranlasste sie, Grisel zu ergreifen und ihr in die Augen zu starren.

Züngelnde Flammen tanzten in den Augen. Angst und Schrecken und Entsetzen knisterten in den Blicken. Bernie zitterte am ganzen Körper, als sie sah, was Grisel sah.

Flammen, die an den Kleidern des kleinen Jungen leckten, dann an seinem Gesicht und seinen Händen. Schreie, die zu Würgen und Husten wurden und dann Stille, als der kleine Körper von der glühenden Hitze überwältigt worden war. Der Geruch nach versengten Kleidern und nach etwas viel Schlimmerem – nach verbranntem Fleisch.

Bernie hielt die Puppe fest. Sie wollte die Augen schließen, aber sie schaffte es nicht – weil Grisel es nicht geschafft hatte. Sie war gefangen in dem Miterleben eines sinnlosen, grässlichen Unfalls. Ein Teil von ihr wollte das Grauen abschütteln, wollte Grisel aus dem Bett werfen, doch sie hielt sie weiter fest umklammert und schaute zu und brachte vor Entsetzen keinen Laut heraus.

Und dann erkannte sie noch etwas – sie wusste auf einmal, dass Margaret selbst das Feuer auch beobachtet hatte. Dass sie es geschafft hatte, in das Zimmer zu laufen, doch dass sie zu erschrocken gewesen war, um etwas zu unternehmen. Sie war stehen geblieben, vor Angst wie gelähmt, und hatte zugesehen, wie ihr Bruder verbrannte – und dann erst hatte sie sich umgewandt und war losgerannt und vor der Tür ohnmächtig geworden.

Margaret hatte gesehen, was eigentlich keinem zumutbar war, und sie hatte es nie jemandem erzählt. Sie hatte den Schrecken ihr Leben lang mit sich herumgetragen. Deshalb hasste sie Grisel und konnte sie doch nicht weggeben. Sie behielt die Puppe, um sich mit ihr für ihre Schuld zu quälen.

Endlich war es vorüber. Die Flammen erstarben in den

Augen, die so matt wurden wie ihre restlichen Züge. Bernie zog Grisel eng an sich. „Es ist nicht deine Schuld“, flüsterte sie. „Du konntest nichts machen. Du wärst auch verbrannt, wenn du ihm zu Hilfe geeilt wärst. Du hast nichts tun können.“

Sie fiel in Schlaf, mit Grisel und Margaret in den Armen.

„Woher hast du denn die schöne Puppe?“, fragte Mum, nachdem die vielen Ausrufe, Umarmungen und Küsse der Begrüßung vorüber waren und sie auf das Gepäck warteten.

Grisel war für die Fahrt zum Flughafen in ihren schönsten Umhang gekleidet. „Sie hat Tante Sheila gehört – aber sie hat mir gerade gesagt, dass ich sie behalten darf!“, sagte Bernie stolz.

Mum nahm Grisel in die Hand. „Was für herrliche graue Augen – sie sehen einen direkt an, nicht?“

„Grau?“, wunderte sich Michelle.

„Lass mal sehen.“ Tante Sheila nahm Grisel. „Sieh mal – ihre Augen sind nicht mehr gelb!“

„Seltsam“, sagte Michelle. „Hast du sie angemalt oder so was, Bernie?“

Bernie lächelte nur, während sie die Hände nach Grisel ausstreckte. „Das war immer die Farbe ihrer Augen“, sagte sie leise. „Ihr habt sie nur nicht richtig angesehen.“

Charles Mungoshi

Der Berg

An dem Morgen machten wir uns mit dem ersten Hahnenschrei zur Bushaltestelle auf. Es war die Zeit des sterbenden Mondes und sehr dunkel auf dem Bergpfad, der uns durch das alte Dorf und über die Anhöhe zu der auf der anderen Seite gelegenen Haltestelle führen sollte. Die Strecke betrug fünf Meilen und führte fast stetig bergan.

Der Berg, den wir überqueren mussten, hatte die Form eines Fragezeichens. Ich stellte mir unseren Weg gerne wie eine Frage vor, mit dem Berg als Fragezeichen. Es sei ein gefährlicher Weg, hatte Chemai behauptet, aber ich sagte, dass es der kürzeste und schnellste sei, wenn wir den Bus um fünf Uhr erreichen wollten.

Ich merkte, dass ihm der Weg überhaupt nicht gefiel, aber er sagte nichts weiter, um nicht jetzt schon einen Streit zu beginnen.

Wir waren gleich alt, doch ich kommandierte ihn herum, denn ich war auf der höheren Schule, während er nur die Grundklassen besucht hatte. Er hatte abgehen müssen, weil sein Vater, der sowieso nichts von Schulen hielt, sagte, er könne das Geld nicht aufbringen, um Chemai auf ein Internat zu schicken. Wir waren zusammen aufgewachsen und eng befreundet gewesen, aber inzwischen ertrug ich ihn nur noch in der Erinnerung an alte Zeiten und weil es meilenweit keinen anderen gab, der als Freund infrage kam. Jemand mit Schulbildung, meine ich. Deshalb ließ ich Chemai in dem Glauben, dass wir noch dicke Freunde seien, obwohl ich ihn langweilig fand und meistens lieber allein war, um zu lesen oder zu träumen. Das ist zwar traurig, wenn man miteinander aufgewachsen ist, aber ich konnte nicht anders. Er wusste so wenig und hatte vor so vielen Dingen Angst und redete so viel Unsinn und war so abergläubisch, dass ich nicht mit ihm befreundet sein konnte ohne mich anstecken zu lassen.

Der Weg von daheim führte am Rand einer Schlucht entlang. Es war eine tiefe, steile Schlucht, aber wir kannten uns aus. Die Schlucht war jetzt schwarz und in der Dunkelheit stach der Weg am Abhang hell hervor. Man merkt nie, wie sehr sich einem die Einzelheiten eines Weges einprägen, Steinbrocken, herausstehende Baumwurzeln, Löcher und so weiter, bis man den Weg bei Nacht geht. Da bekommen die Füße auf einmal Augen und man geht oder springt über Hindernisse, als ob es am hellichten Tag sei.

Rechts von uns erstreckten sich bis in die Ferne Buschland und kurzes Gras und Felsen und weitere kleine Schluchten und niedrige Hügel, die wir nicht genau erkennen konnten. Vor uns, hinter dem Berg, zog der Morgen auf, aber es würde noch lange dauern, fast bis zum Sonnenaufgang, ehe die Leute im alten Dorf das Licht sahen. Der Berg warf einen tiefen Schatten über das Dorf.

Wir schritten schweigend dahin, doch ich wusste, dass Chemai die ganze Zeit über Angst hatte und mir sehr böse war. Ständig sah er sich argwöhnisch um und blieb dann und wann stehen, um zu lauschen und zu sagen: „Was war das?“, obwohl gar nichts war. Die Nacht war vollkommen ruhig, abgesehen vom Krähen der Hähne hinter uns oder weit vor uns im alten Dorf. Wir machten kaum ein Geräusch in unseren Segeltuchschuhen mit den Gummisohlen. Ein Begleiter, der die ganze Zeit redet, kann einem ganz schön auf die Nerven gehen, wenn man selbst keine Lust dazu hat – vor allem in der Nacht. Es gab nichts, wovor wir uns fürchten mussten, aber er benahm sich, als ob es so sei. Und dann fing er an, vom Geist des Berges zu quasseln.

Er redete von der sagenumwobenen Goldmine (an die ich nicht wirklich glaubte), die die Europäer vergeblich anzulegen versucht hatten, oben auf dem Berg. Der Berg war die Heimat der ehemals herrschenden Vorfahren in diesem Land gewesen, und das Gold hatte angeblich ihnen gehört. Kein Fremder könne es anrühren, sagten die Leute. Wir hatten diese Geschichten gehört, als wir Kinder waren, aber Chemai redete davon, als ob ich ein Fremder sei, als ob ich von nichts eine Ahnung hätte. Und um ihn zu ärgern, weil ich mich über ihn ärgerte, sagte ich: „Ach Quatsch. Das ist doch alles Schwindel."

Er erschrak, als ob ich etwas gesagt hätte, das ich noch bereuen würde. „Aber es gibt doch die Schächte und die flachen Gruben, die sie gegraben haben, die beweisen es."

„Wer hat sie gegraben?"

„Die Europäer. Sie waren hinter dem Gold her, aber der Geist hat es nicht herausgegeben."

„Sie haben kein Gold gefunden. Deshalb sind sie wieder abgezogen", sagte ich.

„Wenn du auf den Berg steigst, dann kannst du sie sehen, die Gruben, die Drahtseile und die eisernen Träger, die sie zurückgelassen haben, als der Geist des Berges sie zerstört hat und als er die Gänge, kaum dass sie gegraben waren, wieder mit Geröll gefüllt hat."

„Von wem hast du das alles?", fragte ich ihn. Ich wusste, dass keiner je auf den Berg hinaufstieg – schon gar nicht auf den Teil, wo all diese Dinge sein sollten.

„Das sagen alle Leute."

„Sie lügen."

„Ach komm, was ist los mit dir? Du weißt, dass es stimmt, aber nur, weil du Schulbildung hast, glaubst du, dass du es besser weißt."

Ich wusste, dass er jetzt wütend war. Ich sagte: „Und stimmt das etwa nicht? All das Zeug existiert doch nur in deinem Kopf. Du hast gerne Angst, und du denkst dir alle möglichen Schauergeschichten aus, um etwas Aufregung in dein Leben zu bringen."

„Kein Mensch muss dir zuhören. Die Dinge passieren, ob du willst oder nicht."

„Nichts passiert, außer der Angst in deinem Kopf."

„Willst du mit mir streiten?" In seiner Stimme hatte sich Wut angesammelt.

„Vielleicht erinnerst du dich daran, dass ich auch hier aufgewachsen bin", bemerkte ich.

„Aber du hast nichts von dem gesehen, was ich auf dem Berg gesehen habe."

„Was hast du denn gesehen?"

„Red doch nicht so laut." Er senkte die Stimme und fuhr fort: „Manchmal hört man Trommelschlagen da oben und das Muhen von Kühen und die Treibpfeifen der Hütejungen. Manchmal, am frühen Morgen, sieht man in der heißen Sonne Reiskörner, die auf den Felsen zum Trocknen ausgebreitet sind. Und man hört das Lachen von Frauen an einer Waschstelle am Fluss, aber man kann sie nicht sehen."

„Ich glaube kein Wort", sagte ich. Die Dunkelheit schien dichter zu werden und ich konnte den Weg nicht deutlich erkennen. „Ich glaube es nicht", sagte ich noch mal und dann stellte ich mir vor, wie komisch es wäre, wenn der Berg jetzt plötzlich in wildes Getrommel ausbrechen würde. Es war natürlich verrückt, aber aus einem völlig unerfindlichen Grund fiel mir die Furcht aus Kindertagen ein: Nie auf ein Grab zeigen, sonst wird dir die Hand abgeschnitten!

Es war albern, aber so eine Nachtwanderung machte einen ganz nervös. Als Kind hatte es mir nichts ausgemacht, weil Vater damals immer dabei gewesen war. Aber wenn du so allein bist, kann es vorkommen, dass sich ein Busch zu bewegen scheint, und du musst stehen bleiben und dich vergewissern, dass es auch wirklich ein Busch ist. Du weißt auch nicht genau, wo du dich befindest, wenn es Nacht ist. Du siehst so viele Sachen und alle sind dunkel, deshalb weißt du nicht, was sie sind, denn sie haben keine Stimme. Weder bewegen sie sich, noch sprechen sie, deshalb bekommst du Angst. In solchen Augenblicken möchtest du einen Älteren wie den Vater dabeihaben, der sich solcher Dinge annimmt für dich. Es gibt auch viele Dinge, die man bei Nacht lieber ungesagt lässt, aber Chemai redete ununterbrochen davon. Natürlich behaupteten die Lehrer, das alles sei Unsinn. Wenn es hier nur genauso leicht auszusprechen gewesen wäre wie in der Schule – oder wenn man es sich so zu Herzen hätte nehmen können wie man es mit dem Mund aussprach. Aber es half uns nicht weiter, wenn ich Chemai wissen ließ, dass ich auch Angst hatte. Doch irgendwie musste ich ihn zum Schweigen bringen.

„Kannst du eigentlich nie mit deinem Gefasel aufhören?"

Wir hatten eine Art niedriger Anhöhe überquert und

es ging leicht bergab, doch schon gleich darauf stiegen wir steil auf den Berg zu. Dunkel und dräuend lag er wie ein schlafendes Tier vor uns. Wir konnten nur die gezackten Umrisse gegen den heller werdenden Himmel im Osten sehen. Chemai trat so leise auf, dass ich mich ständig umdrehte um zu sehen, ob er noch da war. Eine Weile schritten wir schweigend aus, doch während ich mich umblickte um nach ihm zu sehen, fragte ich ihn nach der Straße, die über den Berg gebaut werden sollte, wie ich gehört hatte.

„Man hat es versucht, aber sie haben es nicht hingekriegt."

„Warum nicht?"

„Ihre Maschinen und Geräte taugten nichts an dem Berg."

„Ich habe gehört, dass der Berg zu steil sein soll und dass es zu viele scharfe, enge Windungen gab."

„Nein. Die Maschinen und Geräte sind mit Wasser vollgelaufen."

„Trotzdem, sie bauen die Straße noch", sagte ich. „Die Straße wird gebaut, und dann ist Schluss mit dem Trommelschlagen."

Er schwieg und ich redete weiter. Es war zum Verrücktwerden. Jetzt, wo ich reden wollte, schwieg er.

Ich sagte: „Sobald sie geklärt haben, was mit den Geräten los ist, bauen sie die Straße." Ich wartete auf eine Antwort von ihm, die aber nicht kam. Ich blickte über die Schulter zurück. Beruhigt fuhr ich fort: „Und stell dir doch vor, wie bequem und einfach es sein wird, wenn die Straße fertig ist. Dann kann ein Bus zu uns ins Dorf kommen. Keiner muss mehr Sachen auf dem Kopf zum Bahnhof tragen. Wir kriegen einen Kramladen und einen Metzger und jeder kann Tee und Zucker kaufen und deine Trommeln belästigen keinen mehr. Sie werden für immer zum Schweigen gebracht."

So wie es einem auf die Nerven gehen kann, jemanden ständig reden zu hören, genauso ermüdend ist es, auf jemanden einzureden, der vielleicht gar nicht mal zuhört. Ich schwieg verärgert.

Wir verließen die Buschlandschaft mit dem kurzen Gras und liefen jetzt unter hohen, dunklen Bäumen entlang, deren Zweige sich über unseren Köpfen berührten. Es war ein ebenes Stück. Den Weg konnten wir hier nicht sehen, weil so viel trockenes Laub auf dem Boden lag und kein zertretenes Gras die Strecke markierte.

Ich hätte nicht sagen können warum, aber meine Zunge wurde mir schwer im Mund und mein Kopf war seltsam leicht und es kribbelte mir im Bauch. Ich konnte hören, wie Chemai sachte atmete, mit einer Vorsicht, die eigentlich mehr dem heftigen Bemühen gleicht, einen Schrei zu unterdrücken; fast wie ein Anhalten des Atems, wie wenn man gerade in ein Zimmer getreten ist und nicht will, dass es jemand bemerkt.

Plötzlich schlug uns durch die dunklen Bäume hindurch ein warmer Windstoß ins Gesicht, als ob uns jemand angehaucht hätte. Mein Magen zog sich zusammen, aber ich blieb nicht stehen. Ich hörte, wie Chemai kurz den Atem anhielt und dann keuchte: „Wir sind gerade an einer Hexe vorbeigekommen." Ich wollte ihn anschreien, er solle den Mund halten, aber meine Stimme versagte. Da traten wir unter den Bäumen hervor in das grasbewachsene Buschland und stiegen wieder an. Langsam stieß ich den Atem aus. Hier war es viel heller und kühler.

Viel später erst bemerkte ich: „Das war ein schlimmes Wegstück."

Chemai sagte: „Mein Vater ist dort mal Hexen begegnet, die Menschenknochen aßen und auf ihren Männern ritten."

„Ach komm, du und dein ..." Er hatte mich plötzlich beim Arm gepackt. Er sagte nichts. Instinktiv blickte ich zurück.

Eine schwarze Geiß folgte uns.

Ich weiß nicht, warum ich lachte. Dann, nachdem ich gelacht hatte, war mir übel. Ich erwartete, dass sich der Himmel um meine Ohren herum donnernd entladen würde, aber nichts geschah, außer dass Chemais angstzitternde Hand auf meiner Schulter lag.

„Warum soll ich nicht lachen dürfen?", fragte ich. „Ich hab keine Angst vor einer Geiß."

Chemais Griff wurde fester. Er schüttelte mich, als ob

er vor Angst zitterte. Mir wurde noch schlechter. Aber ich kippte nicht um. Wir gingen weiter, kletterten jetzt, zwar nicht steil aufwärts, aber genug, um in Schweiß zu geraten, auf das alte Dorf zu, hinein in den Schatten des Berges, dessen Umriss inzwischen schärfer geworden war. Es war heller als bei unserem Aufbruch, wahrscheinlich um den dritten Hahnenschrei, aber immer noch dunkel genug, dass wir vor Angst schweißgebadet waren.

„Du hast sie beleidigt", sagte Chemai vorwurfsvoll.

Ich schwieg. Es hatte keinen Zweck, so zu tun, als ob ich nicht wüsste, was ich tat. Ich kannte diese Ziegen. Verlorene Geister. Weil ich sie ausgelacht hatte, würde sie mir nun überallhin folgen. Sie würde mit mir essen, mit mir baden, mit mir schlafen gehen. Sie würde sich durchweg so verhalten, als sei ich ihr Freund oder gar ihr Gemahl. Sie war eine Geiß von Gestalt, aber von der Art her ein menschliches Wesen. Als Kinder hatten wir diese Ziegen friedlich in den Bergen grasen sehen, und nichts an ihnen hatte darauf hingewiesen, dass sie umherirrende Geister waren. Erst wenn jemand sie auslachte oder etwas Abfälliges zu ihnen sagte, hefteten sie sich in ganz unziegenhafter Art an die Fersen desjenigen, der sie beleidigt hatte. Und dann, wenn das eingetreten war, dann bedurfte es der Älteren, und eine Menge Zaubertrank musste gebraut werden, um sie zu beschwichtigen und zum Verschwinden zu bringen.

Wir gingen jetzt sehr still weiter. In der Nähe der alten Dorfschule kamen wir ins offene Gelände. Der Pfad führte unterhalb der alten Kirche entlang, und nach knapp einer Meile würden wir im Dorf sein.

Keine Frage, an diesem Morgen, solange es noch dunkel war, würden wir nicht weiter gehen als bis zum Dorf. Es war mir egal, ob wir den Fünf-Uhr-Bus erreichten oder nicht. Ich hatte einfach nicht die Kraft, den Berg zu überqueren ehe die Sonne aufging.

Außerdem musste ich meine Großmutter aufsuchen, wegen unserer Gefährtin.

„Lass uns im Dorf auf den Anbruch des Tages warten“, sagte ich zu Chemai. Ich bemerkte, dass sein Kopf im Dunkeln heftig nickte.

Meine Großmutter wohnte im alten Dorf. Sie hatte sich geweigert, uns und viele andere Leute aus dem Dorf zu begleiten, als wir weiter nach Westen zogen, um in der Nähe des Wassers zu leben. Sie hatte darauf bestanden, dass ihr Zuhause – unser Zuhause – hier sei und dass sie hier sterben würde und begraben sein wollte und dass jeder aus der Familie nach seinem Tod zum alten Dorf zurück gebracht würde, um hier beerdigt zu werden. Sie hatte eine lange Auseinandersetzung mit meinem Vater gehabt, aber sie war hart geblieben. Ich mochte weder das alte Dorf noch Großmutter Jape, weil mich beide an meine Kindheit erinnerten und an die vielen Albträume, in denen ich von nichts anderem träumte als von dem Berg, der sich bewegte und uns unter sich begrub. Und dann schrie ich jedes Mal laut und wachte auf und das Erste, was ich riechen konnte, waren Großmutter Japes rauchgeschwärzte, verlauste Decken, die grob und warm waren und kratzten, und unter denen es sich äußerst unbequem schlief.

Ich besuchte sie jetzt nur noch selten, und ich hätte nicht bei ihr vorbeigeschaut, wenn da nicht die Geiß gewesen wäre und meine Angst, den Berg im Dunkeln zu überqueren. Sie würde wissen, was zu tun war.

Wir befanden uns jetzt unterhalb der Kirche.

Die Kirche brachte mich plötzlich auf eine Idee. Sie hatte zwei Türen in einander gegenüberliegenden Wänden. Wir würden versuchen, die Geiß in der Kirche abzuschütteln. Das war eine weitere Beleidigung, aber ich fand, es lohnte sich, das Risiko einzugehen.

Als ich meinen Plan Chemai mitteilte, war er nicht angetan davon.

„Ich probier's trotzdem", sagte ich.

„Sie bleibt nicht drin. Sie kommt wieder raus."

Wir gingen den Weg entlang, der zur Kirchentür führte. Wir traten ein. Die Geiß folgte nach. Ich rief: „Schnell, zur anderen Tür!"

Chemai stürzte auf die gegenüberliegende Tür zu. Die Geiß folgte ihm, blieb jedoch abrupt stehen, als die Tür vor ihrer Nase ins Schloss fiel. Ich schlüpfte durch die erste Tür und warf sie ebenfalls schnell hinter mir zu.

Frei. Wir rannten eine Meile bergauf zum Dorf.

Großmutters Hütte war beinahe im Zentrum des Dorfes. „Ich bin es, Nharo“, musste ich sagen, ehe uns meine Großmutter öffnete.

„Was führt dich hierher mitten in der Nacht?“

„Nichts. Wir sind auf dem Weg zum Bus. Wir wollen nach Umtali.“

„Um diese Zeit? Seid ihr verrückt? Ihr müsst …“ Sie sah über uns hinweg und ich wusste, dass unsere Freundin entkommen war. Rasch schlüpften wir durch die Tür, doch die Geiß folgte uns in die Hütte.

Ohne ein Wort zu verlieren machte sich Großmutter schon an ihren Medizintöpfen zu schaffen. Und auf einmal, in Sicherheit und im Warmen, hatte ich das Gefühl, dass die Geiß harmlos sei. Sie war einfach eine Freundin, der man Unrecht getan hatte und die verschwinden würde, wenn man es wiedergutmachte. Ich sah sie mir an. Es war eine kleine Geiß, von makellosem Schwarz. Im trüben Feuerschein von Großmutters Hütte wirkte sie fast traurig.

Großmutter nippte an ihren Zaubertränken und Chemai sah ihr aufmerksam zu. Ich fühlte mich in Sicherheit. Jemand, der sich auskannte, nahm sich endlich der Sache an. Es ist ein beruhigendes Gefühl, jemanden zu haben, der sich auskennt und sich der Dinge annimmt, von denen man selbst nichts versteht.

Roberto Piumini

Nicht weiterlesen!

Wer dies liest, sollte aufpassen.

Ich bin nicht einfach eine gewöhnliche Geschichte. Du tätest gut daran, nicht weiterzulesen. Ich bin gefährlich. Noch schlimmer: Ich bin verhängnisvoll.

Und du liest trotzdem weiter?

Zähme deine Neugier, mein Freund, wenigstens dies eine Mal.

In Wirklichkeit bin ich gar keine Geschichte. Ich bin ein Fluch. Und warum das so ist, das ist eine Sache, von der keiner wissen darf und die dich nichts angeht. Vielleicht bin ich vom Teufel geschrieben worden.

Deshalb warne ich dich nochmals: Lies nicht weiter. Lies mich nicht. Mich zu lesen bringt Unglück.

Warum liest du immer noch? Stell dir vor, du gehst eine Straße entlang und hinter dir ruft jemand aus der Ferne: „Halt! Komm zurück! Das ist eine schlimme Straße, eine gefährliche Straße, eine tödliche Straße! Wenn du weitergehst, triffst du auf finstere Schluchten, wilde Tiere und Mörder!" Wenn dir jemand diese Worte zuriefe, würdest du dann etwa weitergehen? Ich glaube kaum. Du würdest stehen bleiben und umkehren.

Warum liest du also weiter? Du hast doch gehört, dass diese Geschichte ein Fluch ist: Sie bringt Unglück. Hör jetzt auf, lies nicht eine Zeile weiter. Lies eine andere Geschichte; es gibt so viele Geschichten auf der Welt, ja, sogar in diesem Buch.

Aber nein, du liest einfach weiter. Vielleicht glaubst du mir nicht, oder du willst wissen, warum ich ein Fluch bin. Tatsache ist, mein leichtsinniger Freund, dass alles, was in diesem Buch geschrieben steht, passiert, während es gelesen wird. Nicht nur „in der Geschichte", oder „in deiner Einbildung", nein, es geschieht tatsächlich, in der Wirklichkeit, in dieser Welt.

Ich bin ein furchtbarer, magischer Fluch.

Vergiss es, mein Freund, geh und lies etwas anderes.

Du liest immer noch weiter? Bist du nicht hinreichend gewarnt? Du wähnst dich in Sicherheit, du denkst: „Unsinn! Was soll schon passieren können, wenn ich es lese? Wer sieht mich? Wer merkt es?"

Na gut, setz deinen Kopf durch. Aus Schaden wird man klug. Denk daran, was du hier liest, geschieht auch, in eben dem Moment, in dem du es liest. Es passiert, *weil* du es liest.

Wenn du nicht willst, dass es eintrifft, dann hör auf zu lesen. Jetzt, mit dieser Zeile.

Du hast nicht aufgehört. Dann hör wenigstens auf, sobald du etwas Schlimmes liest, etwas Unangenehmes. Wenn du aufhörst, hört das Ereignis auch auf. Wenn du mit Lesen aufhörst, bevor „es" passiert, dann geschieht es nicht. Ich kann dich nicht mehr aufhalten oder warnen: Sobald eine Geschichte begonnen hat, muss sie auch zu Ende gehen. Aber du kannst jederzeit aufhören. Du hast die Wahl, nicht weiterzulesen. Hör auf, ehe schreckliche Dinge eintreten.

Nun denn, Milovic hielt sein Maschinengewehr fest an sich gepresst und drückte sich noch tiefer an den feuchten Baumstumpf. Er konnte die Kälte der dicken Schneeschicht durch den durchnässten Stoff seiner Hose spüren. Eine schmerzhafte, unangenehme Kälte an seinen Knien. „Wasserdichte Uniformen", hatten sie im Versorgungslager behauptet. Idioten. Die saßen da draußen, außerhalb des Kampfgebietes, und verteilten Waffen und Munition und luden Lastwagen ab. Die mussten nicht stundenlang in der Kälte still stehen oder geduckt in unbequemer Haltung, ohne sogar den Kopf bewegen zu dürfen. Diese verfluchten Bosnier konnten nicht schießen, das stimmte, aber wenn dich eine Kugel trifft, selbst wenn der Schuss nicht richtig sitzt, dann ist es aus.

Jetzt kamen allerdings keine Schüsse mehr von dem Haus. Schon seit mindestens zwanzig Minuten nicht mehr. Oder vielleicht schon seit einer halben Stunde? Man konnte das Gewehrfeuer hören, da unten, bei den Wäldern von Ravezia, in der Nähe der Brücke. Schwache Schussgeräusche, wie Noten von Hymnen in weiter Ferne, immer wiederkehrend, geradezu sanft in der blassgrauen Luft. Fast ein lieblicher Klang. Machte einen schläfrig. Wütend schüttelte Milovic den Kopf. Das würde ihm gerade noch fehlen, dass er jetzt einschlief. Erst musste er mal die bosnischen Ratten aus ihrem Loch jagen. Sie würden nicht freiwillig aufgeben. Umso besser: Wenn die andere Seite nicht aufgibt, ist es mehr wie richtiger Krieg. Die Dinge sind klarer, eindeutiger.

Er hob den Kopf einen Zentimeter, dann noch einen. Er spähte. Das Haus mit den schmutzigen Mauern und den Einschusslöchern um das Fenster lag still und wie verlassen in der Kälte, es sah aus wie auf einem Gemälde. Zu still.

Getroffen. Sie waren nicht getroffen worden. Vielleicht waren sie abgehauen ... Aber Van war doch hinter dem Haus und deckte die Rückseite. Man hätte die Schüsse gehört. Nein, sie waren noch da drinnen, die zwei. Oder der eine. Vielleicht war es nur einer, der wild in der Gegend herumgeschossen hatte, damit man dachte, er sei nicht allein. Aber dabei hatte er Munition verschwendet, der Idiot.

Fast erdrückt von der absoluten Stille des Hauses, hob Milovic den Kopf etwas höher. Vielleicht hatte er ja die gesamte Munition aufgebraucht, das Moslemschwein.

Er beschloss, sich etwas vorzubewegen. Er zielte mit seinem Maschinengewehr und löste eine Salve aus, ohne auf etwas Bestimmtes zu schießen, nur um die da drin in

Angst zu versetzen. Dann setzte er zu einem kurzen Sprint an, vornübergebeugt, bis zum Stamm einer riesigen Birke – fünfzehn Schritt vom Haus entfernt. Er fühlte, wie ihm ein kalter Schauer das Rückgrat hinunterrieselte. Er wusste, was das war. Die Angst, die ihn plötzlich und unbarmherzig gepackt hatte. Er drückte sich enger an den Baumstamm und sein Atem bildete zwei oder drei kleine Dampfwölkchen in der kalten Luft.

Es kamen keine Schüsse vom Haus her.

Plötzlich wurde er wütend.

„Van", rief er ungeduldig in die Luft. Er wollte wissen, ob sein Kamerad noch immer auf der anderen Seite war. Van war ein seltsamer Typ, kein Feigling, aber merkwürdig. Er brachte es fertig, mitten im Kampf abzuhauen, um jemanden bei den Lastwagen einen Kilometer weiter um eine Zigarette zu bitten. Oder er konnte im Schnee einschlafen, mitten im Gefechtsfeuer.

„Van! Bist du da?"

Stille. Im Haus und im Wald. Hier und dort konnte er das Echo seiner Stimme hören, wie das Knallen einer Peitsche.

Milovic verzog das Gesicht. Jetzt spürte er die Kälte nicht mehr nur in den Knien, sondern im ganzen Körper. Er musste was essen und sich wärmen. Er wollte ein Feuer machen.

Er beschloss, den Sprung zu wagen. Schließlich wurde er nicht umsonst „Milovic das Schlachtross" genannt. Es würde nicht das erste Mal sein, dass er auf einen Bosnier losging, der sich versteckt hielt. Er wusste, was er zu tun hatte. Er beugte sich etwas seitwärts und hielt Ausschau. Das Haus lag ruhig und still da. Die zwei dort würden nur noch wenige Kugeln haben, wenn überhaupt. Wer weiß, wer sie ausgebildet hatte. Womöglich ein Beduine oder so, aus dem Iran. Leute, die den Wüstenkampf kennen, werden geschickt, um Leute auszubilden, die in den Bergen kämpfen. Idioten, sie haben es nicht anders verdient, als wie Idioten zu verrecken.

Er sprang auf, feuerte in Richtung des Fensters und der Tür und lief bis zur Hauswand. Dann kamen die gedämpften Echos der Schüsse zurück, kurze Echos aus der Nähe, lange aus der Ferne, dann nichts mehr. Eine verstörte Stille, die von dem Getöse überrascht worden war. Selbst am Ende des Tales war kein Gewehrfeuer mehr zu hören.

Er stand mit dem Rücken an die kalten Steine gelehnt und dachte: „Ich zähle bis zehn, dann geh ich rein.“ Keiner aus seiner Gruppe war mutiger als er. Doch er zählte nur bis sieben, dann lief er los. Mit weit gespreizten Beinen stand er vor der Haustür und feuerte entschlossen drauflos. Splitter flogen in alle Richtungen. Er stieß mit dem Fuß unter das Schloss und trat dann die Tür ein.

Mit einem Fluch auf Allah trat Milovic ein und schoss in einem Halbkreis um sich. Er durchsiebte Wände und Überreste von Bauernmöbeln; das Glas über einem großen Foto mit einem Brautpaar, das Arm in Arm auf der Brücke von Mostar stand, zerschmetterte er in tausend Splitter.

Jetzt verfluchte er seinen eigenen Gott und blieb still stehen. Gegenüber der Tür stand ein Fenster offen. Er sah hinaus und entdeckte flüchtige Fußstapfen im Schnee. Wieder fluchte er vor sich hin. Wer konnte wissen, wie lang sie schon fort waren, während er dort hinten gestanden und sich die Knie im Schnee abgefroren hatte. Und Van? Hoffentlich war er tot. Van brachte Pech mit. Er würde ihm demnächst bei einer Attacke eine Kugel in den Leib jagen. Wenn Van nur gleich bei den Bosniern mitgekämpft hätte, dann wären sie längst besiegt …

Er sah sich im Raum um und entdeckte den Kamin. Klein und geschwärzt. Ein Kamin bedeutete Feuer. Und es gab ja Holz zum Verfeuern, zwar keine sorgfältig getrockneten Zweige, aber Brennholz.

Milovic versetzte der geborstenen Tür einen Tritt, sodass sie vollends zusammenbrach, sammelte das verrottete Holz zusammen, stapelte es über der Feuerstelle, rollte dann das Foto auf, steckte es unter das Holz und zündete es an. Schwarzer Rauch begann aufzusteigen, ungewohnt und beißend. Das Türholz brannte nicht gut, die Flammen züngelten hier und da empor wie die Zunge einer Schlange, die sich versteckte.

Milovic hustete, dann erstarrte er. Er hatte noch jemand anders husten hören. Er nahm sein Maschinengewehr an sich und hielt es fest, wandte den Kopf nach links und lauschte.

Wieder hörte er das Husten, ein rasches, dünnes, unterdrücktes Husten. Es kam von unter dem Fußboden. Er konnte die Falltür sehen, direkt unter dem Tisch. Sachte ließ er sich auf die Knie nieder und legte das Ohr an den Holzboden, der dunkel und fettig war und nach Leder und den Speisen roch, die hundert Jahre lang hier zubereitet worden waren. Er konnte das Wispern einer Frau hören, die jemand anderen ermahnte, ruhig zu sein. Dann noch ein Hustenanfall, der jedoch mit irgendwas aus Stoff erstickt wurde.

Natürlich, eine Frau und ein Kind. Und sonst noch jemand? Vielleicht das bosnische Schwein mit einer letzten Kugel im Lauf.

Das Türholz brannte jetzt gut. Der Rauch hing hoch oben im Raum unter den Deckenbalken. Unten verbreitete die Feuerstelle angenehme Wärme.

Es gab zwei Möglichkeiten. Die erste würde schwierig, gefährlich oder langwierig sein: den Tisch verrücken, die Falltür öffnen, nachsehen wer darunter war, abschätzen ob es gefährlich war oder nicht, dann möglicherweise verhören, bewachen, eskortieren … und sich auf diese Weise die angenehme Wärme entgehen lassen, in der seine Knie, vom Schnee durchnässt, bereits fast getrocknet waren. Milovic entschied sich für die zweite

Möglichkeit. Langsam stand er auf und nahm eine Handgranate aus dem Rucksack. Um die Falltür zu vermeiden, suchte sein Blick den Boden nach einer passenden Öffnung ab. Dort war eine, gerade groß genug, am Fuß der Wand, einen halben Meter von der Tür entfernt: ein Mauseloch.

Deckungsuchend trat er über die Türschwelle, zog den Sicherungsstift, reckte den Arm und schob die Granate in das Loch: kleine, schwarze Kriegsmaus. Er hörte sie auf den Boden plumpsen, dann den Schrei einer Frau. Unmittelbar danach fuhr eine Druckwelle durch den Raum und schwarzer Rauch begann wild herumzuwirbeln wie ein Karussell mit lauter schwarzen Engeln. Der Knall war gar nicht mal so laut.

Dann legte es sich wieder und es wurde still. Das Feuer, das von dem Windstoß fast ausgeblasen worden war, fing wieder an, im Kamin zu knistern.

Milovic trat ein, ging an der Wand entlang und hockte sich vor das Feuer. Er streckte die Hände aus und verharrte bewegungslos, wobei er innen an seiner Lippe saugte, wo er eine wunde Stelle spürte.

Das lag an dem Fraß, den sie den Truppen im Gebirge vorsetzten. Die in Sarajevo bekamen bestimmt besseres Essen.

Wie auch immer, ein Feuer spendet Trost.

Du liest immer noch: Es ist passiert. Du bist zwar nicht

derjenige, der es hat geschehen lassen, aber indem du es gelesen hast, hast du es zugelassen. Das ist der Fluch. Es ist vorbei. Du hast es getan. Du hast nicht aufgehört, du hast weitergelesen.

Verstehst du jetzt?

Lies die Geschichte nicht weiter: Hör hier auf. Du hast genug gelesen. Wenn du nicht liest, höre ich auf zu existieren. Die Dinge, die in mir erzählt werden, geschehen nicht. Nicht in Wirklichkeit.

Warum liest du weiter? Du weißt doch, ich kann nicht aufhören, ich bin eine Geschichte. Aber du bist eine Person. Du weißt: Wenn du mich liest, werden die Dinge, von denen du liest, wirklich geschehen.

Vielleicht glaubst du, dass nicht alle Dinge, die in mir erzählt werden, schrecklich sind. Vielleicht glaubst du, dass es auch schöne Dinge, angenehme Dinge gibt. Und dass du sie, wenn du von ihnen liest, geschehen lässt...

Ist es das Risiko wert? Und wenn wir gerade bei Bomben sind: Wenn du eine Bombe finden würdest, würdest du weiter damit spielen in der Hoffnung, dass es sich um eine Attrappe handelt, die aus Schokolade ist und aus der Blumen herauskommen, wenn sie explodiert?

Lies also jetzt nicht weiter. Warte nicht bis zur nächsten Zeile. Du kannst es, hör auf.

Chavier, Kapitän bei Godard Super, brachte das Schiff auf einen neuen Kurs. Einen ziemlich nördlichen Kurs, etwas ungewöhnlich im Atlantik, etwas zu nahe in Richtung Eisberge, wenn auch nicht so weit nördlich, dass es unnormal gewesen wäre. Es war nur ziemlich unwahrscheinlich, dass sie hier auf andere Handelsschiffe oder Fischkutter treffen würden, nicht um diese Jahreszeit.

Es war ein herrlicher Tag, die See war spiegelglatt. Eigentlich überhaupt nicht wie ein Ozean, eher wie eins der osteuropäischen Binnenmeere oder wie der nördliche Teil der Adria bei Triest, wo Chavier jahrelang mit kleinen Tankern gefahren war. Doch das hier war der Ozean, das war gewiss: Viele Billionen Tonnen von Wasser, eine geheimnisvolle Tiefe mit Fischen, fremdartigen Walen und Unterwassermonstern. Alles stumme Geschöpfe, Wesen, die nicht reden können.

Die Tür des Steuerhauses wurde geöffnet. Shippers trat ein und nahm die Pfeife aus dem Mund. Er tat das jedes Mal, es war eine Art Respektsbezeugung für den Kapitän. Danach steckte er sie langsam wieder in den Mund, um sie zu genießen wie ein gieriges Kind seine Süßigkeiten.

Shippers warf einen Blick auf das Instrumentenbrett und rieb sich das Kinn. Dann sah er in Fahrtrichtung und sagte mit ruhiger Stimme: „So weit nördlich, John? Da wird die Überfahrt aber mindestens zehn Meilen länger …"

Chavier gab keine Antwort. Er konzentrierte sich auf die Instrumente, als wolle er etwas überprüfen, dann sah er wieder nach vorne in die weite, dunkelgrüne See. Shippers wartete stumm. Wenn der Kapitän keine Lust hatte zu reden, sollte man nicht darauf bestehen. Sie waren Freunde, das war offensichtlich, doch jeder, der es vorzog zu schweigen, war gerade mehr mit sich selbst beschäftigt.

Nach einer Weile ging Shippers hinaus, hinunter aufs Deck. Es war seine letzte Fahrt und er wollte sie genießen. Dreiundvierzig Jahre in der Handelsmarine, das reichte für einen alten Seebär. Wenn er von dieser Fahrt zurückkam, dann war alles vorbei. Er würde von seinem Haus, das hoch auf den Klippen von Cornwall lag, auf die See blicken. Zusammen mit Elisabeth, die sich schon freute auf die Zeit, die sie gemeinsam verbringen würden. Und Jimmy würde dann zusammen mit Mary und George viel häufiger aus Taunton herüberkommen. Shippers hatte einen Haufen Geschichten, die er ihnen erzählen konnte. Man muss nur aufs Meer schauen und die Geschichten kommen ganz von selbst …

Er ging am Laderaum entlang und blieb stehen, um mit Peterson, der für den Maschinenraum verantwortlich war, zu plaudern. Der war an Deck gekommen, um an der frischen Luft eine Zigarette zu rauchen. Nach zwanzig gemeinsamen Jahren auf verschiedenen Schiffen kannten sie sich gut.

„Die haben in Liverpool aber komisch aufgeladen, findest du nicht auch?", bemerkte Peterson, wobei er den

Blick fest nach Norden gerichtet hatte, direkt auf die kalte Polarregion.

„Komisch? Keine Ahnung, Paul, ich war im Ruderhaus. Chavier hat mir die Zollformalitäten überlassen. Und Scatts hat das Beladen überwacht … wieso meinst du ‚komisch'?"

„Ich weiß nicht, Charlie … Die Fässer werden doch gewöhnlich in der Mitte vom Laderaum verstaut, oder?", sagte Peterson.

„Natürlich. Liegen da viel sicherer. Und beim Ankommen kann man sie besser ausladen."

„Genau."

„Was meinst du mit ‚genau', Paul?"

„Weil sie diesmal ungefähr hundert Stück gleich oben an der Treppe gelagert haben, und sie sind nicht mal richtig befestigt, glaube ich … Wenn wir bei Neufundland in so einen Sturm geraten, dann rollen die weg wie die Kegel …"

„Aber was meint denn Bob dazu?"

„Er sagt, dass alles in Ordnung ist, dass sie sicher genug liegen. Ich weiß nicht, es hängt so eine seltsame Stimmung über dem Laderaum …"

„Ich geh mal nachsehen", sagte Shippers.

Sie standen in der Nähe der Luken zum Laderaum, als sie ihn kommen sahen. Sie warfen sich einen Blick zu, Bob, der den Laderaum unter sich hatte, und zwei seiner Männer, kräftige Iren mit blassen Gesichtern.

„Bob, ich möchte gern einen Blick auf die Ladung werfen", sagte Shippers ruhig.

„Und warum?", fragte Bob mit einer kurzen ruckartigen Kopfbewegung, die sein sandfarbenes Haar zurückfallen ließ. „Scatts hat alles überprüft."

„Keine Sorge", erwiderte Shippers, „ich muss nur die Kisten aus Manchester kontrollieren, Bob, sie haben beim Beziffern einen Fehler gemacht, ich muss ihre Lage im Register eintragen. Dauert nur zwei Minuten."

„Weiß der Käpt'n Bescheid?", fragte Bob und kratzte an der abblätternden Farbe einer Luke herum. „Du weißt doch, der Laderaum darf auf See nur mit seinem Befehl geöffnet werden."

„Ruf ihn an, Bob, ich will keine Zeit verschwenden." Shippers Stimme hatte inzwischen einen härteren Unterton, den des zweiten Befehlshabenden. Er konnte seine Stimme sogar noch fieser klingen lassen, etwa wenn er Jimmy Piratengeschichten erzählte bei ihren Spaziergängen am Kap Hartland entlang.

„Ich mach schon auf", sagte Bob mürrisch.

Eine Viertelstunde später betrat Shippers das Ruderhaus erneut. Er hatte seine Pfeife weder im Mund noch in der Hand.

„Mit der Ladung stimmt was nicht, John", sagte er mit entschlossenem Tonfall.

„Was?"

„Scatts muss verrückt geworden sein. Er hat ungefähr

hundert grüne Fässer, auf denen ‚Speziallösung' steht, am Rand des Laderaums aufgestapelt und sie nur mit einem Stück dünnem Seil gesichert. Bei der ersten größeren Welle fangen die im Laderaum zu wandern an."

„Scatts weiß, was er tut, Charlie", sagte der Kapitän langsam, ohne ihn anzusehen.

„Diesmal anscheinend nicht, John. Die Ladung wird sich losreißen, sogar schon bei Windstärke zwei."

„Du siehst doch, wie ruhig die See ist", sagte der Kapitän mit seltsam verzerrtem Gesicht, „die ersten drei Tage wird uns kein Windhauch stören."

Shippers schwieg einen Moment, als sei er überrascht. Er hatte ein merkwürdiges, unwirkliches Gefühl.

„Die Überfahrt dauert aber acht Tage, John", sagte er dann.

Der Kapitän seufzte tief auf, dann wandte er sich um und sah ihn an.

„Die Fässer da liegen ganz richtig, Charlie", sagte er.

„Was meinst du damit, ganz richtig?"

„Ich meine damit, sie gehen heute Nacht über Bord."

„Ins Wasser?"

„Wohin sonst?", erwiderte der Kapitän und sah wieder geradeaus.

Shippers steckte nervös die Hand in die Tasche. Er fühlte seine Pfeife, nahm sie jedoch nicht heraus. Sein Gesicht war gerötet und in der Magengegend spürte er einen stechenden, brennenden Schmerz. Er dachte, ich bin ja wohl der einzige Idiot, der übrig ist.

„Was für Zeug ist das, John?“, fragte er.

„Ich weiß es nicht, und es ist mir auch egal“, antwortete Chavier, ohne in seine Richtung zu sehen. „Es ist Zeug, das unverträglich ist für die Welt und es muss verschwinden. Heute Nacht öffnen wir die Seitenluken im Laderaum und werfen die paar Fässer über Bord. Keiner erfährt irgendwas davon.“

„Und ich hätte auch nichts erfahren, wenn ich in meiner Kabine geschlafen hätte, was?“, sagte Shippers bitter. Sein Magen brannte jetzt anhaltend, so als ob er in Henry Sheilleys Kneipe zwei Bier zu viel getrunken hätte.

„Der Reeder hat nichts dagegen, Charlie“, sagte der Kapitän. „Alle kriegen eine Belohnung, du auch. Und zwar mehr als ein gutes Trinkgeld, Charlie. Du könntest damit dein Dach in Rasville reparieren lassen.“

Shippers legte sich die Hand auf den Magen, ohne jedoch zu reiben.

„Es muss ja tödliches Zeug sein, John“, sagte er. „Furchtbarer Abfall, wenn sie ihn nicht mal in Truro nehmen. Das Meer ist hier vier- bis fünftausend Meter tief, das weißt du. Der Druck zerquetscht sie, ehe sie auf dem Grund sind und die Strömung …“

„Sie haben versichert, dass es verstärkte Fässer sind, Charlie“, sagte der Kapitän, nahm seine Mütze ab und kratzte sich den Kopf. „Sie sind aus einem Metall gemacht, das bis zu neuntausend Meter Tiefe aushält."

„So ein Blödsinn, John. Ich hab sie gesehen. Das sind völlig normale Vorratsfässer."

Sie verfielen in Schweigen. Aus der Tiefe des Schiffes drang nur das dumpfe, schwere Stampfen der Maschinen herauf. Dann sagte Shippers mit gepresster Stimme: „Im Frühling kommen hier Wale her mit ihren Jungen. Mein Enkel Jimmy hat mir das erzählt, er weiß alles über Wale ..."

Wieder Schweigen.

„Geh schlafen, Charlie", sagte der Kapitän nun. „Morgen früh ist alles vorbei. Die See ist weit und lässt sich nicht unterkriegen, nicht mal von uns. Und wenn wir es nicht machen, dann tut's ein anderer, womöglich die Angeber aus Hamburg. Die werfen es an der Küste rein ... Geh jetzt schlafen. Es ist deine letzte Fahrt, verdirb sie dir nicht. Scatts kommt jede Minute rauf und es ist besser, wenn du ..."

Shippers unterbrach ihn. „Er ist derjenige, der das alles angezettelt hat, stimmt's?"

Chavier antwortete nicht.

Mit quälenden Stichen im Magen verließ Shippers das Ruderhaus. Links vom Bug hing die Sonne jetzt dicht über dem Horizont. Das Schiff folgte der Sonne, wenn es sie auch nie erreichte. Von hinten, aus Osten, näherte sich eine dunkle Wolke.

Shippers ging hinunter in seine Kajüte, um sich hinzulegen, damit das brennende Gefühl nachlassen würde. Danach wollte er Scatts suchen und … Vielleicht würde es besser sein, erst Mal mit Peterson und den anderen zu reden. Wahrscheinlich wusste niemand im Maschinenraum etwas von der Angelegenheit. Vielleicht wussten nur die vom Laderaum etwas darüber. Sieben oder acht Mann.

Er streckte sich bäuchlings auf seiner schmalen Koje aus, wobei er langsam durchatmete, denn er wusste, was ihm gut tat. Sofort fühlte er sich etwas besser, er hatte sein Magengeschwür ziemlich gut unter Kontrolle. Er kam damit zurecht. Plötzlich wurde er vom Schlaf übermannt. Er träumte wirres Zeug: Jimmy, die Möwen am Kap, dann wieder Jimmy, der rittlings auf dem Rücken einer Walmutter saß, die ihm von jenseits der Felsen zuwinkte. Dann Elisabeth, die den Weg zum Leuchtturm entlang rannte, eine Schüssel mit Krapfen in den Händen …

In Schweiß gebadet und benommen wachte er auf. Etwas unsicher setzte er sich auf. Hinter dem Bullauge zu seiner Rechten hatten die dunklen Wassermassen des Ozeans den letzten Rest des Tageslichts verschlungen.

Er stand auf, atmete tief durch und verließ seine Kajüte. Er machte sich auf, um zum dritten Unterdeck hinunterzusteigen und Peterson zu suchen. Das Meer war dunkel. Wie nie zuvor genoss er die salzige Luft des Atlantiks.

Er hatte den halben Weg hinter sich, als ihn vier starke Arme unbarmherzig von der Treppe zerrten und ihn über die Reling warfen. Im Flug konnte er gerade noch einen Augenblick an Jimmy denken und ihm einen verzweifelten Kuss zuwerfen.

Siehst du, du hast es wieder geschafft. Du hast weitergelesen, und was du gelesen hast, ist passiert. Nein, natürlich nicht: Du hast Shippers nicht ins Meer geworfen und du versenkst heute Nacht auch nicht die hundert grünen Fässer im Atlantik, aber zufälligerweise wird es so geschehen, weil du es gelesen hast.

Du willst weitermachen? Wirklich?

Ich muss: Ich bin die Geschichte. Aber du bist nicht ich. Denk daran, wenn du dies liest ... Du hast noch Zeit. Halt an. Wenn du das hier nicht liest, bleibt es etwas auf dem Papier, dann existiert es nicht, dann ist es nicht wahr. Aber wenn du es liest, passiert es. Das ist der Fluch.

Lies nicht weiter als bis zu dieser Zeile.

Die ersten Anzeichen für eine fehlerhafte Stelle tauchten vor elf Tagen auf. Und noch ehe er die Notfallkommission informierte, kam der verantwortliche Ingenieur seiner Pflicht nach: Er stellte den Reaktor auf halbe Kraft. Dann folgten die Inspektoren, die den Bericht 7455/RS zusammenstellten, der umgehend an das Management geleitet wurde. Der Verwaltungsdirektor, Ingenieur Francesco di Sghinopoli, zog eine Augenbraue hoch, während er den Bericht las, und ließ Ingenieur Pasquali, den Leiter der technischen Abteilung, zu sich kommen.

„Pasquali, ich habe den Bericht gelesen. Zählen Sie mir kurz die Fakten auf."

„Es handelt sich um das, was wir bereits wussten, Signore", berichtete Pasquali mit dem demütigen Unterton, den seine Stimme immer annahm, wenn er mit seinen Vorgesetzten sprach und den er sich nicht abgewöhnen konnte, selbst wenn er es wollte.

„Was wussten wir, Pasquali? Wir wussten so vielerlei."

„Ich meine, wir wussten über den äußeren Mantel des Reaktors Bescheid, Signore. In den Schichten drei und vier, die in dem Bericht mit dreizehn und vierzehn bezeichnet werden, ist ein Fleck aufgetreten, der auf fortgeschrittene Materialermüdung hindeutet. Es war schon immer eine Unebenheit an dieser Stelle, aber gestern war ein deutlicher Fleck zu erkennen ..."

„Wie groß war er, Pasquali?"

„Ein Fleck von ungefähr fünfundzwanzig Quadratzentimetern, der einen seltsamen Umriss hat ... Er sieht wie ein Schmetterling aus. Wahrscheinlich ..."

„Geht er durch alle Schichten?", unterbrach ihn Di Sghinopoli.

„Ja, es scheint so. Es ist schwierig, an der Stelle einen gründlichen Test durchzuführen, solange der Reaktor warm ist, das wissen Sie ..."

„Ich weiß, Pasquali. Wer weiß noch von dieser Geschichte außer Ihnen, dem Leiter der Abteilung und der Notfallkommission?"

„Soviel mir bekannt ist, keiner, Signore."

„Es wäre klüger, wenn wir es nicht nach außen sickern lassen würden. Sie wissen ja, die da draußen warten nur darauf, uns den Hahn abzudrehen ... Die Presse ..."

„Ich weiß, Signore. Hier drin wird jeder schweigen."

„Sie hören binnen kurzem von mir, Pasquali."

Der schmetterlingsförmige Fleck, ein Problem, das von Anfang an da gewesen war, beruhte auf einer Unebenheit im Stahlmantel von Speicher drei. Sie hatten immer davon gewusst, aber die Möglichkeit, dass der Stahl tatsächlich nachgeben würde, war auf 0,03 Prozent eingeschätzt worden. Viel geringer als das mögliche Auftreten eines Erdbebens mit einer Stärke von acht auf der Richter-Skala in dieser Gegend. Praktisch gleich Null. Und da der Speicher bereits installiert war, als die Schwäche entdeckt wurde, und ein Auswechseln – ganz abgesehen von den Kosten – die Inbetriebnahme der Reaktoren um drei Monate hinausgezögert hätte, hatte die entscheidende Behörde grünes Licht gegeben, mit der einzigen Auflage, den Metallmantel des Speichers auf jeden Fall alle zwei Monate zu überprüfen ...

Der Schmetterling hatte sich drei Jahre lang nicht gerührt, so als ob es ihn gar nicht gäbe. Er horchte gelassen dem tiefen elektrischen Summen, das durch die isolierten Wände drang: gespaltene Atome, machtvolle unsichtbare Lichtstrahlen.

Dann hatte der Stahl, der nichts von Statistiken und Wahrscheinlichkeitsberechnungen wusste, zu bröckeln begonnen. Aber nur ganz langsam, erst ein Atom, zwei, fünf, dann jedes Mal zehn. Nicht in Eile. Atome, wer könnte sie zählen?

Einer, der Eile hatte, war der Parteivorsitzende Spinardi, der auf einen Parteikongress musste. Und weil er informiert worden war, sprach er mit Di Sghinopoli.

„Signore, wie üblich vertraue ich Ihnen völlig … aber die Umstände … Ich meine, ohne die nötige Vorsicht außer Acht zu lassen, bedenken Sie bitte, dass in zwei Wochen Wahlen sind – und Sie wissen ja, was für Unruhen die Anti-Atomkraft-Bewegung stiften kann und auch stiften wird … Und Störungen oder auch nur der Anschein von Störungen, also ein Problem im Kernkraftwerk, ausgerechnet jetzt, Sie verstehen, was das bedeutet. Im Parlament würden sie vor Freude auf den Tischen tanzen. Und ich fürchte, wenn die Leute zur Wahl gehen, mit so spärlicher und einseitiger Information ausgestattet, dann könnten sie sich von jeder übertriebenen Panikmache mitreißen lassen …"

„Ich verstehe nur zu gut, was Sie meinen, Signore",

erwiderte Di Sghinopoli, der die Sprache von Politikern weit besser enträtseln konnte als physikalische Berechnungen.

Der Schmetterling tief unten im Stahl wusste nichts von Wahlen und von Opportunismus. Er bewegte sich langsam pulsierend weiter: tausend Atome, zehntausend, eine Million. So viele Atome, wer könnte sie zählen? Es schien eher, als sei er noch eine Raupe, die aus einem tausendjährigen Winterschlaf erwacht, und kein Schmetterling.

Währenddessen flatterte ein anderer Schmetterling den Leuten aus dem Mund und in die Ohren, trotz aller Versuche, ihn geheim zu halten: Im Kernkraftwerk sei einer der Reaktoren auf halbe Kraft geschaltet worden. Die Botschaft landete auch bei gewissen Leuten, die sie für bedeutend hielten. Eine der gefürchteten Zeitungen druckte die Nachricht in einer Ecke der Titelseite ab: „Wie bestätigt wurde, gibt es Probleme bei einem der Reaktoren im Kernkraftwerk Poffio. Der Reaktor drei ist auf halbe Kraft zurückgeschaltet worden. Wenn dieser Zustand mehr als drei Tage anhält, bedeutet das, wie unsere Leser wissen, dass schwere Schäden an der Anlage entdeckt worden sind."

Nach seiner Rückkehr von dem Parteikongress rief Spinardi Di Sghinopoli an. Seine Stimme klang kalt.

„Sie hatten Diskretion zugesagt, Signore."

„Ich habe mein Möglichstes getan, Herr Abgeordneter. Aber das Kernkraftwerk ist groß, es hat mehr als vierhundert Angestellte. Und obwohl es unglaublich erscheint, gibt es hier drinnen natürlich auch jemand, der mit der Anti-Atomkraft-Bewegung sympathisiert …"

„Der Schaden ist bereits angerichtet, Signore. Wir müssen eine Lösung finden."

„Was schlagen Sie vor, Herr Abgeordneter?"

„Sie sind der Experte, Di Sghinopoli. Sie haben diese Stellung nicht nur aufgrund Ihrer wissenschaftlichen Fähigkeiten bekommen, sondern auch, sagen wir mal, wegen Ihres politischen Geschicks, Situationen zu meistern."

„Nun ja, sehen Sie, Herr Abgeordneter, in diesem Fall glaube ich kaum …"

„Stimmt es, was man in Bezug auf die drei Tage sagt? Ich meine, was da heute in der Zeitung stand?"

„Nun, äh, Herr Abgeordneter … So ist es in der Praxis. Eine Reduktion der Kapazität für weniger als drei Tage, genannt Pausenphase eins, genügt, um normale Überprüfungen auszuführen. Wenn mehr als drei Tage benötigt werden, tritt Pausenphase zwei in Kraft und das bedeutet, dass es schwere Unregelmäßigkeiten oder Defekte gibt."

„Na gut, Di Sghinopoli. Aber in diesem Fall handelt es sich doch mit Sicherheit um eine Pausenphase eins, oder?"

„Aber sehen Sie doch … um ehrlich zu sein, ich

glaube, dass ein akuter Fleck dieser Größe es erfordert, dass …"

„Geben Sie mir eine ehrliche Antwort: Handelt es sich um etwas Gefährliches, besteht unmittelbare Gefahr?"

„Ich … unmittelbare Gefahr wohl nicht. Ich würde nicht sagen, unmittelbar. Aber man muss eine gründliche …"

„Unter normalen Umständen wäre das alles anders, Di Sghinopoli. Aber uns stehen Wahlen ins Haus. Hören Sie, wenn man den Reaktor wieder einschalten würde, ich sag das einfach mal so, dann würde doch nichts passieren, oder?"

„Nun es sieht wohl aus, als ob alles unter Kontrolle ist, aber …"

„Ich bin noch nicht fertig. Die Wahlen sind in elf Tagen. Der Reaktor müsste nur bis zum Wahltag am Netz bleiben, ungefähr zehn Tage. Am Wahltag können Sie ihn dann abschalten und alle Kontrollen durchführen. Finden Sie nicht, das wäre ein gangbarer Weg, Di Sghinopoli?"

„Doch, ein gangbarer Weg, Herr Abgeordneter, aber ich zögere …"

„Zögern Sie nicht länger. Sie haben für diesen Entschluss volle Deckung. Und ich würde auch lieber Abstand davon nehmen, doch die Situation erfordert es. Ich darf Sie daran erinnern, dass die Existenz des Kraftwerks und auch Ihre persönliche Stellung zu großen Teilen von meinem politischen Einfluss abhängt... Die Wählerstimmen sind unsere Energie, Di Sghinopoli. Der Wahlreaktor muss für uns arbeiten ..."

„Ich bin Ihnen immer dankbar gewesen, Herr Abgeordneter. Es ist nur, dass ein Reaktor ... Da ..."

„Mein lieber Di Sghinopoli, nur zehn Tage. Danach können Sie durchchecken, überholen, ausbessern. Wenn die Wahl zufriedenstellend verläuft, dann verspreche ich Ihnen, dass Sie alles unternehmen können, was Sie für das Kraftwerk für nötig erachten. Was meinen Sie?"

Es folgte Schweigen. Di Sghinopoli schwitzte und dachte gründlich nach. Es bestand tatsächlich die nicht unbeträchtliche Möglichkeit, dass keine Probleme auftreten würden, zumindest keine unmittelbaren Probleme, wenn der Reaktor wieder angeschaltet würde. Ein Fleck, der fortgeschrittene Materialermüdung anzeigt, ist eben nur ein Fleck aufgrund von fortgeschrittener Materialermüdung. Wenn man ein Auge auf die Vibrationen hat und wenn man ein paar zusätzliche Sensoren installiert, damit man im Notfall gleich ...

„Ich warte auf Ihre Antwort, Di Sghinopoli", sagte der Parlamentsabgeordnete Spinardi.

„In Ordnung, Herr Abgeordneter, heute Abend gehen wir wieder ans Netz", sagte der Manager zögernd. „Eine weise Entscheidung", bemerkte der Parlamentarier.

Acht Tage später, also zwei Tage vor der Wahl, mit

anderen Worten heute, ist der Schmetterling im Stahlmantel aufgewacht und hat unerwartet zu vibrieren angefangen. Seine Teile, mittlerweile Billionen und Aberbillionen, sind zum Leben erwacht, ganz plötzlich und vorsichtig. Tief im Metall gab es einen Riss. Genau dort ist der Mantel geborsten, der zusammen mit den übrigen Schichten die schreckliche Gewalt der Kernspaltung in Zaum gehalten hat. Das tödliche Licht ist nach außen geschossen und hat sich über die gesamte Welt ausgebreitet. Billionen und Aberbillionen winziger Schmetterlinge, ein Durcheinander todbringender Strahlen.

Auch diese Geschichte ist zu Ende.

Und du liest immer noch. Was erzählt wurde, ist deshalb auch geschehen. Geschieht, wird geschehen. Vielleicht glaubst du es nicht. Du lächelst, denkst, es war ein Spiel, ein Einschüchterungsversuch.

Ich wünsche wirklich, es wäre so.

Aber geh doch bitte ans Fenster. Du kannst jetzt gehen. Die Geschichte ist beendet. Diese und jede andere auch. Es gibt nichts mehr zu lesen oder zu tun.

Wer das hier liest, der soll ans Fenster gehen. In der Luft über der Stadt, in Richtung Norden, hängt eine seltsame grünliche Wolke.

Es ist keine Gewitterwolke.

Eiko Kadono

Der Spiegel

„Mami! Hast du meinen neuen Hut gesehen?“, rief ich laut und rannte die Treppe hinunter.

„Hast du ihn nicht gestern Abend vor dem Spiegel aufprobiert, Ariko?“

Ich schaute im Vorübergehen in das nächste Zimmer, aber mein Hut war nicht da. Wo konnte er sein? Wenn ich mich nicht beeile, verpasse ich den Bus. Ich muss doch dort sein, wenn Hiroshi kommt.

Kürzlich auf dem Heimweg von der Schule waren Hiroshi und Isamu vor mir hergegangen. Ich machte mich heimlich näher an die beiden heran und konnte hören, was Hiroshi sagte.

„Am Sonntag geh ich in den Videospiel-Laden in Machida. Warum kommst du nicht mit, Isamu? Da sind gebrauchte Videospiele echt billig, weißt du. Komm doch zur Abwechslung mal mit“, drängte er.

„Nö, ich glaube, das geht nicht“, sagte Isamu bekümmert.

„Wieso nicht?“

„Kein Geld.“ Isamu schnitt eine Grimasse, um seine Verlegenheit zu verbergen und rannte los. „Vielleicht ein andermal. Bis dann!“ Er winkte und verschwand um die Ecke.

Hiroshi ließ einen enttäuschten Seufzer hören und fing zu laufen an.

Während ich ihm nachsah, beschloss ich, dass *ich* zu dem Videospiel-Laden in Machida kommen würde. Ich kannte den Laden. Ich wollte hingehen und davor warten und Überraschung zeigen, wenn Hiroshi auftauchte, und so tun, als ob es ein Zufall sei. Beim Gedanken daran bekam ich Herzklopfen.

Hiroshi war der größte Junge in unserer Klasse. Er sah ganz gut aus mit seinen langen Wimpern, wie die Helden in den beliebten Comics, die wir immer lasen. Die Mädchen konnten ihre Blicke nicht von ihm lassen; vor allem Keiko und Yasuko. Wann immer es ihnen möglich war, schienen sie über ihn zu schwatzen.

Natürlich war ich keine Ausnahme. Auch ich fand Hiroshi anziehend. Ich beschloss, keinem davon zu erzählen, dass ich nach Machida gehen wollte. Nach und nach würde ich mich mit Hiroshi anfreunden und heimlich, ohne dass jemand davon wüsste, würde ich ihn ganz für mich allein haben. Und wenn das Geheimnis dann herauskam, da würden sie dann aber alle schauen! Fast konnte ich sie bereits jetzt darüber klatschen hören. Allein schon beim Gedanken an ihr Staunen tanzte ich fast wie auf Wolken.

Am Sonntag, nahm ich mir vor, zieh ich das Kleid mit den roten Tupfen an und den weißen Hut dazu, den

Mami mir gekauft hat. Ich föne mein Haar, dass es glänzt und locker fällt, so wie ich es am schönsten finde.

Deshalb hatte ich gestern Abend ein bisschen geübt, den Hut aufgesetzt und mich hin und her gedreht. Mami hatte ein wissendes Lächeln aufgesetzt und zu Papi gesagt: „Wie gut, dass ich den Flurspiegel gekauft habe, jetzt, wo wir ein schickes Mädchen im Haus haben. Immerhin ist sie schon zwölf."

„Magst Recht haben", sagte Dad mit gerunzelter Stirn, „aber ich erschrecke jedes Mal, wenn ich spät abends die Tür öffne und mir plötzlich selbst gegenüberstehe."

„Die Wahrheit über Papi", ließ ich mich melodramatisch vernehmen, „liegt in dem Spiegel! Was dich vielleicht überrascht, ist das Spiegelbild deines wahren Selbst. Du musst was Verdächtiges an dir haben." Und ich neckte ihn weiter: „Kann es nicht sein, dass du erschrickst, weil der Spiegel zeigt, wer du wirklich bist? … Nein, ich mach nur Spaß! Nur einen Scherz", wehrte ich rasch ab, als mir Papi einen drohenden Blick zuwarf. Aber irgendwie hatte ich das Gefühl, dass ich Recht hatte.

Mit einem Augenzwinkern wies mich Mami zurecht: „Wirklich, Ariko, wie redest du denn mit deinem Vater?" Sie wandte sich an Papi. „Mein Lieber, ich bin sicher, dass du dich mit der Zeit an den Spiegel gewöhnst."

„Weißt du, Papi", meinte ich, „wenn du nicht von

dem Spukspiegel begrüßt werden willst, dann komm eben früher heim – wenn Mami und ich noch wach sind." Und ich ging wieder hinaus, um mich zu bewundern. Ja, dachte ich, während ich mich in Pose warf, ich seh wirklich ziemlich hübsch aus.

Das war erst gestern Abend, und jetzt war der Hut spurlos verschwunden. Hatte ich ihn vielleicht auf der Kommode in meinem Zimmer liegen lassen? Ich wollte gerade wieder nach oben laufen um nachzusehen, aber etwas hielt mich zurück. Ich selbst, mein eigenes Spiegelbild, das mich jedoch angrinste mit einer Art abfälligem Lächeln. Merkwürdig, dachte ich und dann stockte mir der Atem. Mein Abbild im Spiegel hielt den Hut.

„Ach, da ist er ja", rief ich und griff instinktiv danach. Da wurde meine Hand plötzlich gepackt und mit einem Ruck wurde mein ganzer Körper herumgewirbelt und nach vorne gezogen und dann irgendwo hingeschubst.

„Mami, ich hab meinen Hut, ich geh jetzt."

Die Worte kamen von dem Mädchen mit dem Hut, und es eilte zur Haustür.

„Warte, warte!", rief ich aus und wedelte verzweifelt mit den Armen.

Das Mädchen drehte sich um und lächelte ironisch. „Tut mir Leid", sagte es und rannte zur Tür hinaus.

Das war *mein* Gesicht, keine Frage. Aber … wieso? Ich bin doch hier.

Der fröhliche Abschiedsgruß von Mami hallte durch den Flur. „Bis später! Sei schön vorsichtig."

Ich verstand überhaupt nicht, was los war. Doch dann dachte ich: Ich muss ihr hinterher und sie aufhalten.

Ich richtete mich auf, rannte jedoch direkt in ein Hindernis. Ich trat noch mal einen Schritt nach vorne und wieder stieß ich gegen etwas. Ich konnte nicht hindurch. Und doch lagen der Flur und das restliche Haus direkt vor mir. Ich konnte die Lehne unseres Sofas sehen, wo wir immer fernsehen, und dahinter die Wohnzimmertür. Auf der einen Seite lag die Küche, wo Mami gerade den Abwasch machte.

„Mami! Mutter!", schrie ich und schlug wild mit den Fäusten auf das Hindernis ein. Aber sie drehte sich nicht mal um. Ich versuchte es noch einmal, und zwar mit meinem ganzen Gewicht. Aber ich prallte zurück und sank zu einem Häufchen zusammen. Nach Luft ringend blieb ich eine Weile zusammengekauert hocken.

Mami wandte sich um, wischte die Hände an der Schürze ab und trat auf den Spiegel zu. Sie kam ganz nahe mit dem Gesicht heran.

„Mami, ich bin's! Hier!"

Wieder schlug ich auf den Spiegel ein. Aber Mami konnte mich offensichtlich weder sehen noch hören. Sie betrachtete sich, strich sich eine Augenbraue mit dem Zeigefinger glatt und spitzte die Lippen, wie um Lippenstift aufzulegen.

Da wurde mir plötzlich klar, wo ich mich befand. Ich war *im* Spiegel *drin*. Ich musste hineingezogen worden sein, als ich vorhin am Arm gezerrt worden war. Aber wer hatte je davon gehört, dass man in einem Spiegel drin war! Wenn ich tatsächlich in dem Spiegel war, dann hatte mich das Mädchen mit dem Hut hereingezogen. Und doch hatte das Mädchen ohne Zweifel mein Gesicht. Wenn sie ich ist, warum bin ich dann hier? Und wer ist das Mädchen?

Mami ging summend nach oben und kam kurz darauf zum Ausgehen umgezogen wieder herunter. Ich konnte hören, wie die Haustür geöffnet und dann von außen abgeschlossen wurde. Durch einen Spalt im Vorhang konnte ich kurz erkennen, dass sie in Richtung Hauptstraße ging. Heute war Sonntag. Papi müsste zu Hause sein, überlegte ich. Nein, jetzt fiel es mir ein, er ist ja vorhin zum Golfspielen gegangen.

Wenn ich in den Spiegel hineingekommen bin, so überlegte ich nun, muss es auch einen Weg heraus geben. Ich fing an, die unsichtbare Wand vor mir abzutasten, doch plötzlich bemerkte ich voller Schrecken, dass ich meine Hände gar nicht sehen konnte. Ich hob beide Arme und schaute genau hin, aber sie waren nicht da. Erschrocken blickte ich auf meine Füße hinunter. Sie waren unsichtbar. Mein Herz fing an zu klopfen und mir wurde schwummerig.

„Nein! Das darf doch nicht wahr sein! Hilfe!", schrie

ich hysterisch und tastete verzweifelt nach meinen verschiedenen Körperteilen. Fühlen konnte ich sie, aber nicht sehen. Ich sah nichts als tintenschwarze Dunkelheit.

Ich schaute hinter mich. Auch dort war alles schwarz; totale Finsternis, ich konnte nicht mal meinen Schatten sehen. Ich war völlig allein und verängstigt. Wurde ich vielleicht verrückt? Der Raum draußen, auf der anderen Seite des Spiegels, war hell, aber kein Lichtstrahl von jener Seite drang in meine Seite des Spiegels.

Dann hörte ich, wie der Schlüssel im Schloss umgedreht und die Haustür aufgestoßen wurde.

„Wieso ist es hier drin denn so heiß? Das ist ja nicht zum Aushalten!"

Das Mädchen stürzte durch die Tür und ließ den Hut auf einen Stuhl fallen, dann riss sie die Fernbedienung für die Klimaanlage an sich. Sie stand genau da, wo der kühlende Luftstrahl rauskam und hob und wedelte ihren Rocksaum, um das Lüftchen drunterzulassen. Es schien ihr nichts auszumachen, dass man ihr Höschen sehen konnte. Dann holte sie sich ein Glas kaltes Wasser in der Küche, kam zum Spiegel herüber und streckte mir gehässig das Kinn entgegen.

„Na, du siehst vielleicht aus! Wie ein Angsthase", rief sie aus.

„Was? Kannst du mich sehen?", fragte ich.

„Klar. Wenn ich auf dieser Seite bin, kannst du mich sehen – also dich –, aber wenn ich nicht nahe rankomme, dann kannst du dich nicht sehen. Es hängt also ganz von mir ab, ob du mich siehst oder nicht!"

Ich hielt die Hand wieder versuchsweise hoch. Jetzt konnte ich meine Handfläche weißlich in der Dunkelheit aufleuchten sehen. Ich überprüfte den Rest. Auch meine Füße und Knie und den Bauch konnte ich sehen. Richtig erleichtert tastete ich meine Arme ab.

„Wenn du weiter willst, dass du dich selbst sehen kannst, musst du mich schon besser behandeln, weißt du. Hey, pass auf, ich will dir was erzählen. Ich war statt dir in Machida und hab Hiroshi getroffen. Alles ist glatt gelaufen. Mach dir nur keine Gedanken." Sie sagte das mit einem hämischen Unterton.

„Das ist mir ganz egal. Hol mich einfach hier raus!", rief ich und schlug um mich.

„Jetzt reg dich bloß nicht auf!", sagte sie und grinste mich schief an. „Ich werde eine Weile hier draußen bleiben. Und dein gesamtes Leben umkrempeln. Dein Zuckerleben noch ein bisschen zuckriger machen …"

„Ich brauch deine Hilfe nicht. Was ist denn überhaupt los? Was führst du eigentlich im Schilde? Na los, erklär's mir. Warum bin ich überhaupt hier drin?"

„Ich hab absichtlich nach deiner Hand gegrabscht", kicherte sie hämisch, wobei sie mir die Handfläche zustreckte und langsam damit winkte. „Du bist so dämlich, dass es dir anscheinend nie aufgefallen ist, aber jedes Mal, wenn du in den Spiegel geguckt hast, hast du mich einfach übersehen. Du hast nur gesehen, was du sehen *wolltest,* hast dich wie ein ‚braves Mädchen' aufgeführt, obwohl du doch in Wirklichkeit unheimlich eitel bist. Auch wenn dir die Leute den Rücken tätscheln und dich loben, ich finde es zum Kotzen. Ich war jedes Mal entsetzt, wenn ich dich so erlebt habe. Da hab ich mir vorgenommen, dich ein bisschen zu ärgern, wenn ich die Möglichkeit dazu bekommen sollte."

„Das geht mich doch nichts an. Und es ist völliger Blödsinn. Jetzt hol mich hier sofort raus!"

„Demnächst ... vielleicht, irgendwann", sagte sie von oben herab. „Wenn ich meine, dass es an der Zeit ist, dann hol ich dich raus. Warte also lieber brav und still, bis es so weit ist. Was denn, Tränen? Na, das ist ja was Neues – hab dich ja noch nie weinen sehen. Glaubst du etwa, dass du mich mit Tränen erpressen kannst, junges Fräulein? Es liegt ganz bei mir, ob du da rauskommst oder nicht. Ich muss nur nach deiner Hand greifen."

„Na also, schnell! Mach schon, bitte!" Ich wollte zwar nicht zugeben, dass ich ihr ausgeliefert war, doch ich streckte die rechte Hand aus.

„Jetzt doch noch nicht, du Dummkopf. Ich hab dich doch gerade erst reingelockt. Endlich hab ich mich von dir befreit! Also werd ich mich hüten, dir allzu bald die Hand zu geben."

Sie verbarg die Hände hinter sich und trat einen, dann zwei weitere Schritte vom Spiegel zurück, wobei sie die ganze Zeit lächelte.

Mami kam zur Haustür rein. „Oh, Ariko, du bist schon zurück. Das war ja ein kurzer Ausflug. Findest du nicht auch, dass es heute sehr heiß war da draußen?"

Mom ließ eine schwere Einkaufstüte auf das Sofa sinken und atmete erleichtert auf. „War's nett in Machida?"

„So-so", antwortete das Mädchen missgelaunt.

„Hast du was gekauft?"

„Nichts Besonderes."

„So genau wollte ich es nicht wissen ... Ich hoffe, es war auch wirklich nett. Mit wem warst du dort?"

Das Mädchen antwortete nicht.

„Ariko. Ich hab dich was gefragt ..."

„Ist doch egal, mit wem ich war. Ist nicht deine Angelegenheit, Mami. Was fragst du denn so viel." Das Mädchen machte nicht mal den Versuch, ein verächtliches Schnauben zu unterdrücken.

Mami, die gerade nach der Kühlschranktür griff, hielt mitten in der Bewegung inne. Sie wandte sich erstaunt um und starrte das Mädchen an.

„Ariko, Schätzchen, was ist denn mit dir passiert?"

„Ich hab doch gesagt, ‚nichts Besonderes'. Es war ganz nett." Das Mädchen warf mir einen Blick zu und kramte dann, um das Thema zu wechseln, in Mamis Einkaufstüte herum.

„Was hast du gekauft ... wow! Du hast mir diese Bluse da mitgebracht, stimmt's?"

Ich konnte hören, wie sie das Einwickelpapier aufriss. Dann zog sie eine hellblaue Bluse hervor, schwenkte sie hin und her und stolzierte auf den Spiegel zu.

„Was hältst du davon? Nett, was?", sagte sie leise zu mir, während sie sich die Bluse anhielt.

Die Farbe war wunderschön. Mami hatte die Bluse bestimmt gekauft, weil sie wusste, dass ich mir schon lange etwas in der Farbe gewünscht hatte.

„Zeig mal", sagte ich und streckte die Hände aus.

„Hier." Sie war dabei, die Bluse dicht vor den Spiegel zu halten, doch dann riss sie sie hastig zurück. „He! Denkste! Das war knapp!" Rasch zog sie sich zurück und wandte sich ab.

„Sie gefällt dir also?", fragte Mami.

„Weißt du, Mami, ich mag diese Farbe nicht. Wie eine Allerweltsbluse. Geh zurück und tausch sie um gegen was Fetziges." Ihr Ton war bockig, ganz anders als vor einer Minute, als sie vor mir gestanden und mit ihrer Trophäe angegeben hatte.

„Ach, du magst sie nicht?" Mami war überrascht.

„Die Farbe ist dermaßen langweilig. Alles in dem Babyblau. Ich bin doch kein Kind mehr." Sie warf mit der Bluse nach Mami, dann stampfte sie geräuschvoll nach oben. Vor den Kopf gestoßen und sprachlos blieb Mami einen Moment regungslos stehen.

„Du meine Güte, was ist denn mit ihr los?", murmelte sie leise und starrte ihr nach. Einmal hatte Mami am Telefon zu einer Freundin gesagt: „Ariko hat nie Probleme gemacht. Klar, sie hat wohl ab und zu eine Erkältung, aber wir verstehen uns immer. Mein Mann neckt uns schon, wir seien wie Zwillinge." Jetzt war dies Vertrauen zerstört. Sie war ratlos angesichts des plötzlichen Wandels in ihrer Tochter.

Mami machte sich daran, Kaffee zu kochen. Ich überlegte, womit ich diesen grausamen Verlauf der Dinge verdient hatte. Tränen stiegen mir in die Augen. Ich hatte keinen Hunger verspürt seit heute Morgen und musste auch nicht auf die Toilette, aber aus irgendeinem Grund flossen meine Tränen.

Wie ein kleines Kind kauerte ich mit angezogenen Knien in der Dunkelheit auf dem Boden und schluchzte.

„Du solltest einfach aufgeben."

Ganz plötzlich kam diese unheimliche Stimme aus der Dunkelheit. Fern und zugleich ganz nah. Die Stimme eines Jungen.

„Wer bist du?" Erschrocken richtete ich mich auf und sah mich um. Mit mehr Nachdruck in der Stimme fragte ich wieder: „Wer ist da? Antworte mir!"

„Mein Name ist Kazuo."

„Wo … wo bist du?“

„Hier, direkt neben dir.“

„Wo? Ich kann nichts sehen.“

„Klar, ich bin unsichtbar.“

„Aber du kannst mich sehen, oder?“

„Nein.“

„Oh Mist! Erst vor einer Minute konnte ich …“ Ich verstummte plötzlich, als ich bemerkte, dass mein Körper wieder verschwunden war.

„Du kannst dich immer nur sehen, wenn sie vor dem Spiegel steht. Wenn wir hier drin sind, haben wir keinen Körper …“, kam die Stimme des Jungen.

„Was meinst du damit, ‚wenn wir hier drin sind‘?“ Ich zitterte von Kopf bis Fuß. „Willst du sagen, dass du auch in den Spiegel gezogen worden bist?“

„Ja. Ja, aber schon vor langer Zeit.“

„Wie lange denn schon?“

„Das sind jetzt so ungefähr fünfundzwanzig Jahre.“

„Was? Vor fünfundzwanzig Jahren? Das darf doch nicht wahr sein!“ Ich stieß einen Schrei aus.

„Hey! Du hast vielleicht noch Power“, bemerkte Kazuo. Er hörte sich jetzt etwas weniger unheimlich an als zuvor. Seine Stimme klang inzwischen mehr wie die eines richtigen Jungen, doch sie war ausdruckslos, so, wie wenn jemand abliest.

„Bei mir war es eine Klassenarbeit. Ich hatte eine ganz schlechte Note, und als ich die Arbeit gerade zerreißen wollte, damit meine Mutter sie nicht finden würde, hat mein Spiegel-Ich danach gegriffen. Als ich hinterhergehechtet bin, hat er mich reingezogen."

„Er hat genau wie du ausgesehen?"

„Ja, genau gleich. Nur dass er ein ganz braver Junge war."

„Und seitdem bist du hier drin? Nein, das kann nicht sein. Das denkst du dir doch nur aus."

„Wenn es nur so wäre … Aber leider bin ich immer noch hier. Er war sehr gewitzt. Hat ständig gesagt, dass er mich zu gegebener Zeit rauslässt, hat mir aber nicht ein einziges Mal die Hand zugestreckt. Und nach sechs Jahren ist er von einem Zug überfahren worden und war tot. Seitdem bin ich nicht älter geworden – ich werde nicht älter, egal wie viel Zeit vergeht. Wahrscheinlich kann ich nicht mal sterben. Und es besteht keine Möglichkeit, dass ich jemals wieder auf die andere Seite zurückkann. Ziemlich niederschmetternde Geschichte, oder?"

„Aber was war mit deiner Mutter? Hat sie dir nicht geholfen?"

„Wie denn?", kicherte er. „Sie hatte mein anderes Ich ja da drüben bei sich. Und außerdem war er doch plötzlich so ein kluger, guter Junge. Er gab nie Widerworte oder benahm sich schlecht. Mutter sah tagein, tagaus so glücklich aus. Sie war begeistert von ihrem Sohn. Und als er gestorben ist, hättest du sehen sollen, wie sie getrauert hat. Mein Vater war schon tot und ich erinnere mich gar nicht an ihn. Ungefähr drei Jahre später hat meine Mutter wieder geheiratet – einen Arbeitskollegen. Und dann ist sie ausgezogen und hat den alten Spiegel hier zurückgelassen."

„Einen Augenblick mal!" Ich war außer mir bei dem Gedanken daran, was das bedeutete. „Willst du damit sagen, dass du seitdem hier drin bist?"

„Ich kann meine Mutter nicht mal mehr sehen."

Ich drehte mich um nach dem Haus, in dem ich mich bis heute Morgen frei bewegt hatte. Die Strahlen der Abendsonne fielen durch die Milchglasscheibe der Haustür. Mami stand an der Küchenspüle und fing an, das Abendessen zu machen. Ich konnte das Wasser laufen hören und Mamis Summen, während sie arbeitete.

„Mami! Mami!" Tränen stürzten mir aus den Augen.

„Sei froh, dass du noch weinen kannst", sagte Kazuo. „Nach einer Weile fällt es schwer zu sprechen und du vergisst die Wörter."

„Oh nein! Ich nicht!", sagte ich verzweifelt. „Ich komm hier raus. Egal, was es kostet."

„Tja, dann musst du das Mädchen darum bitten", meinte Kazuo.

Ich wischte mir die Tränen mit dem Rock fort und hob den Kopf. Es gab eine Menge Dinge, die ich diesen Kazuo fragen wollte.

„Dann bist du also mit diesem Spiegel in mein Haus gekommen?"

„Genau. Aber ich war schon überall. Nach einer Weile hat derjenige, der unser Haus gekauft hat, den Spiegel an einen Antiquitätenhändler verkauft. Zuerst ist er an eine Boutique gegangen, dann an eine Schauspielerin, dann an so eine Art Gelehrten. Und schließlich kam er in den Antiquitätenladen, aus dem ihn deine Mutter hat. Jedes Mal wenn ein Haus neu ausgestattet oder renoviert wurde, bin ich umgezogen."

„Und du bist der Einzige, der hier drin zurückgeblieben ist?"

„Genau genommen war noch jemand da. Ein Mädchen. Die Tochter von dem Gelehrten. Übrigens, wie alt bist du?"

„Zwölf."

„Das hab ich auch geschätzt. Weißt du, es ist echt seltsam. Das Mädchen war auch zwölf. Und ich war zwölf."

„Und was ist aus dem Mädchen geworden?"

„Es sind merkwürdige Ereignisse eingetreten, und dann …"

„Was für welche?"

„Das Mädchen da draußen hat sich seltsam verhalten. Sie hat aufgehört, mit den anderen Familienmitgliedern zu reden – oder mit jedem anderen. Sie ist nicht mehr zur Schule gegangen. Sie ist einfach vor dem Spiegel gesessen und hat vor sich hin geträumt, dabei hat sie allerdings aufgepasst, damit ihre Hände nicht zu nahe kamen. Und dann am Abend hat sie sich hierher gedreht, sich die Lippen angemalt und ist aufgestanden und irgendwohin ausgegangen. Ihre Eltern haben es ihr immer verboten, aber sie ist trotzdem gegangen und hat furchtbar Theater gemacht, wenn sie versucht haben, sie zurückzuhalten ... Übrigens, das ist mir gerade beim Erzählen klar geworden: Die auf der anderen Seite des Spiegels werden alle irgendwie verrückt. Der Junge in meinem Fall ist von einem Zug überfahren worden, die Tochter des Gelehrten ist verrückt geworden und das Mädchen, das deinen Platz eingenommen hat, verhält sich auch ziemlich seltsam."

„Aber der von dir war ein guter Junge, stimmt's? Hast du nicht gesagt, dass er richtig klug war?"

„Ja, er hat genau wie ich ausgesehen, aber im Gegensatz zu mir war er richtig schlau und nett zu meiner Mutter und so. Aber dann, eines Tages, als er den Zug kommen sah, ist er vom Bahnsteig gesprungen und auf den Zug zugegangen, völlig ruhig und lächelnd. Das ist doch nicht normal, oder? Daher haben alle gesagt, es war Selbstmord. Vielleicht war da etwas in ihm, das einfach durchgedreht hat. Was anderes kann ich mir nicht vorstellen. Und das Mädchen, weißt du, sie war so ein süßes, liebes Mädchen, und dann hat sie sich plötzlich so verrückt benommen. Sie hat mit einer Marmoruhr nach ihrem Vater geworfen und ihn verletzt ..."

„Du machst Witze ..." Mir fielen die seltsamen, belanglosen Antworten ein, die das Mädchen meiner Mutter vorhin gegeben hatte, so als ob sie sich angegriffen gefühlt hätte. Und dann lief mir plötzlich ein kalter Schauer den Rücken hinunter.

„Und was ist dann mit dem Mädchen passiert? Wo ist sie?"

„Ihre Eltern fanden, es sei besser, sie auf eine andere Schule zu schicken. Schließlich beschlossen sie, in das Haus der Großmutter auf dem Land zu ziehen, und sie verkauften das gesamte Mobiliar. An dem Tag, als sie den Spiegel dem Händler übergaben, wandte uns das Mädchen ohne einen weiteren Blick den Rücken zu und ging. Das Mädchen auf dieser Seite weinte und schrie mit aller Macht, aber sie konnte nichts ausrichten. Und so kamen wir in den Antiquitätenladen."

„Und was ist weiter passiert? Jetzt ist sie ja offensichtlich nicht mehr hier."

„Also, sie hat ungefähr zehn Tage lang weitergeweint. Aber allmählich hat sie sich beruhigt und ist schließlich verschwunden mit den Worten: „Ich gehe. Ich muss sehen, ob es da draußen etwas gibt." Ich habe versucht sie zurückzuhalten, aber … ich habe mich gefragt, warum sie gegangen ist. Hier können wir wenigstens sehen, was in der Welt draußen passiert. Sie könnte vielleicht sogar ihrem Gegenstück oder ihrer Familie eines Tages wieder begegnen. Mein Ich gibt es zwar nicht mehr, aber ich glaube daran, dass vielleicht mal etwas eintritt, was mich aus dem Spiegel befreien kann. Hilfe kann nur aus der hellen Welt kommen, also warte ich auf meine Gelegenheit. Schließlich *gehöre ich in Wirklichkeit* zu der Welt da draußen."

Er hielt inne, dann fuhr er fort. „Wenn du hier in der Dunkelheit ganz still sitzt, glaubst du allmählich, dass du etwas hören kannst. Wenn es ruhig ist im Haus, dann versuch mal zu lauschen. Von irgendwo her, ganz, ganz tief unten, klingt es, als ob viele Leute einander etwas zurufen. Das Geräusch ist allerdings ganz schwach. Ich glaube, das Mädchen ist von dem Geräusch angezogen worden, und ich denke manchmal, ich geb's auf und geh weg von hier – ich bin sogar schon mal ein paar Schritte in die Dunkelheit gegangen. Aber du musst richtig mutig sein, weißt du – es ist pechschwarz! Und so unheimlich – womöglich saugt einen die Dunkelheit auf. Ich schaff es einfach nicht."

„Nein! Nein! Nein!" Ich fing wieder zu weinen an und heulte laut los. „Ich bin erst zwölf. Ich will da draußen im hellen Licht umhergehen!"

„Ich beneide dich, weil du noch weinen kannst."

„Was, du kannst nicht mehr weinen?"

„Du kannst weinen, weil es da draußen noch Menschen gibt, die du liebst, die du sehen und hören kannst. Wenn du keinen mehr hast … Weißt du, ich bin richtig froh, dass du gekommen bist; ich fühle, wie wieder etwas Wärme in meinen Körper strömt."

Dann hörte ich auf einmal lang unterdrückte Tränen

fließen und ein leises Nasehochziehen. Kazuos Stimme war jetzt fast wieder normal.

„Hey! Hey, Du-die-ich-ist." Die Stimme kam von irgendwo über mir und ich sah auf.

„Siehst ja ziemlich blass und verhärmt aus. Völlig übermüdet, was? Also, lass dir gesagt sein, du hast eine lange Wartezeit vor dir, also reiß dich besser zusammen." Sie schüttelte den Kopf und fuhr sich mit einer stolzen Geste durchs Haar.

Ich war total fertig. Drei Tage waren vergangen. Dann und wann kam das Mädchen an den Spiegel und ärgerte und quälte mich. Jedes Mal spannte ich jeden Nerv an, während ich auf die Gelegenheit wartete, ihre Hand zu fassen zu kriegen, aber die Anstrengung hatte mich ermüdet.

„Stell dir vor, Hiroshi kommt heute her", verkündete sie.

„Wohin?" Ich traute meinen Ohren nicht.

„Hierher ins Haus. Ich hab ihn zum Tee eingeladen", sagte sie kokett. „Siehst du, wie schlau ich bin. Ich habe meinen Verstand benutzt, sag ich dir. Weißt du, der Unterschied zwischen dir und mir liegt hier und da." Sie deutete zuerst auf ihr Herz und dann auf ihren Kopf.

„Wenn das Keiko oder Yasuko wüssten, da wären sie vielleicht überrascht! Wenn man bedenkt, dass sie in ihn verliebt sind!", kicherte sie.

Die Türglocke läutete.

Das Mädchen rannte rüber und öffnete. Hiroshi trat ein. Über ihre Schulter weg konnte ich sein Gesicht sehen. Sein Mund war verkniffen und sein Blick starr und er wirkte äußerst angespannt.

„Ah, komm doch rein", sagte das Mädchen.

„Ich bin nicht zum Vergnügen gekommen", erwiderte Hiroshi, „ich bin nur gekommen, um etwas zurechtzurücken."

„Was zurechtzurücken?"

„Dass ich nichts mehr mit dir zu tun haben will."

„Na, das hört sich ja ziemlich endgültig an."

„Ich hatte fast schon beschlossen, nicht zu kommen, aber ich finde, du solltest wissen, wie ich über diese Angelegenheit denke ..."

„Wovon redest du?"

„Dass ich keineswegs versucht habe, in dem Videospiel-Laden etwas zu stehlen. Du hast gesagt, wenn ich nicht hierher komme, dann erzählst du die Geschichte in der Schule herum, dass ich ein Ladendieb sei. Aber ich war es nicht!"

„Ha! Du lügst. Weißt du nicht mehr, wir haben uns doch abgesprochen, es gemeinsam zu tun." Sie wiegte ihren Körper leicht hin und her.

Hiroshis Augen blitzten. „Wann sollen wir uns denn ‚abgesprochen' haben, überhaupt etwas zu tun? Ich hätte nie geglaubt, dass du so eine Unheilstifterin bist, Ariko."

Seine Stimme wurde immer lauter. „Wie kannst du nur so etwas machen?"

Die Stimme des Mädchens wurde ebenso laut wie seine. „Du kannst schreien wie du willst, aber ich weiß, dass du in Wirklichkeit feige bist."

„Ariko! Was ist los?", hörte ich Mamis Stimme von oben.

„Nichts, Mami." Die gellende Sirene verwandelte sich plötzlich in die liebenswürdige Tochter. „Hiroshi ist zu Besuch gekommen."

„Ich gehe schon wieder." Hiroshi wandte sich ab.

„Okay, geh doch heim. Aber wir sehen uns morgen in der Schule, und da kannst du dich auf was gefasst machen."

„Auf was?" Er drehte sich wieder um und sah sie finster an.

„Was ist denn los, um Himmels willen?" Mami kam die Treppe herunter. „Ihr habt Streit? Meine Güte, ihr seid doch keine Kinder mehr."

Zitternd vor Zorn wandte sich Hiroshi an meine Mutter. „Frau Mori, Ariko ist zu weit gegangen. Ich kann es mir nicht gefallen lassen. Hören Sie, was sie getan hat. Neulich bin ich in den Videospiel-Laden in Machida gegangen und als ich durch die Kasse komme, läutet das Alarmzeichen. Irgendwie war ein Spiel, das ich nicht bezahlt hatte, in meine Tasche geraten und der Inhaber beschuldigte mich, ein Ladendieb zu sein. Aber ich versichere Ihnen, Frau Mori, ich hab es nicht gemacht. Ich tue so etwas nicht! Da entdeckte ich Ariko in einer anderen Ecke des Ladens. Da ich sie von der Schule her kannte und der Meinung war, dass sie ein nettes Mädchen ist, hoffte ich, dass sie mir aus der Patsche helfen könnte. Aber wissen Sie, was sie da tat? Sie sagte: ‚Es tut mir Leid. Wir haben uns abgesprochen, es gemeinsam zu tun. Ich habe auch eins genommen', und sie zog ein Spiel aus ihrer Tasche. Und dann fing sie zu weinen an und sagte: ‚Hiroshi hat ständig gesagt, komm, wir machen es, wir machen es, bis ich ...' Aber glauben Sie mir, Frau Mori, das stimmt absolut nicht. Wie kann sie mir so etwas antun!"

„Hiroshi, wie kannst du nur so lügen?" Das Mädchen erhob die Stimme. „Du warst doch derjenige, der gesagt hat: ‚Lass es uns gemeinsam machen – ich hab es schon oft gemacht, es wird schon klappen.' Wie kannst du mir die ganze Schuld zuschieben? Du bist hier der Feigling!"

„Was um Himmels willen ..." Mami blickte so fassungslos drein, als seien ihre Gesichtszüge erstarrt. Selbst ich hinter dem Spiegel war so überrascht, dass ich dachte, mir bleibt die Luft weg. Zu behaupten, Hiroshi sei ein Ladendieb. Niemals. Ich wusste, dass er nie zu so etwas fähig war.

Hiroshi fuhr fort: „Ich war schon oft in dem Laden und der Inhaber kannte mich, deshalb waren sie nachsichtig mit uns. Der Geschäftsführer meinte: ‚Ihr beiden habt wohl nicht widerstehen können. Wir lassen euch diesmal laufen, aber beim nächsten Mal rufen wir die Polizei.' Und nachdem sie uns noch furchtbar ausgeschimpft hatten, ließen sie uns gehen.

Aber heute, in der Schule, da hat Ariko zu mir gesagt, dass sie es allen in der Schule erzählt. Ich sagte, wenn sie das täte, würde ich ihnen auch von ihr erzählen. Aber da sagte sie: ‚Oh! Ich hab doch nichts gemacht! Du fängst also schon wieder zu lügen an?' Sie ist verrückt. Ich glaube ihr kein Wort mehr. Und dann sagte sie, wenn ich nicht will, dass die Geschichte rauskommt, muss ich allen erzählen, dass ich in sie verliebt bin und sie daheim besuche. Nur über meine Leiche – so etwas wird nie über meine Lippen kommen! Die ganze Geschichte ist verrückt!"

„Ariko. Ist das alles wahr?" Mamis Stimme zitterte.

„Glaubst du, ich würde so etwas tun, Mami? Hiroshi lügt doch", sagte das Mädchen mit unschuldigem Blick.

„Ich lüge *nicht*", behauptete Hiroshi bestimmt.

„Na gut, na gut. Dann geh doch heim. Ich verpetz dich nicht. Ich sage nicht, dass du ein Dieb bist. Okay?" Sie ließ es so klingen, als ob sie ihm einen Gefallen täte.

„Ich war es auch nicht!", rief er noch einmal wütend.

Mamis Stimme bebte. „Hiroshi, Ariko hat sich in letzter Zeit sehr verändert. Sie ist auf einmal ständig aggressiv und ich habe mir auch schon große Sorgen um sie gemacht."

„Mir fehlt nichts", brauste das Mädchen auf.

„Ich werde später mit Ariko ein Hühnchen rupfen, Hiroshi, könntest du es für heute vielleicht vergessen? Ariko, entschuldige dich bei ihm."

„Nein!"

„Ariko!" Mamis Stimme erhob sich warnend.

„Okay, ich glaube, das bringt nichts mehr. Ich gehe heim." Hiroshi klang etwas weniger heftig, als er hinausrannte.

Den Tränen nahe wandte Mami sich dem Mädchen zu. „Ariko, was hat das alles zu bedeuten? Ich kann nicht glauben, dass du so etwas tun konntest. Selbst wenn dich jemand dazu angestachelt hat, hätte ich nie geglaubt, dass du zu so etwas wie Ladendiebstahl fähig bist."

„Du glaubst also Hiroshi und nicht mir, Mami? So ist das also, ja? Ich glaube, ich habe Kopfweh. Ich geh ins Bett." Und das Mädchen wandte sich nach oben.

„Warte! Einen Augenblick, Ariko!"

Mami starrte dem Mädchen ins Gesicht. Mit einem durchdringenden Blick fragte sie: „Bist du tatsächlich Ariko? Du benimmst dich wie jemand total anderes ..."

„Ich bin schon deine Tochter. Wenn du mich so wenig magst, dann hau mich doch, oder bring mich doch gleich um. So was passiert alle Tage." Das spuckte sie richtig aus, dann rannte sie hinauf. Ich konnte hören, wie meine Zimmertür zugeschlagen wurde. Mami sank dort, wo sie stand, erschöpft nieder und schaute zur Decke, als wolle sie die Tränen zurückhalten, die ihr in den Augen standen. Mir war, als würde mir das Herz brechen. Wer war dieses Mädchen nur? Das Mädchen, dass genau wie ich aussah … Sie hatte mich ‚Du-die-ich-ist' genannt … Was konnte sie damit gemeint haben?

Dann kam Papi heim. Meistens kam er zu spät, um noch mit uns zu Abend zu essen und so war es ungewöhnlich, dass heute alle drei Familienmitglieder gemeinsam aßen. Sowohl Mami als auch das Mädchen schwiegen.

Papi war guter Laune. „Mmm! Rindfleischeintopf! Mamis Eintopf ist der Beste. Da krieg ich Lust auf einen Schluck Wein. Würdest du uns eine Flasche holen, Liebling?" Mit einem nervösen Blick auf das Mädchen sagte Mami langsam: „Ein guter Vorschlag. Ariko, du sitzt am nächsten. Würdest du den Wein holen?"

„Hol ihn doch selber", fuhr sie das Mädchen von oben herab an.

Mit einem erschrockenen Blick auf Mami drehte sich Papi nach ihr um.

„Was ist los mit dir? Da sitzen wir zur Abwechslung mal alle gemütlich bei einem guten Essen und du benimmst dich so. Komm schon, wir wollen versuchen, das Essen zu genießen, was?"

„Stimmt genau, ‚zur Abwechslung'. Findest du es nicht auch ein bisschen zu viel verlangt, uns die ganze Zeit allein zu lassen und dann anzukommen und nett behandelt werden zu wollen? Es ist lange her, seit wir gemeinsam gegessen haben, findest du nicht, du könntest ein bisschen bescheidener sein?" Sie rollte verächtlich mit den Augen.

Papis Gesicht wurde rot und seine Hände begannen zu zittern.

„Was fällt dir ein, so mit mir zu reden!"

„Na gut. Ich halt den Mund. Ich tu alles, was du willst. Ich bin da, um deinen Befehlen zu gehorchen. Stimmt das nicht? Was für ein Albtraum, mit so einer Familie essen zu müssen." Sie knallte ihre Stäbchen auf den Tisch, stand auf und ging zur Treppe.

Papi erhob sich, um ihr nachzugehen, doch dann blieb er stehen und sah hinter ihr her. Er konnte nicht glauben, was er da eben erlebt hatte.

Mami versuchte einzugreifen. „Komm, Liebling, lass uns die Ruhe bewahren. Setz dich doch. Sie ist in einem schwierigen Alter, weißt du. Und du bist wirklich nicht ganz ohne Schuld."

„Was? Wieso soll ich Schuld haben?"

„Ach, immer sagst du uns, du musst ‚arbeiten, arbeiten, arbeiten'. Du nimmst dir heutzutage nie mehr Zeit für Ariko. Wann hast du denn das letzte Mal überhaupt mit ihr geredet?" Mamis Stimme wurde immer vorwurfsvoller.

„Das ist doch Blödsinn! Es ist meine Aufgabe – für euch zwei zu sorgen!" Jetzt wurde Papi wütend.

„Das sagst du immer, dass du es für uns tust, aber woher weißt du, dass wir dafür auch besonders dankbar sind? Ich kann mir nichts Überheblicheres vorstellen. Wenn es ‚für uns' ist, dass du jeden Abend der Woche fort bist und die Wochenenden mit Arbeitskollegen verbringst – für uns musst du das nicht mehr tun. Kein Wunder, dass Ariko angefangen hat, sich schlecht zu benehmen. Heute hat sie in der Schule einen Kameraden auf die unerhörteste Weise eingeschüchtert. Es ist schrecklich!"

„Aha, und ihr habt also beide beschlossen, dass ich daran Schuld bin. Ich habe dir den gesamten Haushalt überlassen, weil ich annahm, dass du in der Lage bist, damit fertig zu werden. Habe ich mich je darüber beklagt, wie du ihn führst? Habe ich dich nicht genau das tun lassen, was du für richtig hältst, das Geld, das ich verdiene auszugeben, wofür du es brauchtest? Hast du mich je gefragt, ehe du etwas gekauft hast? Zum Beispiel der düstere Spiegel dort. Es ist mir egal, ob er antik ist oder sonst etwas, aber ich mag ihn nicht."

„Also, entschuldige, aber du warst es doch rein zufällig, der gesagt hat, dass es nett wäre, einen Spiegel im Flur zu haben. Ich habe nur deinem Vorschlag gemäß gehandelt. Ach, ist ja egal. Ich ruf morgen den Laden an, der soll ihn zurücknehmen."

„Mach doch was du willst." Papi stand geräuschvoll auf, schlüpfte in seine Schuhe und verließ das Haus.

Wie konnte es so weit kommen? Seit jenes Mädchen mich in den Spiegel gezogen hatte, schien sowohl mit meiner Mutter als auch mit meinem Vater etwas nicht mehr zu stimmen. Allmählich sah es aus, als würde die ganze Familie durchdrehen. Plötzlich war mir am ganzen Körper kalt. Mamis Worte fielen mir wieder ein: Morgen würde sie anrufen und den Spiegel abholen lassen. Diesen Spiegel!

„Kazuo! Kazuo!“, rief ich panisch und tastete um mich herum die Dunkelheit ab.

„Ich bin doch direkt hier“, sagte die Stimme ganz in meiner Nähe.

„Mami sagt, dass sie den Spiegel in den Laden zurückgibt.“

„Ja, ich hab's gehört.“

„Wo komm ich hin? Wenn ich von dem Mädchen getrennt werde, kann ich nie mehr hier raus!“

„Das ist richtig ...“

„Gibt es nichts, was ich machen kann? Los, sag doch!“

„Wenn ich das wüsste, wäre ich nicht hier ...“

„Aber er ist gestorben. Es gibt sowieso keinen, der dich zurückholen kann.“

„Darf ich um etwas mehr Respekt vor meinen Gefühlen bitten!“ Kazuo klang verletzt. „Also hör zu, egal, wie sehr du schreist und dich aufführst, was nicht geht, geht eben nicht. Alle Leute gehen getrennte Wege oder sterben irgendwann. Du bist alt genug um das zu wissen.“

„Bitte nicht!“ Ich brach weinend zusammen.

Da hörte ich Mami telefonieren.

„Tut mir Leid, Ihnen so viel Unannehmlichkeiten zu bereiten, aber Sie wissen doch, der Spiegel, den ich kürzlich gekauft habe? Würden Sie ihn eventuell zurücknehmen? Mein Mann findet ihn zu groß, wissen Sie. Zum halben Preis? Einverstanden. Morgen? Ich bin nachmittags da. Schön. Ich erwarte Sie.“

Nachdem sie den Hörer aufgelegt hatte, drehte sich Mami um und starrte den Spiegel lange und eindringlich an. Ihre Züge waren abgespannt und sie hatte Ringe unter den Augen und eingefallene Wangen. Innerhalb nur eines Tages hatte sich ihr Gesicht deutlich verändert.

Plötzlich stand das Mädchen vor mir.

„Hast du gehört? Der Spiegel geht an den Laden zurück.“

Ich nickte stumm.

„Ich würde dir ja gerne den Gefallen tun und wieder die Plätze tauschen, aber ich will auch nicht wieder da hinein.“ Sie warf die Arme in die Luft und zuckte mit den Schultern. „So ist es nun mal. Finde dich damit ab, okay?“

Das machte mich unheimlich wütend. Ich war kurz davor, zu platzen, versuchte aber verzweifelt, meine Gefühle unter Kontrolle zu halten.

„Ich frage mich, wer von uns beiden sich wohl ‚damit abfinden‘ muss. Die Familie ist doch kaputt. Bricht sicher demnächst auseinander. Mami und Papi verstehen sich nicht mehr. Und dann noch du mit deinem Herz so schwarz wie der Teufel. Du willst so weiterleben, wo jeder in der Familie auf einer anderen Wellenlänge ist und alle sich ständig anfeinden? Viel Glück dann!"

„,So schwarz wie der Teufel', sagst du? Ha! Ich bleib ja nicht immer ein Kind, weißt du. Ich komm schon durch."

„Das ist unmöglich! Weil du alles an dich gerissen hast!"

Das Mädchen wandte sich missmutig ab. „Spiel nicht die Überlegene." Sie versuchte mich auszulachen, doch auf ihrem Gesicht stand plötzlich Angst und es hatte seinen gehässigen Ausdruck verloren.

„Ich wollte gar nichts ‚an mich reißen'. Ich wollte nur mal zur Abwechslung von dir wegkommen – rausfinden, wie es ohne dich sein würde", murmelte sie wie zu sich selbst.

Der Morgen kam. Ich kauerte mich zusammen, legte das Kinn auf die Knie und starrte aufmerksam in das Haus, das vor mir sichtbar war. Ich konnte das Fahrrad des Zeitungsausträgers hören. Die Sonne warf die ersten Strahlen durchs Küchenfenster und nach und nach durch die anderen Zimmer.

Mami kam von oben runter und begann das Frühstück zu machen. Sie kochte Kaffee. Sie briet Eier. Mir wurde klar, dass diese einfachen Dinge, die so zu den Gewohnheiten meines Tages gehört hatten, aufhören würden.

Mami machte nur für sich Frühstück und begann zu essen. Papi kam runter, bereit zur Arbeit zu gehen. Er verließ das Haus ohne ein Wort zu ihr zu sagen. Dann kam das Mädchen runter.

„Ich geh heute nicht zur Schule", sagte sie.

„Mach was du willst", erwiderte Mami scharf.

„Hallo!", rief ein Mann, der durch die Tür spähte. „Ich komme wegen des Spiegels."

„Da ist er, würden Sie ihn bitte abnehmen?", sagte Mami.

„Es tut mir Leid, dass Sie ihn nicht mochten. Er ist sehr alt, aber ein erstklassiger Spiegel, die Art, von der man nicht mehr viele finden kann."

„Ja, aber mein Mann hat gesagt, dass er ihm nicht gefällt, und wenn er so etwas mal gesagt hat, kann man ihn nicht mehr umstimmen." Dabei lächelte sie nicht.

Der Mann starrte sie kurz verwundert an, doch dann riss er sich zusammen. Er schlüpfte aus den Schuhen, um ins Haus zu treten, und stieg auf einen Stuhl, um den Spiegel abzunehmen. Ich machte mich bereit und rief noch: „Kazuo!"

Es kam keine Antwort. Nichts als der riesige Schatten des Mannes, der mir den Blick auf das Haus versperrte. Er hob den Arm und begann, den Spiegel von der Wand abzuschrauben. Ich konnte hören, wie die Schrauben herausgedreht wurden. Ich sah das Mädchen zuschauen. Mit genügend Abstand, aber sie schaute zu. Ihre Blicke schweiften hin und her, sie schaute zu und tat doch so, als ob sie nicht hinsah.

Ich sammelte all meine Kräfte und schrie: „Willst du wirklich, dass es so endet?" Doch sie wandte sich rasch ab und versteckte sich hinter einer Wand. Der Spiegel bewegte sich, wurde von der Wand abgenommen und auf dem Boden aufgesetzt.

„Kazuo! Ich ... ich hau ab, ich gehe", rief ich.

Diesmal antwortete er. „Geh nicht! Du darfst nicht gehen! Wenn du gehst, kannst du deine Gelegenheit verpassen. Jenes andere Mädchen ist niemals zurückgekommen. Bleib lieber hier. Und man kann nie wissen, wer sonst noch hier auftaucht. Es könnte noch ganz unterhaltsam hier werden. Bitte bleib!"

„Nein! Ich halte es nicht aus. Selbst wenn ich bleibe, was nützt es? Hast du sie gesehen? Sie hat mich einfach im Stich gelassen, als ob es ihr überhaupt nichts ausmachte. Ich geb's auf mit ihr. Egal, was passiert, ich muss hier raus."

Ich schloss die Augen, holte tief Atem und stürzte mich in die Dunkelheit.

„Lass mich nicht wieder ganz allein!", hallte Kazuos Stimme hinter mir her.

Einen Augenblick lang dachte ich, mein Körper sei mit

der Dunkelheit verschmolzen. Es war eine tiefe, scheinbar flüssige Dunkelheit. Nichts rührte sich. Aber von weit, weit weg glaubte ich etwas zu hören: Stimmen, die sich vermischten, wisperten und murmelten, schienen mich zu rufen. Ich hatte das Gefühl geschmolzen zu sein und auf diese schwachen Geräusche zuzufließen. So, jetzt ist alles vorbei, dachte ich, ich werde einfach ausgelöscht.

Doch dann fühlte ich nach und nach, wie sich etwas in der Nähe rührte. Es war wie eine Brise, ein leichter Luftzug und dann tauchte weit, weit vor mir ein winziger Lichtpunkt auf. Als ob ich verloren gegangene Teile meines Selbst aufsammelte, versuchte ich hastig meinen Körper zu finden. Ich konnte mich ertasten. Ich spürte sogar eine gewisse Kraft in mir. Indem ich mich auf die Wärme dieser Kraft verließ, watete ich kämpfend durch die Dunkelheit auf den Lichtpunkt zu. Ich war entschlossen, ihn zu erreichen.

Der Lichtstrahl wurde nach und nach breiter und kräftiger und begann, meine Umgebung etwas zu erleuchten. Dort konnte ich das Tor zu unserem Grundstück sehen. Die Haustür. Sie war offen. Den Mann im Overall, der den Spiegel heraustrug. Ich begann zu laufen.

„Warten Sie! Könnten Sie nur eine Minute warten?" Der Ausruf des Mädchens aus dem Inneren des Hauses war fast ein Schrei und dann kam sie aus der Tür gerannt. Ich rannte auch und streckte die rechte Hand vor mir aus. Sie kam ebenfalls mit ausgestreckter Hand angelaufen. Unsere Hände berührten und ergriffen sich. Wir waren wieder eins.

Der Antiquitätenhändler sagte: „Ja, Fräuleinchen! Was ist los? Hast du was vergessen?"

„Ach! Ach nein. Nichts. Danke", antwortete ich. Antwortete sie.

An diesem Abend kam mein Vater früh nach Hause. Er öffnete selbst eine Flasche Wein und schenkte Mami auch ein.

„Ah! Er schmeckt köstlich!" Mami nahm einen Schluck und atmete auf. „Ich glaube, du hast Recht. Es ist besser, keinen Spiegel im Flur zu haben. Er war irgendwie bedrückend, so, als ob man die ganze Zeit beobachtet würde."

„Eben, das hab ich doch gemeint. Aber egal. Ich kaufe dir demnächst einen schöneren", sagte Papi, als sei nichts geschehen.

Doch ich sagte: „Ich brauche dort keinen großen Spiegel. Der im Badezimmer reicht mir."

Ich warf einen prüfenden Blick auf Mamis Gesicht, dann auf das meines Vaters. Nichts schien sich verändert zu haben. Aber ich hatte die andere Seite meiner Mutter und meines Vaters gesehen. Ich wusste, dass ich weiter bei dieser Mutter und diesem Vater leben würde und bei dem Mädchen, das die andere Seite von mir war.

Ungefähr einen Monat später kam ich zufällig an dem Antiquitätenladen vorbei. Als ich in den Verkaufsraum spähte, sah mich der Ladenbesitzer.

„Haben Sie den Spiegel schon wieder verkauft?“, fragte ich ihn und mein Herz schlug etwas heftiger.

„Ja. Es war ein schöner Spiegel. Ich habe ihn neu gerahmt und ihn sehr bald verkauft. Hättest du ihn gewollt, kleines Fräulein?“

„Nein, nein. Ich war nur neugierig.“ Höflich ging ich rückwärts hinaus und lief schnell weg.

Wo war nun also Kazuo? War er wohl jemals in die Dunkelheit aufgebrochen? Wo immer er sich befinden mochte, ich hatte so ein Gefühl, dass er ganz in der Nähe war, dicht bei mir. Kazuo würde von nun an ein Auge auf mich haben. Ich würde immer daran denken, auch wenn ich ihn nicht sehen konnte.

Wann immer ich jetzt einen Spiegel sehe, lege ich einfach die Hände auf den Rücken. Ich will nie wieder in einen hineingezogen werden. Aber andrerseits – ich bin ja schließlich auch nicht mehr zwölf.

Klaus Kordon

Drei alte Weiber

Der Weg schlängelt sich den Berg hinab und versinkt irgendwo im Abendnebel, der über dem Tal liegt. Das Tal ist in Axels Wanderkarte nicht verzeichnet, aber aus dem Nebel dringen Rufe an sein Ohr; eine Frauenstimme ruft etwas, eine andere antwortet.

Also ist da unten eine Ansiedlung, muss er nicht die Nacht im Wald verbringen. Axel nimmt das Tragegestell mit dem Rucksack auf und wandert weiter. In Gedanken sieht er schon ein Wirtshaus vor sich, mit gemütlichen Ecken und duftender Küche, sieht sich am Tisch sitzen, einen Teller mit Wurst, Käse und Brot vor sich und einen kühlen Wein dazu. Ach, wie wird er essen und trinken und danach in das weiche, frisch bezogene Bett sinken und schlafen, schlafen, schlafen! Seit Tagen schon hat er nicht mehr richtig geschlafen, hat er die Feuchtigkeit des Waldbodens bis in seinen Schlafsack hinein gespürt und sich darin herumgewälzt, bis der Morgen graute. Diese Nacht wird er schlafen!

Der Weg, der eigentlich nur ein Pfad ist, so selten scheint er benutzt zu werden, wird immer steiler; Axel muss langsamer werden und sich an Bäumen und Sträuchern festhalten, will er nicht ins Laufen kommen. Endlich aber hat er die Talsohle erreicht, es geht nicht mehr tiefer. Vorsichtig tastet er sich durch den Nebel. Heisere Schreie, Krächzen und Knarren dringen zu ihm hin. Dieses Tal scheint wirklich nur selten von Touristen aufgesucht zu werden, so viele Tierarten gibt es hier noch; und das Knarren kommt von den Bäumen, die Last des Alters verursacht es.

Axel bleibt stehen und lauscht. Wo waren die Stimmen hergekommen? War das mehr rechts oder mehr links? Nichts, kein Laut, nur weiterhin das Knarren der Bäume, Rufen und Krächzen der Vögel. Wenn er jetzt nur wüßte, in welche Richtung er gehen muss ... Langsam geht Axel weiter. Der Waldboden unter seinen Füßen wird weicher, schwammiger. Er muss zurück, sonst landet er womöglich noch in einem Sumpf. Er kehrt um, geht, bis der Waldboden wieder fester wird, und hält sich rechts. Nach kurzer Zeit schwappt es wieder unter seinen Füßen. Er muss erneut umkehren, wendet sich diesmal nach links, geht einige Meter – und atmet auf: Der Pfad wird fester, nicht weicher; es gibt also doch einen Weg zu den Anwesen im Tal.

Inzwischen ist es stockdunkel geworden. Axel nimmt seine Taschenlampe aus dem Rucksack, leuchtet ins Buschwerk hinein und vor sich hin. Doch er sieht nichts, noch immer ist der Nebel wie eine Wand. Wieder bleibt er stehen und lauscht, aber nichts ist zu hören außer den Geräuschen des Waldes.

Ob er vielleicht doch lieber seinen Schlafsack ausbreiten soll? Wer weiß, wie lange er noch durch die Nacht marschieren muss, bis er auf eines der Anwesen stößt. Aber das Bett! Einmal wieder in einem richtigen Bett schlafen! Auch wenn es vielleicht gar kein Wirtshaus in diesem Tal gibt, so wird es doch irgendeine Unterkunft für ihn geben ... Axel beschließt, weiter sein Glück zu versuchen; wenn er in einer halben Stunde immer noch auf keine Ansiedlung gestoßen ist, wird er die Suche aufgeben.

Schon nach drei Schritten verharrt Axel ein weiteres Mal. Diesmal hat er etwas gehört: Musik, ganz leise Geigenmusik dringt zu ihm hin. Also spielt einer von den Leuten im Tal Geige? Ein gutes Zeichen! Er wird schneller, stolpert über eine Wurzel, die quer über den Pfad wächst, und hält sich den schmerzenden Fuß.

Die Geigenmusik wird lauter, immer lauter – der Geiger kommt ihm entgegen! Schnell versteckt Axel sich hinter dem Baum, über dessen Wurzel er stolperte. Nicht, dass er Angst hätte, er ist nur vorsichtig: Ein Mann, der nachts durch den Wald geht und Geige spielt, muss ein seltsamer Kauz sein.

Die Musik kommt näher und näher, kann nur noch zwei, drei Meter entfernt sein. Axel schaltet seine Taschenlampe ein, tritt hinter dem Baum hervor – und entschuldigt sich für den Überfall: Der „Mann" ist kein Mann, es ist ein junges Mädchen in Jeans und Pullover –

und es hält keine Geige in der Hand, sondern einen batteriebetriebenen Radiorecorder. Vorsichtig leuchtet Axel dem Mädchen ins Gesicht. Er hat es nicht erschreckt! Es ist ganz ruhig, lächelt sogar ein bisschen. „Haben Sie vorhin gerufen?", fragt Axel, und dann erzählt er, dass er Stimmen gehört hat und ein Wirtshaus sucht.

„Rufe?", fragt das Mädchen, ohne direkt auf die Frage zu antworten. Dann sagt es: „Ein Wirtshaus gibt's hier nicht. Es gibt überhaupt nur drei Häuser im Tal. Aber ein Bett lässt sich sicher auftreiben." Und dann geht es langsam vor Axel her und erzählt ihm, dass es hier Ferien macht und ganz allein in dem Tal lebt, abgesehen von drei alten Weibern.

„Drei alte Weiber?" Axel kommt das Ganze komisch vor. Ein junges Mädchen, das in aller Abgeschiedenheit Ferien macht? Das ist fast so verrückt wie sein Plan, quer durch den Schwarzwald zu wandern, um einmal so richtig die Natur zu erleben.

„Ich bin gern allein", sagt das Mädchen und lächelt wieder so seltsam. Axel kann das Lächeln nicht sehen, nur erahnen kann er es, aber er ist sich sicher, dass das Mädchen lächelt. Es passt ja auch dazu: Das Mädchen mit dem Radiorecorder muss seine Gedanken erraten haben, wie hätte es sonst darauf antworten können?

Das Mädchen erzählt, dass es bei seiner Großmuter lebt, einer alten Frau, die nie in ihrem Leben dieses Tal verlassen hat.

„Wie heißt das Tal denn eigentlich? Auf meiner Wanderkarte ist es nicht verzeichnet."

„Es ist das Rabental. Das gibt's auf keiner Karte. Es ist wohl vergessen worden."

„Rabental? Hört sich ja grauslich an." Axel lacht. „Gibt's hier so viele Raben?"

„Nein. Früher vielleicht. Jetzt leben nur noch drei davon im Tal. Das heißt, manchmal sind es auch vier."

Woher will das Mädchen wissen, dass es mal drei und mal vier sind? Zählt sie die Raben jeden Tag? Aber Axel fragt das nicht, will nur wissen: „Und Sie meinen, ich finde ein Bett im Rabental?"

„Aber ja", sagt das Mädchen. „Im Nachbarhaus ist immer ein Bett frei. Es ist natürlich ein sehr altes Haus, elektrisches Licht und fließend Wasser gibt's im Rabental nicht, aber wer die Natur kennen lernen will, dem wird das nichts ausmachen."

Wie vom Blitz Betroffen bleibt Axel stehen. „Woher weißt du das?", fragt er das Mädchen. „Wer hat dir das gesagt?"

„Was?"

„Dass ich die Natur kennen lernen will."

„Aber du hast es doch gesagt, vorhin, als wir uns begrüßten."

Er hat es nicht gesagt, er weiß das ganz sicher. Dieses Mädchen kann seine Gedanken lesen, das ist es! Axel wird es langsam komisch, das Mädchen aber lächelt nur und streckt ihm die Hand hin. „Ich finde es schön, dass wir jetzt du zueinander sagen. Ich heiße Anne."

„Und ich Axel. Aber das weißt du ja sicher auch schon." Axel gibt dem Mädchen die Hand.

Das Mädchen antwortet nicht auf die Bemerkung, schweigend führt es Axel weiter durch das Tal.

Gewitterhexe!, denkt Axel, als er hinter der alten Frau mit der blakenden Kerze in der Hand die steile Stiege zur Dachkammer hochsteigt. Die Alte hat ihm zwar, wie von Anne versprochen, ein Bett angeboten, aber sie hat das mit einem solchen Gesicht getan, als hätte sie es lieber gesehen, wenn er weitergezogen wäre.

Die Tür zur Dachkammer knarrt in den Scharnieren. „So! Hier ist das Bett. Und da die Truhe mit dem Bettzeug." Die alte Frau leuchtet mit der Kerze in die Ecke, in der die Truhe steht, und danach in Axels Gesicht. Dabei lächelt sie ihn von unten herauf an, knackt mit den Kiefern und geht wieder. Axel schaltet seine Taschenlampe ein und stellt sie auf den Tisch. Von einem Glas Wein und einem Teller Brote hatte er geträumt, und was hat er nun – eine wunderliche Alte, die erst mürrisch ist und dann plötzlich lächelt, als führe sie was im Schilde, eine staubige Dachkammer und einen Mordshunger. Er schnallt den Rucksack ab und kniet sich vor der Truhe hin, um die Bettwäsche herauszunehmen; doch die Truhe lässt sich nicht öffnen.

Klemmt der Deckel? Axel bietet all seine Kraft auf, der Deckel rührt sich nicht. Hat die Alte ihn verkohlen wollen? Wütend öffnet Axel die Tür, leuchtet die Stiege hinab – und fährt zurück: Da sitzt sie ja noch! Mitten auf der Stiege sitzt die alte Frau – und schläft? Oder was macht sie da?

Vorsichtig steigt Axel die knarrende Stiege hinab. Die alte Frau rührt sich nicht. „Hallo?", ruft Axel, berührt die Alte an der Schulter und erschrickt. Die alte Frau – oder besser, was so aussah wie eine alte Frau – fällt in sich zusammen: Es waren ein Eimer, ein Besen, Wischtücher und Putzlappen, die so angeordnet auf der Treppe standen und hingen, als säße da eine alte Frau. Axel atmet hastig. Wollte ihm jemand einen Streich spielen, oder spinnt er schon? Wie hatte er sich nur so täuschen können! Sachte steigt er über den Besen und den Eimer hinweg und geht weiter die Stiege hinab. An der Tür zur Wohnstube der alten Frau klopft er. Nichts! Kein „Herein!", nichts! Er drückt die Klinke herunter – und prallt wieder zurück: Mitten im Raum tanzt die Zimmervermieterin mit einer anderen alten Frau. Die beiden alten Weiblein schwenken sich im Kerzenlicht hin und her, verneigen sich voreinander und tanzen weiter, immer im gleichen Rhythmus – aber ohne Musik!

Axel will sagen, dass die Truhe sich nicht öffnen lässt, doch er bringt kein Wort heraus, kann die beiden Alten, die so selbstvergessen tanzen, einfach nicht stören. Still geht er in seine Kammer zurück.

Das Bett knarrt auch, alles knarrt in diesem Haus! Warum ist er nicht im Wald geblieben, warum musste er unbedingt in dieses neblige Rabental hinab? Wer hat ihm das von dem Wirtshaus eingeflüstert? Nun liegt er, da er ja keine Bettwäsche hat, doch in seinem Schlafsack. Axel dreht sich hin und her und kann nicht schlafen.

Da! Hat da nicht wer geklopft? Ja, er hört es ganz deutlich: Jemand klopft an die Holzwand neben seinem Bett. Aber ... an diese Wand grenzt kein anderes Zimmer, kein anderes Haus, hinter dieser Wand ist nichts als Luft ...

Wieder klopft es. Einmal, zweimal, dreimal! Leise steht Axel auf. Wenn er ihn erwischen will, muss er den Klopfer überraschen. Wenn nur die Dielen nicht so knarren würden!

Hat er den Klopfer schon erschreckt? Nein, es klopft weiter. Beinahe noch lauter; richtig auffordernd, etwas dagegen zu unternehmen. Axel nimmt seine Taschenlampe vom Tisch und schiebt den Kopf durch die Dachluke. Dann leuchtet er Dach und Giebelwand ab. Nichts!

Er zieht den Kopf zurück und lauscht. *Aber es klopft!*

Wie kann es an eine Wand klopfen, wenn nichts da ist, das klopft?

Eine Zeit lang steht Axel so da, den Kopf in der Dachluke, lauschend und leuchtend. Schließlich beruhigt er sich. Was kann das Klopfen schon bedeuten? Es gibt keine Gespenster, keinen Spuk. Das Geigenspiel war ein Recorder, die Frau auf der Treppe Hausrat, das unheimliche Klopfen wird auch einen ganz und gar nicht unheimlichen Grund haben; wahrscheinlich wird er morgen, wenn er die Erklärung weiß, über sich lachen.

Axel legt sich wieder hin, aber so richtig ruhig wird er nicht, das Klopfen hört und hört nicht auf. „Aber so kann man ja nicht schlafen!“, schreit er wütend, steht wieder auf und leuchtet das Dach ab. Doch es ist noch immer nichts zu sehen. Ein Schauer läuft ihm über den Rücken. Zwischen seinem Bett und der Nachtluft ist nichts als eine Holzwand, niemand kann sich verbergen, um ihm einen Streich zu spielen, und doch klopft es!

Geigenspiel ertönt. „Anne!“, ruft Axel und leuchtet zum Nachbarhaus hinüber. Da sitzt sie ja! Mitten auf dem Dach sitzt das Mädchen, hält den Recorder in den Händen und schaut stumm vor sich hin. „Anne!“ Aber das Mädchen hört und sieht ihn nicht.

Soll er zu ihr gehen? Er zögert erst, aber dann entschließt er sich; er kann ja doch nicht schlafen. Er zieht seine Schuhe an, packt die Taschenlampe fester und steigt zum zweiten Mal die Stiege hinab.

Die alte Frau, da sitzt sie ja schon wieder! Baut einer die Figur aus Eimer, Besen, Wasch- und Putzlappen immer wieder neu auf? Axel will sich an dem Gestell vorbeidrücken, erstarrt aber mitten in der Bewegung: Diesmal ist es kein Irrtum, da sitzt tatsächlich eine alte Frau, eine, die er noch nicht kennt. Sie lächelt ihm zu und legt den Finger vor die Lippen. „Pst!"

„Haben Sie geklopft?", fragt Axel absichtlich laut.

Die Alte schüttelt ärgerlich den Kopf. Dann macht sie wieder: „Pst."

Hört die Alte irgendwas? Stört er sie beim Zuhören? Axel entschuldigt sich, steigt weiter die Treppe hinab und öffnet die Tür zur Stube. Die beiden anderen alten Frauen tanzen immer noch. Und es ist noch immer keine Musik zu hören. Sie drehen sich und neigen sich, es muss ein jahrhundertealter Tanz sein. Axel glaubt, in historischen Filmen ähnliche Tänze gesehen zu haben. Sind die beiden Frauen schon so alt?

Eine Zeit lang steht Axel nur da und schaut den beiden Alten zu, dann reicht es ihm. „Bei mir klopft's", schreit er, als müsse er die Musik, die die beiden Alten offensichtlich hören, übertönen. „Immerzu klopft's! Ich … ich kann nicht schlafen!" Das Letzte schreit er in seiner Furcht vor den beiden Frauen so laut aus sich heraus, dass sie tatsächlich in ihrem Tanz innehalten und ihn wahrnehmen. Sie lächeln verwirrt, kommen auf ihn zu, greifen jede nach einer Hand, wollen den Tanz mit ihm fortsetzen …

„Nicht!", bittet Axel, aber er ist wie von einem Zwang befallen, wagt es nicht, die beiden Alten wegzustoßen;

steif tanzt er ein Weilchen mit ihnen mit und schaut ihnen dabei in die verzückten Gesichter, bis er sich schließlich losreißt und auf die Straße stürzt.

Träumt er das alles nur? Er lebt im zwanzigsten Jahrhundert, nicht im Mittelalter. Und selbst wenn in diesem Tal die Zeit stehen geblieben sein sollte, auch im Mittelalter kann das, was er in diesem Haus erlebt hat, nicht normal gewesen sein.

Das Nachbarhaus! Er wollte ja zu Anne. Axel schaltet seine Taschenlampe ein und leuchtet zum Dachfirst hoch. Es sitzt niemand mehr auf dem Dach – das heißt, ein Schatten hockt neben dem Schornstein ... Axel geht näher an das Haus heran und leuchtet den Schatten neben dem Schornstein an.

Es ist ein Vogel, ein großer schwarzer Vogel. Das muss einer von den vier Raben sein, von denen Anne sprach. Axel schaltet die Taschenlampe aus und überlegt: Soll er bei Anne klopfen, mitten in der Nacht?

Flügelschlagen! Der Rabe hat sich in die Luft erhoben, dreht Kreise über Axel. Axel versucht, seinem Flug mit der Taschenlampe zu folgen, aber es gelingt ihm nicht. Hat da nicht jemand seinen Namen gerufen? Da, wieder: „Axel!“ Das kann nur Anne sein ... Nein, das kann nicht Anne sein: Es ist keine Mädchenstimme, es ist ein Gekrächz, es hört sich an wie „Oachsel“. Ist es etwa der Rabe?

Ein Gelächter, laut und schrill, das ganze Tal ist davon

erfüllt; es hallt in den Bergen wider, dröhnt und scheppert und nimmt kein Ende. Axel steht wie erstarrt – und stürzt dann ins Haus mit den drei alten Weibern zurück. Lieber will er das Getanze und Geraune und auch das Geklopfe ertragen, als dieses Weltengelächter über sich.

Im Haus ist alles ruhig und dunkel. Tanzen die beiden Frauen nicht mehr? Axel leuchtet den Raum ab. Da sitzen sie ja, zu dritt, ohne sich anzuschauen oder zu ihm hinzusehen oder auch nur ein einziges Wort zu sagen, sitzen da und trinken aus kleinen schwarzen Gläsern irgendeinen Likör.

„Gute Nacht!“, sagt Axel und verkneift es sich, nach dem Raben oder dem Gelächter zu fragen. Er ist sicher, doch keine Antwort zu bekommen.

„Gute Nacht!“ Wie auf Kommando verneigen sich die drei Weiber in seine Richtung. Und dann kichern sie plötzlich los, als wären sie kleine Mädchen, die irgendetwas ausgeheckt haben.

Axel liegt wieder in seinem Schlafsack. Er hat die Arme unter dem Kopf verschränkt und wartet auf den Morgen; versucht nicht mehr einzuschlafen. Er könnte es nicht, und er will es nicht; nicht in diesem Tal, nicht in diesem Haus. Er ist sich jetzt klar darüber, dass es hier nicht mit rechten Dingen zugeht. Anders kann er sich das alles nicht erklären: die Gedanken lesende Anne, die nachts auf dem Dach sitzt, das Klopfen, die drei verrückten Weiber, der sprechende Rabe, das Gelächter. Es ist ein verhextes Tal, in das er da hineingeraten ist; deshalb war es auf seiner Wanderkarte nicht verzeichnet. Natürlich, noch gestern hätte er sich über das, wovon er jetzt felsenfest überzeugt ist, scheckig gelacht; noch gestern hätte er das alles als Ammenmärchen und Spökenkiekerei abgetan. Aber das hat sich in dieser Nacht geändert: Er hat das alles ja wirklich erlebt, hat's nicht nur geträumt; er wird es niemandem erzählen, weil ihm das ja doch keiner glaubt, aber es ist wahr!

Ein Flattern in der Dachluke. Axel richtet sich auf. Geht's schon wieder los? Das Flattern ist nun in der Kammer, kreist über ihm. In panischer Angst schaltet Axel die Taschenlampe ein – nein, das gibt's nicht: Anne! Sie sitzt auf dem Tisch!

„Wie … bist du hergekommen?"

Anne antwortet nicht, lächelt nur.

Axel wird wütend. „Hat dich der Rabe, dieses Scheusal, hergebracht?"

„Sprich nicht so von Anton", bittet Anne leise. „Er meint es gut mit dir."

„Gut mit mir? Dass ich nicht lache! Wäre ich doch niemals in dieses Tal hinabgestiegen. Alles hier ist verhext."

Anne schüttelt vorwurfsvoll den Kopf. „Nicht verhext, verwunschen."

„Und worin, bitte, liegt da der Unterschied?"

„Du kennst den Unterschied“, sagt Anne. „Du bist nur böse, weil du uns nicht verstehst.“

„Uns? Also bist du kein Feriengast! Du gehörst hierhin und bist eines Tages auch so eine alte Hexe wie die da unten.“

„Die da unten sind keine Hexen, und ich *bin* ein Feriengast“, widerspricht Anne. „Ich hab dich nicht belogen. Du hättest mich fragen sollen, woher ich komme. Hättest du das getan, dann hätte ich dir vielleicht geantwortet, und du würdest dich jetzt nicht wundern.“

„Dann sag: Wo kommst du her?“

„Jetzt ist's zu spät.“

„Aber wieso denn? Sag mir, wo du herkommst.“

„Mach die Taschenlampe aus“, bittet Anne.

„Wozu?“

„Bitte! Mach sie aus.“

Axel schaltet die Taschenlampe aus. Ein Flattern ist zu hören, nähert sich der Luke, verschwindet in der Dunkelheit. Axel schaltet die Taschenlampe wieder ein: Anne ist verschwunden; sie hat ihn reingelegt.

Ärgerlich legt Axel sich wieder hin. Wo kommt diese Anne wohl her? Und wie kommt es, dass sie fliegen kann? Ist sie etwa … Anton, der Rabe? Anton – Anne, das klingt ähnlich …

Sie – das heißt: *er* – meint es gut mit ihm!

Ist das ein Zeichen von Sympathie, ihn die ganze

Nacht nicht zum Schlafen kommen zu lassen? Oder heißt das, wenn dieser Anton es nicht gut mit ihm meinen würde, wäre Schlimmeres passiert?

Axel hält es nicht mehr aus in seinem Schlafsack, schaut wieder aus der Dachluke, will sehen, ob nicht schon der Morgen heraufgraut – und fährt erneut entsetzt zurück: In der Dachrinne sitzt der Rabe, mit seinen kräftigen, krallenbewehrten Füßen hält er sich am äußersten Rand fest, über seinen großen scharfen Schnabel hinweg schaut er ihn an.

Hau ab!, will Axel schreien, aber dann beherrscht er sich. „Bist du Anton?", fragt er freundlich.

Der Rabe wackelt mit dem Schnabel.

„Bist du ... auch Anne?"

Der Rabe hebt die Flügel und fliegt auf Axel zu. Axel will mit der Taschenlampe nach dem Vogel schlagen, Anton aber hackt ihm mit dem Schnabel so in die Hand, dass er die Taschenlampe fallen lässt.

„Was ist denn dabei, wenn du Anne bist", ruft Axel und hält sich die Hände vors Gesicht, damit ihm der Rabe da nicht hineinhacken kann. Doch Anton will das gar nicht, hockt sich nur wieder in die Dachrinne und schaut friedlich zu Axel hoch.

„Jetzt reicht's! Jetzt reicht's endgültig!" Axel rollt in der dunklen Kammer seinen Schlafsack zusammen und nimmt seinen Rucksack auf. Er wird nicht warten, bis es graut, er wird jetzt schon verschwinden.

„Du bist selber schuld, wenn Anton wütend geworden ist", sagt da eine Stimme. Axel fährt herum: Anne! Sie hält seine Taschenlampe in der Hand ...

„Bist du nun dieser komische Vogel oder nicht?", ruft Axel verbittert.

„Glaubst du an Märchen?"

„Natürlich nicht", antwortet Axel, obwohl er sich da nicht mehr so sicher ist.

„Warum fragst du dann?"

„Weil ich ... ach, das Ganze hängt mir zum Hals heraus!"

Axel nimmt die Taschenlampe und sein Gepäck und hastet die Stiege hinunter. Diesmal sitzt keine alte Frau im Stiegenhaus, weder eine aus Eimer, Lappen und Besen noch eine aus Fleisch und Blut. Und es wird auch nicht getanzt in der Stube. Es ist überhaupt niemand da. Axel nimmt sein Portmonnee heraus und legt der Frau das Geld für die Übernachtung auf den Tisch.

Hat da nicht was gekrächzt? Axel lässt den Lichtkegel der Taschenlampe die mit allerlei altmodischem Zeugs voll gestellten Wände entlanghuschen. Lange entdeckt er nichts, dann auf dem Schrank drei Raben. Sie sehen zu ihm hin und scheinen sich über ihn zu amüsieren.

„Wollt ihr tanzen?", schreit er und sucht etwas, was er nach den Raben werfen kann. Aber da steht plötzlich wieder Anne vor ihm, breitet die Arme aus und sagt: „Nicht."

„Wozu auch? Ich bin sicher, den alten Damen macht das sowieso nichts aus."

Axel stürzt aus dem Haus und bleibt wie geblendet stehen: Die Nacht ist vorüber, strahlender Sonnenschein liegt über dem Tal, Vögel zwitschern, und eine warme Stille ist über den Wiesen. Er besinnt sich und kommt sich schlecht vor. Eigentlich hat ihm doch in diesem Haus niemand was getan. Wenn die drei Weiber tanzen möchten, sollen sie es; wenn sie sich ab und zu in Raben verwandeln wollen, sollen sie es; und wenn es in ihrem Haus an den Wänden klopft, ohne dass jemand da ist, der klopfen könnte, muss es ja nicht unbedingt ihre Schuld sein. Nur seine Angst hat ihn so weit bringen können, so unbeherrscht zu reagieren.

Er will zurück, will sich bei Anne und den drei Raben entschuldigen, und dreht sich um: Aber was ist das? Da ist kein Haus mehr, nur eine alte Scheune. Verdutzt starrt Axel die Scheune an: Er ist doch nur aus dem Haus getreten; kann sich das alte Haus hinter seinem Rücken in so kurzer Zeit in eine Scheune verwandelt haben? Aber es muss wohl so gewesen sein, denn auf dem Dachfirst sitzen vier Raben und schauen ernst auf ihn herunter.

„Entschuldigt, ihr vier", ruft Axel hinauf. „Es tut mir Leid, dass ich so böse wurde."

Die vier Raben zeigen keinerlei Reaktion.

„Wer von euch ist Anton?", will Axel wissen.

Hat der Rabe rechts außen ein wenig mit dem Schnabel gewackelt, oder bildet er sich das nur ein? Axel ist unsicher, aber dann entschließt er sich, diesen Raben doch besonders zu grüßen. Und als er das getan hat und sich abwendet, fällt sein Blick auf Annes Radiorecorder; er liegt direkt vor seinen Füßen. Er nimmt ihn auf und schaltet ihn ein: Geigenmusik! Die gleiche Musik, die Anne immer hörte …

„Danke", ruft Axel zum Dachfirst hinauf. Aber da ist niemand mehr, der seinen Dank entgegennehmen könnte; kein Mensch, kein Rabe.

Uri Orlev

Das Lied der Wale

Als Michael noch kleiner war, kam sein Großvater Mr Hammermann dreimal wöchentlich zu Besuch, um mit ihm zu spielen oder mit ihm spazieren zu gehen. Und wenn der Großvater sich verspätete, wartete Michael draußen auf der Straße auf ihn, selbst wenn es schon Winter war. Doch als der Großvater sein Haus nicht mehr verlassen konnte, lernte Michael allein im Bus zu fahren – da war er im ersten Schuljahr – und nun war er es, der dem Großvater einen Besuch abstattete. Es gab viele Gründe, ihn in seinem Haus zu besuchen, eine Menge zu sehen und zu tun, genug Gründe für mehr als einen Besuch, ja sogar für eine Woche oder länger. Mr Hammermann war Antiquitätenhändler und in seinem Haus gab es zwei Stockwerke, die wie zum Wohnen eingerichtet waren, aber nur als Ausstellungsräume dienten. Denn in Wirklichkeit gab es in den vielen Zimmern nichts als wertvolle Möbelstücke und Dinge, die an- und verkauft wurden. Michael war tief beeindruckt von der Unzahl von herrlichen Gegenständen und Sammlungen, die ja alle eine eigene Geschichte hatten.

In einem Schrank verwahrte sein Großvater Spielsachen, die beschädigt waren und die man nicht anfassen durfte, auch ein paar alte, abgegriffene Spiele, mit denen man nicht spielen durfte, weil sie noch aus der Jugend des Großvaters stammten. Und die Jugend des Großvaters lag für das Empfinden eines Kindes so lange zurück, dass es fast wie tausend Jahre schien. Wenn Michael kam, streifte er gerne mit seinem Großvater durchs Haus. Er liebte es, in vergessene Schubladen und Fächer hineinzuschauen, die jahrelang nicht geöffnet worden waren, und ebenso gern stellte er Fragen und sein Großvater zeigte unendliche Geduld und beantwortete all die Fragen. Zu beider Erstaunen entdeckten sie bisweilen Zimmer, die völlig in Vergessenheit geraten waren, doch der Großvater und Michael hatten keine Angst vor Staub und Spinnweben. Madame Sibonnier war immer glücklich, wenn die beiden einen solchen Raum entdeckt hatten, denn sie war immer auf der Suche nach Dingen, die geputzt werden mussten. Ständig putzte sie alles, was zu säubern war, sogar den Großvater.

Madame Sibonnier war die Haushälterin. Insgeheim nannte Michael sie ‚Seifenmamsell'. Als er das seinem Großvater anvertraute, erstickte dieser fast an einem Lachanfall. Anfangs empfing sie den kleinen Gast nicht sehr freundlich. Das erste Mal hatte sie sogar versucht, seinen Besuch heimlich zu vereiteln. Als er an der Haustür klingelte, schaute sie hinter der Gardine hervor, öffnete jedoch nicht. Und da der Großvater das Klingeln nicht gehört hatte, stand Michael vergebens vor der Tür und wartete. Als dann irgendwann die Wahrheit herauskam, war der Großvater sehr böse auf sie.

„Ich hatte es nicht gehört", entschuldigte sich Madame Sibonnier zuckersüß.

Ein anderes Mal ließ sie Michael unten in den Salon ein, sagte Mr Hammermann aber nicht, dass sein Enkel ihn erwarte. Und erst als Michael „Großpapa, Großpapa!" rief, hörte ihn dieser und machte der Haushälterin Vorhaltungen.

„Ich hatte es vergessen, es tut mir Leid", sagte sie zerknirscht.

„Jeanette will mich mit niemandem teilen", hatte der Großvater einmal verärgert gesagt, mehr zu sich selbst, obwohl Michael bei ihm war.

„Warum entlässt du sie nicht, Großpapa?"

„Ich habe es Großmama versprochen", sagte sein Großvater. „Und außerdem ...", fügte er nach einer Weile mit wissendem Lächeln hinzu.

Michael verstand nicht, was er damit meinte, aber er fragte nicht nach.

„Keine Sorge", sagte der Großvater. „Jeanette wird sich schon an dich gewöhnen."

Und tatsächlich, es dauerte nicht lange und Madame Sibonnier fing an, auch an Michael herumzuputzen. Kaum war er eingetreten, da zog ihm Madame Sibonnier schon die Schuhe aus, um sie zu wienern. Sie gab ihm alte Hausschuhe von seinem Großvater, die er inzwischen anziehen konnte. Sie bürstete seine Kleider ab und im Winter trocknete sie auch seinen Mantel und bürstete ihn aus. Sie machte sogar den Versuch, seine Ohren mit Wattestäbchen zu reinigen und seine Nase ebenfalls, aber Michael widersetzte sich standhaft. Dennoch war es ihr einmal gelungen, ein Ohr auszuputzen, als sie ihn das erste Mal unversehens damit überrascht hatte.

Ein Zimmer in Großvaters großem Haus wurde die Bibliothek genannt und vom Boden bis zur Decke gab es nichts als Bücher darin. Der Großvater setzte seinen Enkel immer in einen Sessel, der so riesig und weich war, dass Michael fast darin versank. Dann las er ihm Geschichten vor oder erzählte ihm etwas über die Fotos in den Familienalben. Auf diese Weise lernte Michael auch seine Großmutter kennen, die bereits vor seiner Geburt gestorben war.

Auch Madame Sibonnier kam gerne in die Bibliothek, denn die Bücher, so drückte sie sich aus, zogen Staub an, und nichts tat sie lieber als Staub zu wischen. In einem anderen Zimmer, das holzgetäfelt war, standen ein Grammophon und Regale voller Schallplatten. Dieser Raum hieß das Musikzimmer. Wenn der Großvater Michael Platten hören ließ, kam Madame Sibonnier oft herein und setzte sich zu ihnen, um auch zuzuhören. Im Gegensatz zu den Büchern, die man nicht waschen kann, spülte Madame Sibonnier die ganzen Schallplatten gelegentlich ab, nachdem sie sie aus den Hüllen genommen hatte. Dann ließ sie sie auf Löschpapier trocknen. Eine Platte gab es, die liebte Michael ganz besonders, nämlich die mit dem Gesang der Wale.

Als Michael neun Jahre alt war, begann Mr Hammermanns Gesundheit nachzulassen, und Michaels Eltern konnten ihn überreden, sein Haus zu verkaufen und zu ihnen zu ziehen. In ihrem Haus gab es drei Kinderzimmer, für die nie Kinder auf die Welt gekommen waren, denn seine Eltern hatten nur ein Kind bekommen und das war Michael. Der Anwalt, der Mr Hammermann vertrat und sein Vertrauen hatte, verkaufte das alte Haus und fast alle Einrichtungsgegenstände darin auf einer großen Auktion, über die viel in den Zeitungen stand. Sogar in den Fernsehnachrichten wurde darüber berichtet. Der Großvater brachte einige Gemälde in Goldrahmen, mehrere Kunstgegenstände und ein paar Sachen, die Michael nicht interessierten, in das Haus seiner Eltern mit. Mr Hammermann bekam das erste der nebeneinander liegenden Kinderzimmer, Madame Sibonnier das daneben und Michael blieb in seinem Zimmer. Nicht sofort, sondern erst, nachdem er eine Weile bei ihnen gelebt hatte, wurde offensichtlich, dass der Großvater über eine außergewöhnliche Gabe verfügte, die Michael bisher nicht entdeckt hatte. Mit einem Mal veränderte sich sein Leben total. Und das geschah, als Michael einmal voller Angst vor den Gespenstern der Nacht in das

Zimmer seines Großvaters rannte und zu ihm unter die Decke schlüpfte – bei Vater und Mutter durfte er nicht schlafen. Da entdeckte er, dass sein Großvater die Fähigkeit hatte, ihn in seine Träume zu entführen. Von dieser Nacht an schlief Michael oft bei seinem Großvater und er ließ sich nicht stören vom Schnarchen und Husten und von den Gerüchen, ebenso wenig wie von Madame Sibonniers verzweifelten Versuchen, ihn fern zu halten. Wenn es ihr möglich gewesen wäre, dann hätte sie vor der Tür des alten Mr Hammermann geschlafen, so wie vor vielen hundert Jahren die Sklaven vor der Tür ihres Herrn. Aber das Haus war für derlei Schlafgewohnheiten nicht eingerichtet. Tatsächlich ließ sie die Tür zu ihrem Zimmer immer halb offen stehen, um zu verhindern, dass Michael zu seinem Großvater ins Bett kroch, aber wenn Michael an ihrem Zimmer vorbeischlich, hörte er sie jedes Mal schnarchen.

„Alle Kinder sind schmutzig“, behauptete sie.

Seit sie zusammen mit dem alten Mann bei der Familie eingezogen war, gab es nicht mehr genug Räume und Gegenstände, die sie putzen konnte, und sie hatte sich mit Inbrunst darauf gestürzt, immer wieder dieselben Zimmer und Dinge zu putzen, tagein, tagaus. Dazu kam, dass die Bewohner des Hauses und vor allem natürlich Michael jegliche Sauberkeit zunichte machten. Madame Sibonnier hatte von Michaels Mutter die Erlaubnis erhalten, ihn jeden Tag zu baden und zu waschen, wenn er aus der Schule kam, übersät mit Bakterien und Viren, ganz zu schweigen von all dem Schmutz und den Krankheiten, die er einatmete, wenn er mit anderen Kindern zusammen war. Aber Michael war kein kleines Kind mehr. Er weigerte sich schlicht. Er sagte, dass er sich vor der fremden Frau schäme, und schließlich kamen sie überein, dass er sich abends selbst waschen sollte. Michael hasste es, sich zu waschen und gewöhnlich tat er einfach nur so. Er schloss sich dann im Badezimmer ein, drehte den Hahn auf, um die Seifenmamsell, die lange Ohren machte, zufrieden zu stellen, und ehe er wieder herauskam, rieb er sich etwas Seife hinter die Ohren und ein bisschen Zahnpasta auf die Zähne. Das schmeckte zwar nicht so gut, aber er spülte den Mund gleich wieder aus und für die Seifenmamsell roch er auf diese Weise sauber. Dann lag er im Bett und wartete. Er versuchte, die Augen offen zu halten. Und sobald er hörte, dass Madame Sibonnier aus der Dusche kam und die Tür vom Flur zu ihrem Zimmer öffnete, wusste er, dass sie in fünf Minuten fest eingeschlafen sein würde.

Michael schaffte es nicht immer wach zu bleiben, aber wenn es ihm gelang, wurde er belohnt. Sein Großvater enttäuschte ihn nie und entführte ihn jedes Mal in seine Träume. Die waren manchmal nur kurz und Michael träumte danach seine eigenen, normalen Träume weiter, doch manchmal waren sie auch lang und eindringlich. Gewisse Abschnitte davon waren eigentlich keine echten

Träume, sondern, wie ihm sein Großvater erklärte, nur geringfügige Abweichungen von der Wirklichkeit.

Michael verstand die gelehrte Erklärung nicht recht, aber schon bald mochte er diese geringfügigen Abweichungen lieber als alles andere, sogar lieber als Fernsehen oder Computer-Spiele, und eindeutig lieber als Cello-Üben. Sein Vater war Cellist in einem Orchester und hoffte, dass Michael einmal mindestens so berühmt werden würde wie der Cellist Pablo Casals. Doch Michael zog die Träume seines Großvaters allen anderen Beschäftigungen vor und war lieber mit seinem Großvater zusammen als mit irgendjemanden sonst.

Kaum waren die beiden aufgewacht, da hatte Michael die Träume meistens vergessen, die er mit seinem Großvater hatte teilen dürfen. Doch manchmal konnte er, wenn er die Augen aufschlug, die Erregung und Spannung noch spüren, und bisweilen auch die schreckliche Angst, die ihn noch kurz zuvor gelähmt und ihn fast erstickt hatte. Obwohl die Träume entschwunden waren, hingen gewöhnlich noch ein paar verschwommene Bilder nach, die erst im Lauf des Tages verblassten.

Aber eines der Traumbilder vergaß Michael nicht, obwohl es nur einmal aufgetaucht war. Sie näherten sich einem Haus, das zwischen hohen Bäumen stand. Sein Großvater nahm ihn an die Hand. Sie kamen bei Abenddämmerung an und um die Bäume war es schon dunkel. Über ein paar Stufen gingen sie hinauf zu einer beleuchteten Eingangstür, die offen stand. Auf den Stufen saßen Menschen. Durch die offene Tür konnte man in eines der Zimmer schauen. Mehrere Personen waren zu sehen. Einige saßen auf Stühlen, andere hingen auf einem Sofa herum und wieder andere lehnten in Sesseln. Einige saßen um den Kamin, andere hatten die Ellbogen auf die Fensterbank gestützt. Jeder Einzelne der Anwesenden hatte sich unauslöschlich in Michaels Gedächtnis eingeprägt. Er konnte sich an alle erinnern, Männer, Frauen und Kinder, und er wusste noch genau, was jeder in diesem Augenblick tat, was sie trugen, wie sie frisiert waren und was für ein Ausdruck auf ihren Gesichtern lag. Die Leute und das Haus waren Michael ganz vertraut, obwohl er noch nie dort gewesen war und keinen davon jemals vorher kennen gelernt hatte.

Ein Traum von Mr Hammermann ließ Michael sehr an seinem Großvater zweifeln. Da hatte er eine Maschine erfunden, die die Zeit stillstehen ließ. Er stellte sie an und die Zeit blieb einfach stehen. Zunächst waren alle begeistert. Sie feierten den Großvater und krönten ihn zum König und Kaiser. Doch allmählich ließ die Hochstimmung nach, denn es vergingen ein paar Jahre und nichts veränderte sich. Alles blieb so, wie es gewesen war, als der Großvater seine Erfindung in Betrieb genommen hatte. Dieselben Vogelküken saßen noch in ihren Nestern, dieselben Vogeleltern hörten nicht auf, die Jungen zu füttern. Dieselben Großmütter schüttelten ihre Tischdecken aus dem Fenster. Dieselben Kinder gingen weiterhin in den Kindergarten oder in die Schule, jeder immer in dieselbe Klasse. Bis sie alle genug davon hatten. Und eines Tages kam der Großvater ins Zimmer seines Enkels und Michael weinte bitterlich.

„Warum weinst du denn, Michael?“, fragte der Großvater, der sowohl König als auch Kaiser war und seinem Enkel jeden Wunsch erfüllen konnte.

„Großpapa“, sagte Michael, „ich werde nie erwachsen, ich kann kein Vater werden.“ Michael erwachte im Bett seines Großvaters und weinte immer noch bitterlich. Auch der Großvater erwachte und blieb traurig liegen.

„Aber es war doch kein Traum, der einem Angst gemacht hat“, entschuldigte sich der Großvater.

Michael fand keine Worte dafür, warum er weinte. Das Problem war, dass er nicht wusste, was er eigentlich wollte: groß und stark werden, um einen Sportwagen fahren zu können und nachts keine Angst vor Ungeheuern zu haben (denn damals war er noch der Meinung, dass sich Erwachsene nachts nicht fürchten), oder immer neun Jahre alt bleiben, damit sein Großvater nie sterben würde.

Nachdem sein Großvater den Traum vom Fliegen gehabt hatte, verstand Michael zum ersten Mal, was der Großvater damals gemeint hatte, als er sagte, seine Träume seien manchmal nicht gewöhnliche Träume, sondern eher verzerrte Darstellungen der Wirklichkeit. Sie setzten sich beide auf ein Fahrrad und traten fest in die Pedale. Zunächst fuhren sie einfach geradeaus. Und dann geschah es plötzlich. Sie hoben ab. Mit großer Anstrengung gelang es ihnen, aufzusteigen. Doch das Wunder hielt nicht an, genau wie bei jungen Vögeln, die ihre ersten Flugversuche machen. Sie landeten wieder auf dem Boden und Michael spürte, wie ihm die Enttäuschung die Kehle zuschnürte.

Der Großvater gab nicht auf. Sie machten einen erneuten Versuch und diesmal verschwanden Unsicherheit und Zweifel an ihrem eigenen Vermögen und machten dafür einem guten Gefühl von Gewissheit und Beherrschung der eigenen Fähigkeiten Platz. Sie mussten sich gar nicht mehr anstrengen. Das Fliegen war kinderleicht und erfüllte Michael mit einer Freude an der klaren Luft, die sich bis zum Horizont erstreckte. Sie stiegen auf und flogen das gesamte Tal entlang, das zu schön war, um es mit Worten zu beschreiben.

„Das ist ja genau wie in dem Film E.T.!“, rief Michael begeistert.

„Aber doch nicht ganz so“, meinte sein Großvater.

In diesem Moment wurde Michael bewusst, dass er ja gar nicht Fahrrad fahren konnte, und er landete unsanft auf dem Boden.

„Zum Glück nicht auf der Straße“, bemerkte sein Großvater noch im Traum. Und als sie beide aufgewacht waren, erklärte er: „Michael, wenn du in diesem Traum wieder mitfliegen willst, dann musst du Fahrrad fahren lernen."

„In Ordnung, Großpapa", sagte Michael.

Es kam selten vor, dass Michael einer Sache zustimmte. Gewöhnlich antwortete er mit „nein". Doch wenn es um die Träume seines Großvaters ging, war alles anders. Es dauerte drei Wochen, bis Michaels gebrochenes Bein aus dem Gips kam. Und nun bestellte der Großvater per Telefon ein Fahrrad, das Michael aus einem Versandkatalog ausgesucht hatte – völlig gegen den Willen seiner Eltern. Sie fanden, dass Michael noch zu klein dafür war und hatten Angst vor einem Unfall. Natürlich erwähnten Großvater und Enkel ihnen gegenüber mit keinem Wort, warum Michael Fahrrad fahren lernen musste.

Das Fahrrad war schon eine Weile im Haus, aber er kam nicht damit zurecht. Erst als sein Onkel Nimrod den Vorschlag gemacht hatte, es nach seiner Methode zu lernen, machte Michael wieder einen Versuch. Und diesmal klappte es.

Die Methode bestand aus zwei Schritten. Zuerst musste er das Fahrrad mit einer Hand auf dem Sattel und der anderen auf der Lenkstange halten und es schieben. Das war schlau, denn die Nachbarn und Kinder, die Michael auf der Straße sahen, waren überzeugt, dass er nur mal eben von seinem neuen Rad abgestiegen war und es zum Zeitvertreib ein Stückchen schob und dass er es selbstverständlich schon prima fahren konnte. Der zweite Schritt bestand darin, dass er sich auf den Sattel setzte und ohne die Pedale zu berühren einen leichten Abhang hinunterrollte. Der Sattel musste so niedrig sein, dass die Füße jederzeit den Boden berühren konnten. Und tatsächlich, nach sechs Wochen Üben konnte Michael Rad fahren. Von nun an gab es keine Probleme mehr, wenn sein Großvater wieder den Traum vom Fliegen hatte.

Alles wurde schwieriger, als Michaels Eltern beide ins Ausland fuhren. Seine Mutter musste zu einem Psychologenkongress, sein Vater ging mit dem Orchester auf Tournee. So ließen sie Michael und den Großvater unter der Obhut von Madame Sibonnier zurück. Gleich am ersten Abend kam sie ins Badezimmer, nachdem Michael mit seinem „Waschen“ fertig war, und bemerkte, dass die Handtücher alle noch trocken waren. Sie befühlte die Seife und die Zahnbürste und alles war knochentrocken. Madame Sibonnier holte sich ein Feldbett aus der Abstellkammer, stellte es vor dem Zimmer des alten Herrn auf und richtete es als Nachtlager her. Michael durfte nicht zu ihm.

Am folgenden Abend kam der Großvater, ehe er zu Bett ging, zu Michael, um ihm einen Gutenachtkuss zu geben, und holte ihn in sein Zimmer. Er nahm ihn mit ins Bett, ohne auf Madame Sibonniers Einwände zu achten. Nun fing sie zum ersten Mal an, Verdacht zu schöpfen, dass der Junge nicht nur wegen der Nachtmonster bei dem alten Mann schlief. In den ersten Jahren nach Mrs. Hammermanns Tod war sie diejenige gewesen, die Mr Hammermann in seine Träume mitgenommen hatte. Bis er ihr eines Tages gesagt hatte, dass es vorbei sei. Er hatte ihr erklärt, dass er seine Gabe verloren habe. Madame Sibonnier war sehr betrübt gewesen, dass das ganz besondere Band zwischen ihnen zerrissen war, aber sie hatte ihm geglaubt. Jetzt lag sie auf ihrem Feldbett und drückte das Ohr an die geschlossene Tür. Obwohl die Gespräche im Zimmer im Flüsterton geführt wurden, war sie geschockt. Wenn ihr Erlebnis auch bereits viele Jahre zurücklag, war sie noch immer in tiefer Seele verwundet. Sie sprang von ihrem Lager auf und rückte das Bett wütend von der Tür weg. Der heftige Stoß ließ das Bett mit lautem Krachen umfallen und es klappte auf dem Boden zusammen. Madame Sibonnier stürmte im Nachthemd und mit aufgelöster Frisur ins Zimmer und zerrte Michael heraus, ohne im Geringsten auf seinen Protest zu achten. Zum ersten Mal merkte Michael, wie groß und stark sie war.

„Das bringen wir schon in Ordnung, keine Sorge“, sagte der Großvater am nächsten Tag zu ihm.

„Aber wann, Großpapa?“

„Noch ehe deine Eltern zurückkommen.“

Michael wartete geduldig.

Mr Hammermann hörte auf, sich zu waschen, putzte sich nicht mehr die Zähne und zog keine sauberen Kleider und Strümpfe mehr an. Er ging zu Bett, ohne einen Schlafanzug anzuziehen, sondern behielt die Kleider an, die er während des Tages getragen hatte. Er schlüpfte nicht mal aus den Hausschuhen.

Als er sah, dass sein Großvater sich nicht mehr wusch, hörte Michael ebenfalls damit auf, obwohl Madame Sibonnier heftigen Protest einlegte. Auch er weigerte sich, frische Sachen anzuziehen. Besonders stur war er in Bezug auf die Socken. Er kämmte sich wohl die Haare, aber Zähne putzen wollte er um keinen Preis. Die Sache mit den Kleidern war für ihn viel problematischer als für seinen Großvater. Madame Sibonnier schnappte sie sich, sobald sich die Gelegenheit bot, weichte sie im Spülbecken oder in der Badewanne ein und warf sie in die Waschmaschine. Daher zog Michael abends keinen Schlafanzug mehr an, sondern ging auch in den Kleidern zu Bett. Ein paar seiner Schulkameraden fingen an, ihn „Stinkepott" zu nennen. Es war ihm egal. Er wusste, was er tat. Obwohl er nicht wusste, auf was das alles hinauslaufen sollte, denn sein Großvater hatte ihm noch nicht gesagt, was in dem Traum geschehen sollte, auf den sie sich so gründlich vorbereiteten.

Nach drei Tagen lief Madame Sibonnier mit Wattebäuschen in den Nasenlöchern herum. Sie war sehr beunruhigt und hatte das Gefühl, dass etwas Schreckliches bevorstand. Aber sie war nicht bereit, auch nur im Geringsten nachzugeben.

„Du schläfst nicht in seinem Bett!“, erklärte sie bei jeder Gelegenheit.

Jeden Abend kam Mr Hammermann zum Gutenachtkuss in Michaels Zimmer und beschnüffelte ihn, um festzustellen, ob er schon schlimm genug roch. Es dauerte noch eine ganze Woche, da beugte er sich über Michael und meinte: „Hervorragend.“

Er ging in sein Zimmer und kam nach einer ganzen Weile leise mit seinem Kopfkissen unter dem Arm zurück. Michael wachte auf, als sein Großvater zu ihm ins Bett stieg und an der Decke zog.

„Wo ist sie?“, fragte Michael schlaftrunken.

„Eingeschlafen“, antwortete der Großvater.

Er hatte sich an die äußere Kante gelegt, damit Michael nicht aus dem schmalen Bett fiel, und schon bald spazierten die beiden durch die leeren Straßen der Stadt. Plötzlich fiel Michael auf, dass ihnen kleine Lebewesen folgten, die aus Mülltonnen und Containern und sogar aus den Abflussgittern am Straßenrand krochen.

„Großpapa, da läuft was hinter uns her.“

„Ich weiß. Kennst du die Geschichte vom Rattenfänger zu Hameln?“ Michael kannte die Geschichte.

„Aber Großpapa, du hast doch keine Flöte.“

„Das stimmt“, antwortete der Großvater, „aber unsere Musik ist der Geruch.“

Und wahrhaftig, im Licht der Straßenlaterne konnte Michael einen merkwürdigen Schimmer sehen, der ihnen wie ein Schweif folgte. Er blieb einen Augenblick stehen und trat in den durchsichtig schimmernden Kegel, den sein Großvater hinter sich herzog. Der Gestank drang ihm in die Nase. Dann bückte er sich, um zu sehen, was das für Kreaturen waren, deren bebende, fadendünne Fühler und Beine im Windstoß hinter ihnen her wuselten.

„Großpapa, das sind aber keine Mäuse", bemerkte Michael.

„Ich weiß", sagte der Großvater, „es ist unsere Armee, mit der wir Madame Sibonnier vertreiben."

Die schwarzen Regimenter wurden immer größer. Die kleinen Wesen rannten flink hinter ihnen her und krabbelten an ihnen hoch und in ihre Hosenbeine hinein. Voller Ekel schüttelte Michael sie immer wieder von sich ab und fing schließlich zu rennen an. Sein Großvater rannte auch, als ob er zwanzig Jahre jung wäre, und die schwarzen Wesen blieben ihnen verzweifelt dicht auf den Fersen. Einige davon flogen sogar ein Stückchen, damit sie nicht den Anschluss an die anderen verlören, und mit dem ganzen Schwarm im Gefolge stiegen sie die Stufen zum Haus empor. Als Mr Hammermann die Tür aufschloss, drängten sie alle ins Haus. Michael und sein Großvater blieben stehen, drückten sich mit dem Rücken an die Wand der Diele und warteten ab. Zunächst passierte nichts. Sie standen still, obwohl Tausende von kleinen Beinchen über den Fußboden rannten. Dann ertönte ein Schrei. Madame Sibonnier kam aus ihrem Zimmer gelaufen, völlig aufgelöst, in jeder Hand eine Sprühdose mit Gift. Sie besprühte die Kakerlaken wie wild und zertrat sie, obwohl sie das knackende Geräusch dabei nicht ausstehen konnte. Aber es waren einfach zu viele. Als sie auf den platt getretenen Kakerlaken ausrutschte und hinfiel, kletterten diese auf ihr herum und bedeckten sie wie ein wuselnder schwarzer Hügel und sie konnte nicht aufstehen.

„Großpapa“, schrie Michael, „wach auf! Wach auf!“

Dicht an seinem Ohr schien jemand laut zu rufen. Michael lauschte einen Moment, dann begriff er, dass er selbst geschrien hatte. Er beruhigte sich und tastete neben sich das Bett ab, aber sein Großvater war nicht da. Hinter den schweren Vorhängen drang Morgenlicht herein. Michael stand auf und eilte ins Zimmer seines Großvaters. Er begegnete Madame Sibonnier nicht. Der Boden war mit zertretenen Kakerlaken übersät. Michael warf einen angeekelten Blick darauf. Vorsichtig trat er in die Zwischenräume. Sein Großvater war nicht im Zimmer. Auf dem Weg zurück kam er am Badezimmer vorbei und hörte, dass jemand duschte.

„Großpapa?“

Mr Hammermann stand unter dem starken Wasserstrahl der Dusche und hörte ihn nicht. Rasch lief Michael in die Küche, um nachzusehen, ob Madame Sibonnier das Frühstück für sie richtete. Sie war nicht da. Auch in der Küche lagen überall tote Kakerlaken herum. Michael lief weiter zu Madame Sibonniers Zimmer. Die Tür war geschlossen. Er drückte die Klinke herunter. Die Tür ging auf. Er trat ein – das Zimmer war leer. Er lief zum Kleiderschrank, um hineinzuschauen, zögerte eine Minute – all ihre Kleider waren verschwunden. Als er sich umwandte, stand sein Großvater im Bademantel in der Tür.

„Großpapa?"

Mr Hammermann lächelte ihm zu und sagte: „Geh duschen, Michael, es ist höchste Zeit!"

Tote Kakerlaken lagen auch auf dem Badezimmerboden. Michael spülte sie durch den Bodenabfluss weg. Zum ersten Mal im Leben genoß er es, frische Kleider anzuziehen. Als er die Treppe hinaufging, fand er dort ein paar Kakerlaken, die sich in dunklen Winkeln versteckt hatten. Michael tat so, als sähe er sie nicht. Er hatte noch das Knacken ihrer Panzer, als Madame Sibonnier sie zertreten hatte, in den Ohren und hatte keine Lust, das noch einmal zu erleben.

Er kam nicht zu spät in die Schule, aber mit jeder Stunde fiel es ihm schwerer aufzupassen und Antworten zu geben. Die ganze Zeit über gingen ihm die zahllosen Regimenter von Kakerlaken durch den Kopf, die sein Großvater nach Hause gelockt hatte, und er zermarterte sein Gehirn mit der Frage, ob sie Madame Sibonnier wohl aufgefressen hatten. Hatten sie sie tatsächlich aufgefressen? Fressen Kakerlaken Menschen? Nein, das konnte doch nicht sein. In der Biologiestunde hob er die Hand und fragte:

„Sir, fressen Kakerlaken auch Menschen?"

Die ganze Klasse brach in Gelächter aus.

„Michael, wir nehmen zur Zeit doch nicht die Dictyoptera aus der Gattung der Insekten durch. Aber ich glaube, das wäre wohl ein etwas zu großes Beutetier für Kakerlaken. Es sei denn, man würde den Menschen vorher zerkrümeln."

Nach dieser Antwort hatte der Lehrer große Mühe, die Klasse wieder zu beruhigen, die vor Lachen brüllte.

Sofort nach dem letzten Klingeln rannte Michael heim. Von den Kakerlaken war keine Spur mehr zu finden. Das Haus war so sauber, als würde Madame Sibonnier noch das Regiment führen.

„Der Kammerjäger und eine Putzfirma waren da", erklärte der Großvater.

Als die Eltern zurückkamen, konnten sie es kaum glauben, dass der alte Mann eine Auseinandersetzung mit Madame Sibonnier gehabt hatte und sie gegangen war. Aber weil sie nichts von ihr hörten und keiner von ihr sprach, stellten sie eine junge Frau ein, die Madame Sibonniers Pflichten übernahm, ohne sich in andere Dinge einzumischen.

Eines Abends, als Michael zum Großvater ins Bett kam, gab dieser ihm einen seltsamen Schlüssel, auf den Michael gut Acht geben sollte, wie er sagte. Michaels Neugier war geweckt, aber er stellte keine Fragen. Der Großvater knipste die Nachttischlampe aus und sie lagen still mit geschlossenen Augen da.

„Wo ist der Schlüssel?"

„Ich hab ihn in der Hand", sagte Michael.

„Schön", bemerkte der Großvater, „halt ihn gut fest."

Der Großvater war aufgeräumter Stimmung. Sie gingen in sein altes Haus und tranken Tee in der Bibliothek. Als Michael Schritte hörte, die klangen, als würden Hausschuhe über den Boden schlurfen, war er sicher, dass Madame Sibonnier im nächsten Augenblick auftauchen würde. Stattdessen trat eine alte Frau ein, die Michael nicht kannte. Es dauerte eine Weile, bis er sie von den Fotos im Familienalbum als seine Großmutter erkannte. Und tatsächlich, da nannte sie der Großvater auch schon bei ihrem Namen. Sie hatte nichts Unheimliches an sich, dennoch war Michael beunruhigt. Denn sie war ja schon vor seiner Geburt gestorben. Er tastete immer wieder, um sicher zu sein, dass er den Schlüssel noch hatte, obwohl er absolut nicht wusste, wofür er ihn brauchen würde. Die Großmutter beachtete ihn überhaupt nicht. Sie sah verärgert aus und sagte zu seinem Großvater:

„Johann, warum hast du Jeanette entlassen?"

Michael war überrascht. Niemand sonst redete seinen Großvater mit dem Vornamen an. Man sagte Vater oder Großvater oder Mr Hammermann zu ihm.

„Ich hab sie nicht entlassen", sagte der Großvater lachend. „Aber es stimmt, wir hatten eine Auseinandersetzung und ich bin sie los."

„Du hast mir versprochen, dass sie bleiben könnte, so lange sie wollte."

„Das war unmöglich. Sie war alt und ihre Putzanfälle wurden allmählich immer schlimmer."

„Ich habe noch nie gehört, dass sich jemand über ein sauberes Haus aufregt."

„Sie hat versucht zu verhindern, dass der Junge bei mir im Bett schläft", erwiderte der Großvater.

„Es ist auch ganz unnötig, dass der Junge bei dir schläft, Johann."

„Dora, sie hat nicht versucht, ihn wegen des Schmutzes von mir fern zu halten, sondern weil sie so eifersüchtig war."

Michaels Großmutter lachte ungläubig.

„Du verstehst nicht ganz. Ich gebe den Schlüssel an ihn weiter."

Erstaunt schwieg die Großmutter einen Augenblick.

„Du hast ihn nicht einem der Kinder gegeben?"

„Nein. Keines von ihnen hat die Gabe geerbt."

Michael war sich sicher, dass die Großmutter rot vor Zorn wurde.

„Unglaublich! Nach der Affäre mit Jeanette waren wir doch übereingekommen, dass du ihn einem unserer Kinder gibst und sonst keinem, oder?“

„Ich habe Michael hergebracht, damit du ihn kennen lernst und siehst, dass er ihn verdient hat. Er ist unser Enkel, Dora!“

„Der Sohn von diesem Straßenmusiker? Dem Taugenichts?“

Plötzlich begriff Michael, dass seine Großmutter seinen Vater nicht geliebt hatte. Er stellte sich vor, wie furchtbar das war. „Mein Vater ist kein Straßenmusiker, er ist Erster Cellist in seinem Orchester!“, wollte er rufen, aber kein Laut drang aus seiner Kehle. Stattdessen beugte sich die Großmutter, die er von den Fotografien kannte, über ihn und schrie: „Das wird nie geschehen!“

Michael bekam es mit der Angst zu tun. Er war richtig gelähmt und konnte sich überhaupt nicht wehren. Fieberhaft durchsuchte sie seine Kleider. In dem Augenblick warf sich sein Großvater dazwischen und sie fielen zu Boden. Mit der Großmutter fand eine Verwandlung statt und sie war nicht wiederzuerkennen. Plötzlich wurde sie zu einem der Ungeheuer aus seinen schaurigen Albträumen. Sein Großvater packte ihn am Arm und zusammen flohen sie die Treppe hinunter. Sie flatterte ihnen nach, bis sie zur Tür kamen. Michael drückte die Klinke, doch die Tür war verschlossen.

„Der Schlüssel!“, rief sein Großvater.

Michael öffnete die Hand, doch der Schlüssel war verschwunden.

„Schließ die Tür auf, Michael", rief der Großvater.

„Großpapa, der Schlüssel ist weg!", schrie Michael und er versuchte, die Tür mit aller Kraft aufzustoßen. Aber es war eine große, schwere Tür, die fest verschlossen war.

Die Großmutter flatterte dicht hinter ihnen herum und streckte ihre zwei langen, durchsichtigen Arme nach ihnen aus.

„Großpapa, wach auf!", jammerte Michael.

„Ich kann nicht aufwachen, ich habe die Gewalt über den Traum verloren", rief der Großvater. „Kannst du vielleicht aufwachen und mich dann wecken?"

Michael versuchte es. Er hatte keine Ahnung, wie man aufwacht, wenn man träumt, dass man aufwachen will.

Die Großmutter stürzte sich auf Michael, doch der Großvater wandte sich um und zerrte sie und Michael energisch auseinander.

„Geh zurück, wohin du gehörst, Dora! Michael holt den Schlüssel!"

Michael stockte vor Angst der Atem und er wachte auf, nicht ganz, aber genug, um sein Bettlaken nach dem Schlüssel abtasten zu können. Er fand den Schlüssel, rannte zur Tür und steckte ihn ins Schloss. Die Tür öffnete sich.

Am nächsten Morgen betrachtete Michael den Schlüssel eingehend. Er war aus Eisen, hatte aber keine Spur von Rost. Er war recht klein und hatte an beiden Seiten einen Bart. Michael konnte nichts Ungewöhnliches daran entdecken, bis ihm sein Großvater sagte, er solle ihn ans Ohr halten. Denn der Schlüssel könne singen. Den Gesang der Wale.

„Großpapa, was machst du ohne den Schlüssel?"

„Ich habe ihn nur gebraucht, als ich jung war", sagte der Großvater. „Er ist schon viele Jahre in meine Seele eingegraben."

„Von wem hast du ihn?"

„Von meinem Vater. Er wusste, dass ich, genau wie er, die Gabe hatte zu träumen. Und du hast sie auch, Michael."

Mit der Zeit ließ Mr Hammermanns Gesundheit immer mehr nach, und zugleich veränderten sich seine Träume. Es waren keine Abenteuer mehr, keine Reisen durch atemberaubend schöne Landschaften, sondern Erinnerungen – Erinnerungen, die Michael teilte wie ein Fremder, der zufällig dabei war. Manchmal waren sie aufregend, manchmal jedoch richtig unheimlich. Ein überaus schönes junges Mädchen kam darin vor. Sie stand einem schlanken jungen Mann gegenüber und Michael wusste, dass es sein Großvater war. Alles war schneebedeckt, die Palmen und die alten Stadtmauern von Jerusalem. Sie standen Arm in Arm und hatten die

Stirn aneinander gelehnt. Vielleicht konnte sein Großvater schon damals die Menschen, die er liebte, mit in seine Träume nehmen, dachte Michael überrascht.

Eine lange Zeit blieben sie so stehen. Es begann wieder zu schneien und Michael nahm eine große Hand voll auf, um einen Schneeball zu formen. Seine Hände waren eiskalt und er wachte auf. Er sprang aus dem Bett, lief durch die Diele zu dem kleinen Licht und hielt die Hände dicht vor die Augen. Der Schnee war noch nicht ganz geschmolzen und Michael leckte daran, so wie er es vor ein paar Jahren gemacht hatte, als es einmal geschneit hatte. Sein Großvater rief nach ihm. Er lief zurück und hielt seinem Großvater die Hände hin.

„Sie sind nass."

„Nein, Großpapa, Schnee!"

Der Großvater knipste die Nachttischlampe an. Er sah sich den Rest Schnee an, der rasch zu Wasser schmolz und lächelte, wie man in Gedanken an eine Erinnerung lächelt. Dann bat er Michael, die Krankenschwester zu wecken. Sie musste die elektrische Decke hervorholen und über seine Beine legen, denn sie waren eiskalt. Dabei war es doch Sommer.

Alles schien wie gewöhnlich weiterzugehen, aber eines Morgens wachte Michael im Schlafzimmer seiner Eltern auf. Seine Mutter saß am Bettrand.

„Was mache ich hier, Mummy, was ist passiert?"

„Ich weiß nicht", sagte seine Mutter. „Ihr wart nicht

mehr im Haus, Großvater und du, und ihr seid bewusstlos auf der Straße gefunden worden. Was habt ihr draußen gemacht? Wie hat Großpapa es geschafft, so weit zu gehen?“

„Ich kann mich nicht erinnern“, sagte Michael. „Wo ist er jetzt?“

„Es geht ihm gut. Später, wenn du dich erholt hast, kannst du ihn ein bisschen besuchen.“

Michael schloss die Augen. Er erinnerte sich, was geschehen war. Sie waren mal wieder in Großvaters altem Haus gewesen, obwohl das Haus nicht so aussah, wie er es in Erinnerung hatte. Es hatte nur zwei Stockwerke und davor war ein einfacher Weg statt einer gepflasterten Straße. Ein paar Palmen standen vor dem Haus, obwohl sich Michael absolut nicht an irgendwelche Palmen vor dem Haus erinnern konnte. Die Stadt drum herum sah auch ganz anders aus. Nur wenige Häuser lagen weit verstreut in der Gegend. Nichts versperrte den Blick auf die Mauern der Alten Stadt. Draußen und auch im Haus war es ganz dunkel. Nur in der Diele brannten ein paar Kerzen. Sie stiegen die Treppenstufen hinauf, aber noch ehe sie die Tür erreicht hatten, hörten sie Hufschlag und das Rattern einer Kutsche, die sich schwankend auf dem unebenen Weg näherte. Sein Großvater packte ihn am Ärmel. Rasch traten sie wieder auf den Weg und versteckten sich hinter einem kleinen Holzgebäude. Die Kutsche kam näher und hielt an. Ein Mann in einem langen Mantel und mit einem Zylinder stieg aus und trat an die Tür. Er klopfte. Er bemerkte nicht, dass zwei Unbekannte aus der Dunkelheit traten und sich von hinten heranschlichen. Michaels Großvater lief hinter ihnen her die Treppe hinauf und rief mit der Stimme eines Kindes: „Daddy!“

Dann wurde alles dunkel.

An diesem Abend saß Michael bei seinem Großvater und stellte ihm eine Menge Fragen.

„War das dein Vater, Großpapa?“

„Ja, Michael, und vielleicht habe ich sein Leben gerettet!“

„Waren die zwei Gestalten Räuber?“

„Ja. Zu Beginn des Jahrhunderts war es gefährlich, nach Sonnenuntergang das Haus zu verlassen. Die meisten Menschen suchten Zuflucht innerhalb der Mauern der Alten Stadt und wer außerhalb wohnte, schloss sich in sein Haus ein. Aber in jener Nacht hatte ich etwas getan, was streng verboten war. Ich war hinausgegangen, um im Dunkeln auf meinen Vater zu warten.“

„Woher wusstest du das damals?“

„Mit Hilfe des Schlüssels.“

Nach jenem Traum verließ Mr Hammermann sein Bett nicht wieder. Michael besuchte ihn täglich, wenn er aus der Schule kam.

„Großvater, wie geht es dir?“

„Nicht so gut. Setz dich und lies mir etwas aus der Zeitung vor."

Und jeden Abend gab Michael seinem Großvater einen Gutenachtkuss. Wenn der Großvater die Augen schloss, erinnerte er Michael an Tote aus Fernsehfilmen. Trotzdem bedauerte er nicht, seinen Großvater überredet zu haben, sich von der Maschine zu trennen, die die Zeit stillstehen lassen konnte.

Mit den Fahrrädern flogen sie über schöne Berglandschaften hinweg. Die ganze Zeit zog etwas an Großpapas Fahrrad.

„Was für ein seltsamer Ort", meinte der Großvater, als sie im Dunkeln zwischen hohen Bäumen landeten. Sie stiegen vom Rad und schritten langsam auf das Haus zu, das inmitten der Bäume stand. Der Eingang war beleuchtet und die Tür stand offen. Ein paar Stufen führten zum Eingang hinauf und durch die geöffnete Tür konnte man in eines der Zimmer sehen. Sofort erkannte Michael es wieder. Auch diesmal saßen Menschen auf den Stufen, neben dem Eingang, im Zimmer, das hinter der Haustür lag und vor dem Fenster.

„Großpapa, hier waren wir schon mal."

Sein Großvater nickte. Er war sehr blass. Nun baten die Leute ihn, hereinzukommen. Sie sagten kein Wort, machten keine Gesten, aber der Blick ihrer Augen sagte alles.

Großvaters Fahrrad fiel um und wurde vom Erdboden, der mit Piniennadeln bedeckt war, verschluckt.

„Michael, ich habe kein Fahrrad mehr und schaffe es nicht, aufzuwachen!"

„Großpapa", rief Michael, „nicht aufwachen! Du sollst jetzt nicht aufwachen!"

Sein Großvater sah ihn unverwandt an.

„Nun gut", sagte er.

„Großpapa!" Michael brach in Tränen aus.

Mr Hammermanns Begräbnis fand in der ganz realen Wirklichkeit statt. Viele Leute kamen zusammen. Als man den Sarg in die Erde senkte, nahm Michaels Mutter ihren Sohn in die Arme. Doch Michael hielt den Schlüssel eine Zeit lang ans Ohr gedrückt und weinte nicht. Er wusste, dass sein Großvater jetzt träumte, den Traum von dem erleuchteten Haus zwischen den dunklen Bäumen, und er wusste auch, dass er ihn dort immer besuche könnte, solange er den Ort nur fand. Er musste unbedingt dorthin zurückkehren, um ihn zu sehen und um ihm einiges zu erzählen. Vor allem wollte er ihm berichten, dass Madame Sibonnier zur Beerdigung gekommen war. Nachdem die Totengräber das Grab zugeschaufelt hatten, war sie auf den Hügel gesunken und hatte geweint.

Die Familienangehörigen, alle möglichen alten Männer und Frauen, einige von ihnen von weit her angereist, hatten die Köpfe geschüttelt. Mit einem Lächeln, das etwas von Verständnis, aber gleichzeitig auch etwas von Boshaftigkeit gehabt hatte. Michael lächelte ebenfalls heimlich, denn aus einem unerfindlichen Grund musste er wieder an das wissende Lächeln seines Großvaters denken. Nach der Beisetzungsfeier kam Madame Sibonnier auf seine Eltern zu, um ihnen die Hand zu schütteln und sie bückte sich, um ihn zu umarmen. Michael ließ sich die Umarmung gefallen und hatte ein gutes Gefühl dabei. Danach hielt er den Schlüssel wieder an sein Ohr gedrückt, um weiter dem Gesang der Wale zu lauschen, und dabei beschloss er, später einmal Antiquitätenhändler zu werden, genau wie sein Großvater.

Paul Biegel

Die Elfenbeintür

„Er kann nicht anders“, sagte das Kindermädchen. „Es kommt von dem knallenden Donnerschlag.“

„Ach, das sagst du immer.“

„Es stimmt aber! Ich war dabei. Als er geboren wurde. Es geschah genau in dem Moment. Als er auftauchte, gewissermaßen. Ein knatternder Donnerschlag. Das ganze Schloss hat gewackelt.“

„Da würde man doch eher meinen, es sei ein verschüchterter Junge aus ihm geworden. Nach einem solchen Knall.“

„Verschüchtert! Hah!“, riefen sie aus. Denn verschüchtert war nun so ungefähr das Letzte, was man den Jungen nennen konnte. Er war ein Draufgänger, ein Junge, der die Geländer hinunterrutschte, der in dunklen Alkoven „Huuh“ schrie, der Türen schlug, die Korridore entlangrannte, die Treppen hinunterstampfte, auf den Betten tanzte, auf die Zinnen kletterte, in Teiche sprang – ein Junge, der beim Frühstück mit goldenen Locken und rosigen Wangen erschien und eine wohl gebügelte Hose trug und den man abends mit Rissen in den Kleidern, mit Schrammen, blauen Flecken und Beulen in der Badewanne mit Seife schrubben musste wie einen schwarzen Mistkäfer. Sein Name war Prinz Darrell. Er wurde Prinz Draufgänger genannt. Aber die Kammerzofe, die Kinderfrau, die ihn jeden Abend mit Seife schrubbte, nannte ihn „Gnädiges Kind"! Sie war eine Dame von edler Geburt, Baronesse von Wetering Tetering, doch er nannte sie Minny. Und das ließ sie zu, denn sie war so vernarrt in ihr „Gnädiges Kind".

Eines Abends, als er ganz mit Seifenschaum bedeckt war, fragte er unvermittelt: „Minny, was ist die Elfenbeintür?"

Die Baronesse mit dem Schwamm in der Hand hielt mitten in der Bewegung inne, so entsetzt war sie über die Frage. „Wie um alles in der Welt kommt Ihr auf eine solche Frage, Gnädiges Kind?" Ihre Stimme zitterte. Er konnte das wohl hören und rief: „Du darfst nichts sagen, stimmt's? Über die Tür. Aber es gibt sie! Sie ist irgendwo im Keller und es hat etwas Seltsames auf sich mit ihr. Was Unheimliches. Und ich weiß sowieso davon. Und ich werde nach ihr suchen. Und ich werde sie aufbrechen. Schauen, was dahinter ist. Ein Schlossgeist? Ja? Ist es das?"

Sie saß zitternd auf dem Rand der Badewanne; die Seife tropfte in regenbogenfarbenen Blasen vom Schwamm in ihrer Hand und sie wusste nicht, was sie sagen sollte.

„Haha, Minny!", schrie er und kickte und spritzte mit den Beinen um sich. „Haha! Ich kann doch sehen, dass du was weißt. Du musst es mir sagen!"

Doch das tat sie nicht und er wandte sich schroff von ihr ab und als sie ihn zu Bett brachte, zog er die Decke über den Kopf und wollte keine Geschichte erzählt bekommen.

Die Baronesse von Wetering Tetering erstattete seinem Vater, dem König, sofort Bericht.

„Oh Gott“, seufzte der König. „Ist es so weit gekommen?“

Und die Königin jammerte: „Heilige Mutter Maria! Jetzt haben wir ihn verloren.“

Die Elfenbeintür war tief unten im Schloss, in der Mauer eines Nebenkellers, wohin niemals jemand kam. Was dahinter war, wusste keiner. Ein Schrank, ein Zimmer, ein Saal, ein Abgrund, ein Krokodil, ein Höllenfeuer, ein Brunnen mit tintenschwarzem Wasser, eine Falle mit eisernen Spitzen auf dem Grund – eins war sicher: Wer immer durch die Elfenbeintür trat, kam nie zurück. Der Bruder des Urgroßvaters des Königs war der Letzte der Familie gewesen, der den Schritt gewagt hatte: Man hatte nie wieder von ihm gehört. Seither war die Elfenbeintür zugesperrt gewesen, mit einem stählernen Vorhängeschloss, dessen Schlüssel der König verwahrte, tagsüber an seinem Gürtel, nachts unter seinem Kopfkissen. „Aber nun“, sagte der König, „müssen wir eine Wache davor aufstellen. Henry, kümmere du dich darum.“

Henry verneigte sich tief und ging um zu veranlassen,

dass eine Wache vor der Elfenbeintür aufgestellt wurde, hinter der das Schicksal lauerte.

„Morgen werden wir es ihm erzählen", sagte der König und nach dem Frühstück nahm er Prinz Darrell beiseite und begann: „Mein Sohn, hör mir zu."

„Ja, Vater, die Elfenbeintür", erwiderte der Prinz. „Ich werde danach suchen und dann hindurchgehen."

„Das wirst du nicht tun", sagte der König.

„Warum nicht?"

„Weil ich es sage."

„Aber was ist denn dahinter?"

„Das weiß ich nicht, mein Sohn. Niemand weiß es."

„Warum gehen wir dann nicht und sehen nach, Vater? Wenn ein Drache dahinter ist, dann ist er doch sowieso schon seit Urzeiten tot."

„Drachen sterben niemals, mein Sohn."

„Hm."

„Du machst, was ich dir sage. Verstanden?"

Der Prinz nickte und fragte sich, ob man mit einem einfachen Nicken wohl lügen konnte. Seine Mutter, die Königin, schluchzte mit tränennassen Augen. „Bitte, Sch-schätzchen, halte dich fern vom Keller, dann kommst du nicht in Versuchung. Denn wenn du durch die Elf-f-fenbeintür trittst, wird Mami dich nie wiedersehen und Mami liebt dich doch so sehr."

„Ach", rief der Prinz, krieg ich stattdessen Schokolade?"

Sie gab ihm zehn Tafeln, wenn er nur versprach, nicht in den Keller zu gehen.

Er versprach es laut, doch insgeheim dachte er nicht daran und er fragte sich, ob man eine Lüge ungeschehen machen könnte, wenn man sie leise dachte.

Die Baronesse von Wetering Tetering drohte ihm, Seife in seine Augen zu schmieren. „Wenn ich Euch erwische, wie Ihr in den Keller geht, reibe ich Euch heute Abend Seife in die Augen. Dann könnt Ihr die verfluchte Tür nicht finden", sagte sie.

„Haha, Minny!", schrie der Prinz und er tanzte um sie herum mit so komischen Schritten, dass sie schließlich lachen musste. Dann schloss er die Augen, streckte die Arme aus und rief: „Blind! Blind! Ich bin ein armer blinder Junge mit Seife in den Augen!" Und er stieß sie an, schlang die Arme um sie und drückte den Kopf an ihren Busen, denn er hatte sie so gerne.

„Gnädiges Kind!", rief sie, doch dann nahm sie seinen Kopf zwischen die Hände und sah ihn streng an.

„Seid vorsichtig!", sagte sie. „Das ist kein Spiel mehr, Kind. Das ist der Tod."

Er aber lachte und rief: „Der Drache ist tot und ich gehe auf jeden Fall!" Denn sie log er nie an und er rannte durch den langen Korridor, schrie „Huuh" in den dunklen Alkoven, schlitterte die Geländer hinunter, stampfte die Treppen hinab in den Keller und suchte und fand dann den Nebenkeller, wohin sich sonst nie jemand verirrte, wo jetzt aber ein Wächter stand, dessen dicker Bauch weit hervorstand, und der Bauch war es auch, mit dem der Prinz zusammenstieß.

„Eure Hoheit! Ähem! Verzeiht. Ihr dürft nicht …"

„Ist das die Elfenbeintür?"

„Ja, Eure Hoheit."

„Ist ein Löwe dahinter? Ein Drache? Ein Gespenst? Ein böser Geist? Hast du ein Heulen gehört? Schreien? Weinen?"

„Äh, nein, Eure Hoheit."

Der Prinz sah sich die Elfenbeintür an, die im Licht von zwei Fackeln in mattem Weiß schimmerte und allmählich ließ sein übergroßes Selbstvertrauen nach.

„Ach", sagte er, „Tja …"

Die Elfenbeintür war mit kunstvollen Schnitzereien bedeckt, mit Schrecken erregenden Monstern, deren Schatten sich im flackernden Licht der Fackeln wie lebendig bewegten. Der Prinz versuchte, sich von all dem nicht beeindrucken zu lassen, er beugte sich vor, um die Figuren besser erkennen zu können, doch der Wächter hielt ihn zurück. „Äh, Eure Hoheit, wirklich …" Doch Seine Hoheit schlüpfte an ihm vorbei.

„Sie ist abgeschlossen, nicht?", rief er. „Mit einem stählernen Schlüssel?" Er rüttelte an der Klinke. „Siehst du? Ich kann ja gar nicht hinein!" Er legte das Ohr an die Tür und scheuerte sich an den harten Köpfen der Monster, doch er hörte nichts als seinen eigenen Herzschlag.

Er bückte sich und spähte durch das Schlüsselloch, doch er sah nichts außer Dunkelheit.

„Eure Hoheit, Eure Hoheit!" Der Wächter zerrte nervös am Ärmel des Prinzen. „Ich kann das nicht zulassen."

„Ich erzähl es keinem", sagte der Prinz. Er schlug mit den Fäusten auf das Elfenbein und schrie: „Wartet nur ab!", bis ihn der Mann fortzerrte. „Morgen komm ich zurück!", rief der Draufgänger und rannte alle Treppen hinauf, kletterte auf die höchste Zinne und schrie: „Ein Drache ist dahinter! Und ein Löwe und ein böser Geist und eine Hexe! Ich habe sie heulen gehört!" Und er schlitterte in einem Rutsch die Geländer hinunter, rannte in den Garten und stürzte sich in den Teich, bis er so schwarz wie ein Mistkäfer aussah.

Die Baronesse von Wetering Tetering sagte gar nichts, als sie ihn an diesem Abend in der Wanne einseifte, sie sah ihn nur mit vorwurfsvollem Blick an und als sie ihm Gute Nacht sagte, klang ihre Stimme belegt.

Der Prinz konnte nicht einschlafen; er warf sich herum und wälzte sich und wenn er die Augen schloss, sah er das flackernde Licht der Fackeln, das auf die Elfenbeintür fiel und die geschnitzten Figuren zum Leben erweckte. Ein fürchterlicher Löwe mit weit aufgerissenem Maul, eine Schlange mit drohend erhobenem Kopf, ein schreckliches Krokodil – sie schnappten nach ihm und bekamen ihn zu fassen und zerrten ihn über die Schwelle der Tür, die plötzlich offen war und er fiel in ein schwarzes Nichts ohne Wände und ohne Boden. Er fiel und fiel und fiel und wachte schreiend auf. Und tief im Inneren wusste er, dass es kein Traum gewesen war, sondern ein Einblick in die Wirklichkeit.

Ich werde nie wieder hinuntergehen, beschloss er.

Und das tat er auch nicht, die ganzen nächsten Jahre lang. Und während er aufwuchs, versank die Elfenbeintür in seinem Gedächtnis und die Angst verblasste, ebenso wie die Vorsicht. Der Wachposten war nicht länger vonnöten, der stählerne Schlüssel lag irgendwo herum. Prinz Darrell musste viel lernen und er seifte sich abends selbst im Bad ein, aber er wurde immer noch Prinz Draufgänger genannt, denn dann und wann rutschte er immer noch die Geländer hinunter oder kletterte auf die Zinnen und rief „Hey, Minny!", wenn er die Baronesse von Wetering Tetering auf dem Rasen sitzen sah. Dann drohte sie ihm wackelnd mit dem Finger und lachte und rief: „Gnädiges Kind!"

Doch eines Tages wurde seine Mutter, die Königin, krank. Sie lag in ihrem Bett zwischen einem Haufen rosafarbener Kissen und der Prinz brachte ihr eine Rose, weil sie Rosen so sehr liebte.

„Wie groß du wirst", sagte sie mit schwacher Stimme. „Du bist schon fast so groß wie dein Vater."

Er betrachtete das Porträt seines Vaters, das an der Wand hing und von dort wanderte sein Blick auf den überladenen Tisch, der darunter stand und übersät war mit Tassen und Gläsern und Zinntellern und Pergamentrollen und einer zerknüllten Krawatte und einer Birne und einem Rosenkranz und einem Schlüssel.

Ein Schlüssel! Der stählerne Schlüssel! Es war, als ob ein Funke wie ein Blitz daraus hervorschoss und ihn in der Seele traf. Er sprang auf, bekam sich jedoch wieder in die Gewalt und trat langsam an den Tisch, mit klopfendem Herzen, wobei er so tat, als wolle er das Porträt aus der Nähe betrachten.

„Da war er noch jung, dein Vater, der König", sagte die kranke Königin vom Bett her.

„Ja", erwiderte der Prinz heiser und mit zitternder Hand nahm er den Schlüssel vom Tisch, ohne dass sie es sehen konnte. „Aber er sieht immer noch so aus", fügte er hinzu. Und dann trat er wieder an das Bett, gab seiner Mutter mit zitternden Lippen einen Gutenachtkuss und ging zur Tür. Doch als er sie öffnete, stieß er mit der Baronesse von Wetering Tetering zusammen, die gerade eintreten wollte, und er erschrak.

„Minny ...", stammelte er, „ich ..." Der Schlüssel brannte in seiner Hand, er hielt ihn hinter dem Rücken verborgen, doch sie konnte an seiner heiseren Stimme erkennen, dass etwas nicht stimmte und sein Betragen verriet ihr, dass er etwas verbarg. „Gnädiges Kind!" Sie sagte es ohne ein Lächeln; dabei sah sie ihn streng an und schüttelte langsam den Kopf.

Er floh in sein Zimmer und setzte sich schwer atmend nieder. Warum bin ich so nervös? Warum so erregt? Warum so verstohlen? Die Elfenbeintür? Nichts als ein Trick aus vergangenen Tagen, um kleine Jungen, die sich immer an allem zu schaffen machen, das Fürchten zu lehren. Es lohnt sich nicht einmal nachzusehen … ach nein? Er dachte weiter darüber nach. Man braucht doch kein stählernes Vorhängeschloss für kleine Draufgänger, oder? Und warum der Wachposten? Es muss doch etwas sein an der Tür, folgerte er und war hin und her gerissen: „Geh hin und entlarve die ganze Sache“ und „Tu es nicht, tu es nicht, dort lauert der Tod“.

Und er stellte sich die Skelette derjenigen vor, die in der Vergangenheit durch die Elfenbeintür getreten waren und die in einer tiefen Grube gestorben waren oder in einem endlosen Labyrinth oder in einem Sumpf, der einen verschlingt. Er stellte sich vor, dass sie da noch lagen, ihre weißen Knochen in verrenkten Posen. Vielleicht gab es dort ja auch einen Bau mit gefräßigen Ameisen, über den man im Dunkeln stolperte, und man würde auf der Stelle von Tausenden von Krabbeltieren angefallen, die einen am ganzen Körper anfraßen mit Tausenden von Nadelstichen. Unsinn! Er würde sich nicht fangen lassen oder stecken bleiben oder ertrinken oder fressen lassen – er würde eine gute Lampe mitnehmen, die mit reichlich Petroleum für drei Stunden gefüllt war und einen neuen Docht hatte, außerdem eine

Fackel, und er würde losziehen, um nachzusehen. Um einen ganz vernünftigen, absolut normalen Blick hineinzuwerfen.

Und er tat es. Er machte sich auf. Er ging mit dem Mut des Draufgängers, der auf Zinnen kletterte, Geländer hinunterrutschte, sich in Teiche stürzte und aus dunklen Alkoven „Huuh" schrie.

Die Baronesse von Wetering Tetering wachte mit einem Ruck auf. Sie hatte geträumt – was hatte sie geträumt? Etwas Schlimmes, etwas ganz – Grundgütiger, ihr Gnädiges Kind! Sie hatte geträumt, dass er vor der Elfenbeintür stand mit einer Öllampe in der einen und einer flackernden Fackel in der anderen Hand. Vornübergebeugt stand er vor den Elfenbeinschnitzereien auf der Tür und war entsetzt von dem, was er sah; Schweißperlen standen auf seiner Stirn und er zitterte am ganzen Körper. Und dann nahm er den Griff der brennenden Fackel zwischen die Zähne und zog mit der frei gewordenen Hand etwas aus seinen Kleidern: einen Schlüssel! Den stählernen Schlüssel zu der Tür. Und mit einer zögernden Bewegung steckte er ihn ins Schloss und drehte ihn herum. Es quietschte.

Hatte sie das alles geträumt? Träumte sie noch immer? Oder –

Die Baronesse unterdrückte einen Schrei, sprang aus dem Bett, ergriff ihr Nachtlicht und rannte, tastend im

Schein des schwach brennenden Dochtes, durch die Halle und die Treppe hinunter. Ihr Haar hing aufgelöst um sie und die Bänder ihrer Nachtgewänder flatterten hinter ihr her. An der Kellertür sah sie das Licht und während sie die steinerne Treppe hinunterstürzte, rief sie aus: „Nein! Gnädiges Kind! Nein! Tut es nicht!"

Doch der Prinz hatte bereits die Elfenbeintür geöffnet und sie erkannte, dass ihr Traum Wirklichkeit war. Da stand er, fast zurückschaudernd, und starrte in das schwarze Nichts, doch weil sie sich näherte, gewann der Draufgänger in ihm die Oberhand und angestachelt von einem „Jetzt erst recht" trat er über die Schwelle.

Rums! Der Knall, den die hinter ihm zuschlagende Tür verursachte, klang endgültig und die Baronesse, die sich dagegen warf, begann ohne Erfolg auf das Elfenbein einzutrommeln, wobei sie sich die Hände an den weit geöffneten Rachen der eingeschnitzten Monster verletzte. „Kind!", schluchzte sie. „Kind, mein Kind, mein Gnädiges Kind ..."

Noch in derselben Nacht verbreitete sich die Nachricht wie ein rasendes Lauffeuer durchs ganze Schloss. Die Baronesse weckte den König, die kranke Königin hörte davon, die Kammerzofen, die Köche, die Küchenmädchen bis hinunter zu den niedrigsten Dienern und der jüngste Gärtner rannte zum Gasthof im Dorf, um es allen zu berichten. Am nächsten Morgen wusste es jeder: Der junge Prinz, Prinz Draufgänger, der eigentlich Darrell heißt, ist durch die Elfenbeintür gegangen. Jeder wusste, was das bedeutete: Dass sie ihn nie wiedersehen würden. Nie und nie und nimmermehr.

Ein Schicksalsschlag für den König. Ein Schicksalsschlag für die Königin. Ein Schicksalsschlag für die Baronesse, für jeden am Hof, für jeden im Lande, denn Prinz Draufgänger war sehr beliebt. „Er liegt auf dem Grund der unendlichen Grube. Kommt elendiglich um", so hieß es.

Schon am selben Morgen wurden alle Flaggen auf Halbmast gesetzt und das Schloss in schwarze Trauer gehüllt.

Der Prinz hatte die Öllampe aus der Hand gleiten lassen, als die Tür hinter ihm zuknallte. Jetzt hatte er nur noch das Licht der Fackel, das auf den düsteren Steinwänden flackerte, die den Anfang eines unterirdischen Ganges bildeten, der von einem schwarzen Loch verschluckt wurde. Der Prinz blieb bewegungslos mit hoch erhobener Fackel stehen. Das Geschrei der Baronesse erstarb allmählich hinter der Tür und kein Laut drang mehr zu ihm durch außer dem Pochen seines eigenen Herzens. Kein Scharren oder Rattern oder Seufzen oder Knurren, kein Quietschen, nichts außer dem Rauschen in seinen eigenen Ohren. Es war totenstill hier – nur die Fäden der Spinnweben an den Wänden und der Decke bewegten sich im Luftzug und machten gruselig tanzende Schattenspiele.

Der Prinz tastete vorsichtig mit dem Fuß und machte einen Schritt vorwärts, dann noch einen und noch einen. Nichts veränderte sich, weder das schwarze Loch vor ihm, noch die Wände um ihn, noch das flackernde Licht in seiner Hand; alles blieb wie es war, die gleiche Unsicherheit und lauernde Gefahr umgab ihn. Mit seiner freien Hand tastete er die Wände ab: kalter Stein, feucht und hart. Wie alt? Wie alt? Wer hatte sie gebaut und wozu?

Er hielt die Fackel so weit wie möglich vor sich, doch die Dunkelheit vor ihm ließ nicht einen Moment nach. Vorsichtig legte er zehn weitere Schritte zurück: keine Veränderung. Sandiger Boden, düstere Wände, wehende Spinnweben, Totenstille.

Ob er rufen sollte? Ein Geräusch machen?

Nein!

Noch Mal zehn vorsichtige Schritte, doch bereits beim sechsten Schritt hörte die Mauer zu seiner Linken ganz auf und wurde ein schwarzes Loch. Ein Seitengang? Ein Alkoven? Der Draufgänger, der immer so mutig „Huuh“ geschrien hatte, wich angstvoll zurück und bewegte sich keinen Zentimeter. Erwartete ihn dort jemand? Ein mächtiger Geselle? Ein Gespenst? Ein Ungeheuer mit krallenartigen Fängen, das ihn mit sich in den unermesslichen Abgrund ziehen würde?

Am ganzen Körper zitternd tastete er sich mit einem Fuß scharrend vorwärts, dass der Sand knirschte. Dann streckte er den Arm mit der züngelnden Fackel um die Ecke. Als er schließlich einen Blick riskierte, kam sein stockender Atem mit einem erleichterten Pfeifen; niemand war zu sehen. Es war nur ein Alkoven mit einer steinernen Bank darin.

Eine Bank! Hatten seine Vorgänger darauf gesessen? Könige vergangener Tage, Prinzen, Diener, sein Großonkel, all jene, die es gewagt hatten, die schreckliche Treppe zur Elfenbeintür zu nehmen und die nie zurückgekehrt waren? Die schließlich in die bodenlose Grube gefallen waren und die noch dort unten lagen, Skelett über Skelett?

Er trat auf die Bank zu, berührte den Stein mit der Hand, wollte sich schon darauf niederlassen, fuhr jedoch wieder hoch bei dem Gedanken, dass sie vielleicht eine Falle war. Eine Bank, die in die Tiefe sank, sobald sich eine Person mit ihrem Gewicht darauf niederließ.

So leicht lasse ich mich nicht fangen, sagte er sich plötzlich und der Draufgänger, der tief in ihm saß, regte sich wieder. Mit festem Schritt durchschritt er den Gang weiter und im nächsten Alkoven rief er laut „Huuh!“ Es folgte ein Schrecken erregendes Echo, das eine ganze Weile anhielt und nur ganz weit in der Ferne erstarb. Was erwartete ihn da? Ein Riese, der still auf ihn lauerte?

Und wenn schon! Er schritt einfach weiter aus und vorsichtig schwenkte er die Fackel immer so hin und her, dass alle Winkel erleuchtet wurden. Es ging ihm jetzt besser, er schritt immer zuversichtlicher aus, doch Fackeln brennen nicht ewig; das wurde ihm klar, als die Flamme noch unruhiger zu flackern begann. Wie dumm, dachte er, wie dumm von mir! Ich hätte die Öllampe aufheben und mitnehmen sollen. Dann hätte ich sie an dem Rest dieser Flamme anzünden können. Oh wie dumm von mir!

Er fiel in einen beständigen Laufschritt, damit er so viel der Strecke wie möglich hinter sich brachte, ehe er von völliger Dunkelheit umgeben sein würde, doch das war natürlich noch törichter, denn auf diese Weise konnte er unerwartet in die Grube oder die Falle oder in einen Rachen oder einen spitzen Speer oder in die gefräßigen Ameisen oder ein Fass Säure oder den Sumpf oder in die Arme der geisterhaften Dunkelheit laufen – und Letzteres passierte auch, als die Fackel erlosch. Es war so düster, so schrecklich finster, alles um ihn herum war absolut schwarz, dass es kein Unterschied war, ob man die Augen auf oder geschlossen hatte. Sogar die Luft, die er einatmete, war schwarz und er tastete um sich, bis er an eine Wand stoßen und wenigstens etwas haben würde, an dem er sich halten könnte.

Schritt um Schritt taumelte er vorwärts, zehn Schritte, zwanzig, dreißig, einunddreißig – dann stolperte er über etwas auf dem Boden und fiel beinahe hin. Er tastete danach, ein Haufen mit Zweigen? Was lag da, was war es?

Knochen! Ein Skelett! Grundgütiger Himmel! Ein Skelett, das knackte, als er darauf trat, eines, das von einem der Draufgänger vor ihm stammte, hundert Jahre alt oder vielleicht sogar zweihundert. Er war hier umgekommen. Igitt! Und wie war er umgekommen?

Der Prinz lauschte konzentriert, hielt den Atem an ... Aber er konnte nicht ewig so stehen bleiben, deshalb schlich er weiter, wobei er die Füße sehr hoch hob und vorsichtig aufsetzte, um zu spüren, ob der Boden fest blieb. Und die Hand ließ er an der steinernen Wand entlanggleiten. Bis diese plötzlich aufhörte und er im Leeren stand. Wieder vor einem Alkoven? Oder einen Schritt vom Abgrund entfernt? Einen halben Meter vor einer Fußangel mit messerscharfen Spitzen? War das Skelett eine Falle gewesen? Er hatte nicht einmal daran gedacht, es zu untersuchen!

Plötzlich fing er unkontrolliert zu zittern an. Am ganzen Körper. Selbst sein Atem stockte und er stieß kleine Quiekser aus wie eine verängstigte Maus. „Oh Gott“, betete er, „oh Gott, warum habe ich es getan? Oh Gott, rette mich.“ Keiner, so hatten sie ihm gesagt, war je lebend hier herausgekommen, nicht wahr? Nicht einmal tot ...

Ich hätte einen von den Knochen mitnehmen sollen, dachte er, ein Stück Oberschenkelknochen von dem Skelett. Als Waffe. Und um den Boden vor mir abzutasten und die Wände entlangzufühlen. Ich Idiot!

Zurückgehen?

Doch das wagte er nicht.

„Oh Gott, errette mich aus dieser Lage", betete er wieder. Er tastete hinter sich nach der Wand, die er verlassen hatte, trat einen Schritt zurück und noch einen, doch er konnte sie nicht mehr finden. Ohne einen Halt, ohne etwas, das ihn führen konnte, taumelte er mit den Füßen tastend weiter, sank auf Hände und Knie, um etwas besser fühlen zu können und um die Balance zu halten. Er stieß mit dem Kopf an einen Felsen.

„Autsch! Verdammt!"

Es war eine Mauer. Etwas, an dem er sich weiterangeln konnte. Er kroch an ihr entlang wie ein verängstigter Hund. Seine Schulter streifte die Wand und alle paar Augenblicke hielt er inne, um zu lauschen. Aber er hörte nichts, die schwarze Dunkelheit war sogar in seinen Ohren, es herrschte Grabesstille.

Könnte es sein, das überhaupt nichts hier ist? Dass man einfach verhungert und verdurstet? Oder dass einen die eigene Angst umbringt? Oder das Nichts? Oder hörte er da doch ein Knacken? War er schon bei dem Bau der Ameisen? Entsetzt kroch er ein Stückchen zurück und lauschte angestrengt. Es war nichts zu hören. Gab es gar keine Ameisen oder verhielten sich die Ameisen mucksmäuschenstill, mit aufgerissenen Kiefern, Zehntausende von ihnen, bereit, sich auf ihn zu stürzen?

Er kratzte etwas Sand vom Boden und warf ihn vor sich hin. Nichts geschah und er kroch weiter, setzte eine Hand vor die andere, ein Knie vor das andere, tastete, zitterte, bis er entsetzt niedersank und nichts mehr wusste und auch nichts mehr wollte.

Geht die Zeit auch weiter in absoluter Dunkelheit? Oder bleibt sie stehen? Es ist unmöglich feststellbar, wie lange Prinz Darrell so dalag, doch der Moment kam, da öffnete er die Augen und es war ihm, als sähe er einen etwas weniger dunklen Fleck in der pechschwarzen Dunkelheit. War da etwas? War dort tatsächlich ein Fleck in der Dunkelheit, der weniger dunkel war? Oder spielte ihm seine Einbildung Streiche?

Mit großer Anstrengung richtete er sich auf und kroch auf Händen und Knien weiter. Bis tatsächlich der Moment kam und er sicher war, dass es keine Einbildung war, dass vor ihm in der Ferne tatsächlich und wirklich und bestimmt ein winziger Schimmer von Licht erschien. Ein Lichtschein. Um ihn zu locken? Standen sie dort bereit, mit Messern und Schwertern und glühenden Feuerhaken? Oder …

Er sog die Luft ein. Sie roch anders, weniger muffig, sie brachte Erinnerungen an frische Luft von draußen mit sich, nein, das war doch nicht möglich … Plötzlich konnte sich der Prinz nicht länger zügeln. Er kroch wie besessen weiter, schneller und schneller, richtete sich auf, rannnte auf beiden Beinen weiter, schüttelte Angst und Gefahr von sich ab, sog die frische Luft ein, blinzelte ins Licht und stürzte mit einem Aufschrei hinaus in die grünen Blätter und Zweige und Äste und Nesseln und Dornen und knorrigen Wurzeln, über die er stolperte und flach aufs Gesicht fiel – und so blieb er liegen, schwer atmend und schwitzend, die Nase im matschigen Boden. Und über seinem Kopf kündete der blaue Himmel einen Sommermorgen an.

Er war so erleichtert, dass er die Kratzer und Beulen und Schürfwunden an Händen und Gesicht nicht spürte und dass ihm die Risse in den prinzlichen Kleidern überhaupt nichts ausmachten. Mein Gott! dachte er, als er nun dalag, was für eine Scharlatanerie! Es ist nichts als ein Fluchttunnel, ein einfacher Fluchtweg, hundert Jahre alt. Oder zweihundert. Oder dreihundert. Um bei einer Belagerung zu entkommen!

Langsam begann er sich aus den Nesseln und dem Dornengestrüpp zu befreien, aus den schwankenden Zweigen und den Ästen, in denen er sich verfangen hatte, und er vertrieb die Bremsen und die Wespen und Ameisen und Spinnen, zerbissen und zerkratzt wie er war. Warte!, dachte er. „Warte!“, rief er dem strahlenden Sommermorgen zu, dem wiegenden Gras, den trällernden Lerchen. „Wartet! Ich zeige euch etwas!“

Und er legte die Hände trichterförmig um den Mund und rief: „Hier bin ich! Ich lebe!!!"

„Der Prinz ist tot. Habt ihr gehört? Prinz Draufgänger. Er ist tot. Er ist durch die Elfenbeintür gegangen."

Alle hatten bereits davon gehört. Das gesamte Land war in Trauer, doch die Arbeit ging weiter – die Bauern müssen früh morgens auf ihr Land um das Vieh zu melken und später dann, um die ersten Kartoffeln zu ernten. Mit Lederflicken auf den Knien auf dem Sand herumrutschen, im Boden wühlen, eine Knolle nach der anderen herausziehen. – „He da! He, he! Ihr da! Ihr Bauern!", ertönt plötzlich ein Schrei. Wer ist das Großmaul? Die Bauern sehen von ihrer Arbeit auf. Dort auf dem Weg steht irgend so ein Landstreicher, der versucht, wie feine Leute zu reden. „Was willst du?"

„Was ich will??", kommt die überraschte Antwort. „Könnt ihr nicht sehen, wer ich bin?"

Misstrauisch blicken die Bauern zu dem Landstreicher hinüber und schütteln den Kopf. Nein.

„Komm schon, Mann! Ich bin der Prinz! Darrell! Prinz Draufgänger! Ich ..."

Die Bauern wenden sich einander zu, sehen sich an, stehen langsam auf, mit drohender Gebärde. „Was sagst du da?"

„Ich ... ich bin der Prinz, Mann! Seht! Das mit der Elfenbeintür –"

Sie lassen ihn nicht ausreden. Sie kommen heran. „Sag das noch einmal, wenn du es wagst!“ Einer der Bauern versetzt ihm einen derben Stoß. „Die Art von Scherz mögen wir nicht, junger Mann! Über einen, der tot ist! Verstehst du?“

Die anderen halten ihn zurück. „Lass ihn, Krelis! Der Mann ist verrückt. Er kommt wohl direkt aus dem Irrenhaus. Das kannst du doch sehen, oder?“

„Verrückt?“, schreit Darrell. „Ich und verrückt? Ich fass es nicht. Ich bin –“

„Halt deine große Klappe und geh zum Teufel. Geh schon, hau ab!“ Sie werfen mit Kartoffeln nach ihm, eine trifft ihn hart und schmerzhaft an der Nase, dass das Blut strömt. Mit Tränen in den Augen läuft er davon.

„Das hat er verdient“, sagt Krelis.

„Der spinnt. Ist nicht richtig im Kopf.“

„Trotzdem traurig. So zu tun, als sei er der Prinz. Wie kommt so ein Spinner wie der bloß darauf! Mitten in all dem Elend.“

Darrell stolperte weiter und hielt seine Nase zwischen Daumen und Zeigefinger, damit das Bluten aufhörte. In der Ferne kann er die Türme des elterlichen Schlosses über die Bäume ragen sehen. Ich werde mich ein wenig säubern, ehe ich heimgehe, denkt er. Wie dumm von mir, nicht zu merken, dass ich so zerlumpt aussehe.

Etwas weiter steht ein Gasthaus, bei dem er sich

draußen unter der Wasserpumpe Hände und Gesicht wäscht. Seine Nase fühlt sich geschwollen an, seine Kleider sind zerrissen und schmutzig. Er zupft und klopft sie so gut wie möglich zurecht und tritt voller Erwartung in den Gastraum. „Guten Morgen!", ruft er laut.

Der Gastraum ist leer.

Die Wirtin hinter dem Tresen nimmt ihn erst Mal auf den Arm, indem sie seine prinzliche Art, übertrieben fein zu sprechen, nachahmt: „Guten Morgen, Hochwürden!"

„Könnt Ihr nicht sehen, wer ich bin?", fragt er.

„Natürlich", sagt sie, „ein Wegelagerer, der sich als Geistlicher ausgibt."

Er wird rot vor Zorn. „Aber seht Ihr nicht –"

„Ach komm!", lacht sie, „sei nicht so blöd. Versuch doch, dich wie ein normales menschliches Wesen zu benehmen, das ist schon schlimm genug."

„Ich … ich …" Er platzt fast. „Aber ich bin doch der Prinz!", sagt er. „Prinz Darrell und ich …"

„Ach nee!", erwidert sie. „Na gut, dann bin ich Königin Christina. Erfreut, Euch kennen zu lernen!" Sie streckt die Hand aus, die rot ist vom vielen Scheuern.

Er weicht zurück. „Ihr glaubt mir nicht?"

„Aber sicher tu ich das!", ruft sie. „Das kann doch jeder sehen, nicht wahr?"

Er wird ganz klein unter ihrem Blick, der die geschwollene Nase, die zerlumpten Kleider und den Riss in seiner Hose erfasst. „Ein echter Prinz, was?“ Doch dann werden ihre Augen plötzlich schmal. „Warte einen Moment. Was hast du gesagt … Darrell? Du meinst, Prinz Draufgänger? Prinz Draufgänger, der durch die Elfenbein –“ Ihre Stimme fängt sich, sie sieht ihn nochmals genau von Kopf bis Fuß an, schüttelt langsam den Kopf und sagt: „Ihr könnt mich nicht täuschen, junger Mann. Ich –“

„Aber ich bin's wirklich!“, ruft er. „Die Geschichte mit der Tür ist Unsinn! Dahinter ist nichts als ein langer Gang. Zum Entkommen – und er endet mitten in den Büschen und deshalb –“

„Ja, ja“, unterbricht sie ihn heftig. „Gut ausgedacht! Als Ihr von Prinz Draufgänger gehört habt, da habt Ihr Euch natürlich gedacht: Ich tu so, als ob ich der Prinz bin, dann nehm ich seinen Platz ein. Ich mach mich bis zur Unkenntlichkeit schmutzig und stoß mir irgendwo die Nase an, ich erfinde einen unterirdischen Gang – und von nun an habe ich ein gutes Leben im Schloss!“

Darrell ist weiter zurückgewichen, wird jedoch von ein paar Männern, die ins Gasthaus kommen, wieder nach vorne gestoßen.

„'n Morgen!“

„'n Morgen!“, ruft die Wirtin zurück. „Bitte sachte mit ihm, er ist der Prinz.“

„Der Prinz?“, fragen die Männer. Sie sehen sich Darrell an und recken die Nasen in die Luft.

„Ganz eindeutig", sagt einer. „Direkt aus dem Grab gestiegen." Sie wagen es dabei zwar nicht, laut zu lachen, aber untereinander kichern sie und das macht die Wirtin wütend. Sie will nicht, dass über einen Toten gewitzelt wird.

„Dass er sich als Prinz ausgibt, ist schlimm genug", sagt sie.

„Aber ich bin der Prinz!", fängt Darrell erneut an und seine Stimme überschlägt sich entrüstet. „Ich bin Darrell, verdammt, und ich …"

„Hört ihn nur an! Er flucht auch wie ein echter Prinz!", ruft einer der Männer und sie brechen alle in Gelächter aus.

Wieder öffnet sich die Tür und es treten weitere Leute ein, Stimmen summen durcheinander, Füße stampfen auf, um den Sand abzuschütteln. „Es ist unfassbar", sagen sie zueinander. „Dass sie ihn nicht aufgehalten haben. Es ist unfassbar."

„Sie hätten die Tür schon lange zumauern sollen."

Die Wirtin ruft: „Redet ihr von dem Prinzen? Soll ich euch was sagen? Da ist er. Dort." Mit ihrem fetten, roten Wurstfinger deutet sie auf den abgerissenen Fremden, der sich in eine Ecke zurückgezogen hat.

Die Männer glotzen. „Kein Witz, Christina!"

„Aber er behauptet es selbst!", ruft sie zurück und äfft seine würdevolle Stimme nach: „Verdammt, Mann, ich bin Darrell!"

Die Männer wenden die Köpfe erneut in seine Richtung, um ihn genauer zu betrachten. „Sieht ihm ja unglaublich ähnlich." Das Gekicher geht wieder los. „Aber ist es nicht trotzdem traurig", sagen sie, „dass Idioten wie der da herumlaufen und glauben, sie können uns alle täuschen? Ekelhaft. Hau du bloß ab. Raus mit dir. Verschwinde."

Der ehemalige Draufgänger schleicht davon und schlüpft hinaus durch die Tür. Ohne den Kopf zu heben und sich umzusehen marschiert er auf das Schloss zu, zum Heim seiner Eltern. Dort kennen sie mich, das weiß er und es ist ein beruhigender Gedanke. Aber ist das auch so? Ist es beruhigend? Oder kann er eine aufsteigende Verwirrung in sich spüren? Er schüttelt heftig den Kopf. Nein! Nein! Ich bin nicht verrückt!

Er geht und geht. Die Schrammen auf den Armen und im Gesicht brennen und die kalte Luft dringt durch seine dünnen Hosen. Es dauert eine Weile, bis er bemerkt, dass er angerufen wird. „Bete mit mir!", ruft die Stimme. „Bete mit mir für das Seelenheil des Prinzen!" Er blickt auf und sieht eine kleine Kirche und in der weit geöffneten Tür steht jemand und ruft ihm zu: „Wir beten für den Prinzen! Seine Hoheit ist durch die Elfenbeintür gegangen und dem Teufel in die Hände gelaufen. Hilf uns bei unserer Fürbitte für seine Erlösung!"

Darrell bleibt stehen, sein Mund klappt auf vor Erstaunen, er will schon wieder aufgeben, doch der Draufgänger in ihm kommt erneut unweigerlich an die Oberfläche. „Erlösung, in der Tat!“, ruft er und geht auf den Mann zu. „Ganz genau! Aber Ihr müsst nicht dafür beten. Sie ist schon erfolgt. Ich bin schon erlöst. Die Geschichte von der Elfenbeintür ist Blödsinn! Versteht Ihr mich? Blödsinn!“ Er schiebt den Mann beiseite, stürzt in die Kirche bis nach vorne und brüllt mitten in das Gemurmel der Leute hinein: „Hört auf! Hört auf! Es ist nicht mehr nötig! Hier bin ich, Prinz Darrell! Sicher dem unterirdischen Gang entronnen!“

„Psst!“, zischen sie.

Der Priester bricht sein Gebet ab, springt auf, ergreift den Störenfried beim Arm und schiebt ihn in die Menge zurück. Doch der Prinz schreit weiter, er sei der Prinz und es stecke nichts hinter der fluchbeladenen Elfenbeintür, kein Drache, kein Monster, kein Sumpf, nur ein alter Tunnel, der irgendwo zwischen den Nesseln ins Freie führt. Er ruft, dass sie nicht so töricht sein sollen, ihm keinen Glauben zu schenken, dass sie sich nicht von seinem Äußeren verleiten lassen sollen, dass die Nesseln am Ende des Tunnels ihn so zugerichtet haben, die Nesseln und die Äste und Zweige und die bösen Dornen und das verrottende Laub und eklige Kothaufen mit Fliegen, in die er gefallen sei und dass es im Tunnel überhaupt keine Ameisen gäbe, nur Dunkelheit, und dass er wohl Angst gehabt hätte, aber dass sich herausgestellt habe, dass absolut nichts darin sei, hahaha, weder ein Drache noch ein Gespenst oder Geist, noch der Teufel –

Mitten in seinem Redefluss, auf einen Wink des Priesters hin, zerren zwei starke Männer den Prinzen nach draußen, indem sie ihn am Hosenbund ein Stück hochheben, umringt von den Gläubigen, die aufmerksam zusehen.

„Aber ich bin der Prinz!“, ruft er mit brechender Stimme. „Ich bin Seine Durchlaucht Prinz Darrell!“

„Herr!“, betet der Priester mit lauter, beschwörender Stimme, „Herr, erlöse uns von dem Bösen!“

So verbreitete sich das Gerücht, dass der Teufel nicht nur dort hinter der Elfenbeintür Besitz ergriffen hatte vom Prinzen, sondern dass der Teufel jetzt auf Erden herumlief und vorgab, der Prinz zu sein.

Erst ein weites Stück von der Kirche entfernt ließen die Männer ihn mit einem letzten Tritt gehen, sodass er mit seiner schmerzenden Nase noch viel schmerzhafter in eine Schlammpfütze fiel. Doch viel schlimmer war die Welle der Angst, die seine Seele ergriff: dass er nämlich total verloren war. Wenn ihn niemand mehr erkannte, dann war er auch nicht mehr die Person, die er gewesen war, dann war er nicht mehr der Prinz, nicht mehr der Draufgänger und nicht mehr Darrell. Nicht mehr er selbst.

Sein blutverschmiertes, schmutziges Gesicht spiegelte sich in der Schlammpfütze. „Wer bin ich?“, fragte er sich entsetzt. „Wer bin ich? Wer bin ich? Bin ich nicht, der ich bin? Oh Gott ..."

Doch dann erhob er sich mit einem Schrei und rief mit seiner Draufgängerstimme: „Wir werden es sehen!" Und beherzt ausschreitend ging er geradewegs auf das väterliche Schloss zu.

Die Wachen sahen ihn schon von weitem kommen. „Lasst mich durch!", hörten sie ihn rufen. „Ob ihr mir glaubt oder nicht, ich bin der Prinz. Ich will zu meinen Eltern!"

Sie hatten jedoch strikte Befehle erhalten, unweigerlich jeden anzuhalten, der sich als der Prinz ausgab und das taten sie auch.

„Aber ich bin –"

„Ja, ja, das behaupten sie alle!"

„Alle?"

Sie gaben keine Antwort, sondern hielten einfach ihre Speere auf ihn gerichtet.

Er fing zu schreien, zu fluchen und zu wüten an, mit zornentbrannter, überschnappender Stimme voller Ohnmacht und Angst, verzweifelter Angst über seine eigenen Zweifel, die seine Seele wie Gift durchzogen.

„Bitte!", bettelte er. „Bitte holt Minny. Sie wird mich erkennen. Ich weiß es! Minny! Holt Minny!"

„Minny?", fragten sie.

„Ja, meine Baronesse Dingsbums. Von Wetering Tetering. Die Baha-roh-nesse von –" Seine Worte wurden zu

Schluchzen. Und er sah so verloren und armselig und hilflos aus, dass der jüngere Wächter weich wurde und dem anderen zuflüsterte: „Das können wir doch tun, oder? Für diesen armen Teufel. Benachrichtige die Baronesse. Dann können wir umgehend sehen …"

Doch der Ältere sagte: „Er ist der Teufel. Man hat uns doch extra vor ihm gewarnt, dass es der Teufel selbst ist, mit all seinen Verführungskünsten. Dich hat er schon fast rumgekriegt, wie ich sehe. Wenn wir die Baronesse holen – wenn sie kommt, dann wird sie auch darauf reinfallen und –"

„Minny! Minny! Minny! Hilf mir!"

„Woher sollte er denn wissen, dass der Prinz sie Minny genannt hat?"

„Der Teufel weiß alles."

„Minnyyyyy!"

Die Baronesse von Wetering Tetering hörte den Ruf durch die Mauern und Türen und mit würdevoller Entrüstung kam sie nach draußen, drängte sich an den Wachen vorbei und stellte sich direkt vor ihn, den adeligen Kopf hoch erhoben. „Wie kannst du es wagen!", sagte sie. „Ihre Majestät die Königin ist schwer krank. Der Verlust ihres geliebten Sohnes hat ihr schwer zugesetzt und du hast die ungehobelte, abscheuliche Frechheit vorzugeben, ihr –"

„M-M-Minny …"

„Hinweg mit dir! Kind des Teufels! Schreckliches Ungeheuer! Verschwinde!“ Ihr wütend ausgestreckter Arm wies ihm den Weg. Unwiderruflich.

Und so verschwand Prinz Darrell, der auch Prinz Draufgänger genannt wurde, für immer. Fort vom Schloss seines Vaters, fort von seinen Eltern, fort von seiner geliebten Baronesse und was das Schlimmste war: fort von sich selbst. Er existierte nicht mehr. Er war durch die Elfenbeintür gegangen und wie es die Geschichte will, ist er nie, nie, nie mehr zurückgekommen.

Margaret Mahy

Die Hand auf dem Nacken

Als Ivor noch sehr klein war und mit seiner Urgroßmutter May auf der Landungsbrücke spazieren ging, mochte er es gerne, wenn ihre Finger auf seinem Nacken lagen. „Uups!“, rief sie jedes Mal und hielt ihn fest, wenn er über die unebenen Holzbohlen des Steges stolperte. Aber schon mit acht, als er sich längst für Computer-Spiele interessierte und ganz versessen darauf war, einmal auf St. Christopher, das feinste Gymnasium der Stadt, zu gehen, bereits da war ihm ihre liebevolle Berührung unangenehm. Und als er dann zwölf war und ihre langen Finger durch die Arthritis und das Alter knotig geworden waren, konnte er die Berührung kaum noch ertragen.

„Ich kann es nicht ausstehen, wie sie meinen Nacken streichelt, wenn wir zusammen spazieren gehen“, beklagte er sich bei seiner Mutter. „Und ich kann es nicht ausstehen, wie sie immer ‚Uups!‘ sagt, als ob *ich* stolpern würde und nicht sie.“

„Du solltest das aushalten“, riet ihm seine Mutter. „Eines Tages zahlt es sich aus. Sie hat dich in ihr Herz geschlossen, und sie hat einen Haufen Knete.“ Damit meinte sie, dass Urgroßmutter May reich war.

Reich! Anfangs hatte das wie ein Wort aus einem

Märchen geklungen, wie ‚Zauberer' oder ‚gute Fee'. Doch mit der Zeit begannen Mays dicke, mattfarbene Teppiche, ihre schweren Silberlöffel und die Bilder an den Wänden Ivor immer eindringlicher etwas zuzuflüstern. „Reich! Reich! Reich!", sagten die Stimmen jedes Mal, wenn er zu Besuch kam. Und sollte sein Vater möglicherweise nicht in der Lage sein, das teure Schulgeld für St. Christopher aufzubringen, so sagte sich Ivor, dann würde May schon einspringen. Zumindest behauptete seine Mutter das. Umso größer war dann der Schock, als er feststellen musste, dass May nichts von Privatschulen hielt. Sie war vielleicht reich, aber sie hatte keinen Sinn für Lebensart, wogegen Ivors Mutter behauptete, Lebensart sei das Ein und Alles.

So fuhr Ivor jeden lieben Samstag mit dem Bus über den Hügel in die einsame Gegend am Hafen, wo Urgroßmutter May wohnte. Und an jedem dieser langweiligen Samstagnachmittage, die sich endlos hinzogen, schlug May irgendwann vor, einen Spaziergang ans Meer und auf den Pier zu machen.

Manchmal war Flut, und die Wellen schlugen schäumend an die Kaimauer. Manchmal dagegen schauten Ivor und May hinaus über das weite, schimmernde Watt und das Meer war nur ein milchig-grüner Streifen in der Ferne. Doch ob Ebbe oder Flut – der Landungssteg blieb immer der gleiche.

Es war ein langer Pier, und während Ivor ihn entlangging, May einen halben Schritt hinter sich, kam es ihm oft so vor, als ob der Steg heimlich immer länger würde. Nach all den Wochen und Monaten und Jahren, Samstag um Samstag, kannte Ivor ihn auswendig. Da gab es eine dicke Planke, deren rissige Maserung sich um ein besonders tiefes Astloch krümmte, das ihm zuzuzwinkern schien, wenn er darüber ging. Eine andere machte jedes Mal ein seltsam hallendes ‚Klonk', wenn er drauftrat, und sobald er weiterging einen leiseren, weniger deutlichen Ton. Möwen und manchmal auch Eisvögel, die auf dem gewundenen Geländer des Piers saßen, beäugten Ivor und seine Urgroßmutter, während sie näher kamen, dann flogen sie erst im letzten Moment davon. Die Möwen kreisten träge und ließen sich oft gleich wieder auf dem Geländer nieder, doch die Eisvögel schossen davon wie leuchtende Feuerwerkskörper, die über dem Meer zerbarsten.

„Bist du reich, Oma?", hatte Ivor sie einmal gefragt, als er noch klein war. „Na ja, ich hab etwas auf die Seite gelegt für schlechte Zeiten", hatte May mit etwas missbilligendem Ton, als ob das Wort ‚reich' unanständig sei, geantwortet. Deshalb hatte er sich nicht getraut zu fragen, wie viel sie denn eigentlich ‚auf die Seite gelegt' habe und was mit dem ganzen Geld geschehen würde, wenn sie starb.

Manchmal erlaubte sie ihm, in dem verwilderten Garten ein Zelt aufzustellen und über Nacht draußen zu campen. May kam nicht mit ins Zelt. Sie blieb am Eingang sitzen, mit einer Thermosflasche voll heißer Schokolade, die sie gemeinsam tranken, während sie dem Gekicher von Opossums, die in den Zweigen des Pflaumenbaumes spielten, oder dem Geraschel von Igeln im Laub lauschten. Es war jedoch seltsam: Der zugewachsene, schattige Garten barg keine solchen Geheimnisse, wie sie über dem offenen, sonnenbeschienenen Pier zu hängen schienen. Oder eher, das Geheimnisvolle hing nicht *über* dem Pier, sondern steckte eher *in* ihm und sickerte unsichtbar aus den Altersrissen und Verwitterungen der alten Holzbohlen.

Und ‚Klonk!' Die lose Planke machte immer den einen Ton, wenn er drauftrat, und seufzte ein wenig, wenn er den Fuß wieder hob. Das Geländer fühlte sich unter seinem Griff immer etwas rau und nach Splittern an. Und früher oder später würde Urgroßmutter May, die jetzt etwas langsamer ging als noch vor ein paar Jahren, ihre Hand zart und liebevoll auf Ivors Nacken fallen lassen.

„Das Wasser ist nie ganz klar ... nie glitzernd", sagte sie einmal. „Aber ich finde das milchige Grün inzwischen ganz hübsch. Auf eine seltsame Art ist es irgendwie ehrlicher, denn das Leben ist nicht *klar,* meinst du nicht auch?"

Ivor konnte Unklarheiten im Leben nicht leiden. Wenn er an reiche Leute dachte, kamen sie ihm immer klar und glitzernd vor. Reiche Leute zogen ja auch glitzernde Sandstrände vor. Und obwohl seine Eltern selbst als Doppelverdiener ziemlich zu kämpfen hatten, damit das Geld reichte, versuchten sie wie reiche Leute zu leben. Jedes Weihnachten mieteten sie ein Ferienhaus direkt am Strand, nicht dort, wo eine Hafenbucht die großen Wellen und die Brandung einengte. Wenn er dort im Meer schwamm, kam sich Ivor auch glitzernd vor. Nach den Weihnachtsferien, wenn er wieder mit May über den Pier ging, träumte er von dem anderen Meer, von trockenem, weißen Sand, der ihm unter den Fußsohlen brannte.

„Wie bist du reich geworden?", fragte er seine Urgroßmutter.

„Ich habe vor ein paar Jahren ein Stück Land gekauft", sagte sie, „kurz vor Megs Tod." (Meg war ihre Tochter, Ivors Großmutter. Sie und ihr Mann waren vor Ivors Geburt bei einem Autounfall ums Leben gekommen.) „Und dann hab ich es für viel Geld weiterverkauft. Aber eigentlich bin ich so wohlhabend, weil ich unaufwendig lebe ... Ich gebe nicht viel aus."

„Mum sagt, dass du reich bist", bemerkte Ivor. „Sie sagt, dass du uns noch viel mehr unterstützen könntest."

May schwieg einen Augenblick.

„Wie du sicher weißt, finde ich, dass deine Eltern *verschwenderisch* leben", sagte sie nach einer Weile. „Und Verschwendung kann ich nicht leiden. Ich halte mein

Geld zusammen, weil ich vielleicht bald jemanden anstellen muss, der mich betreut." Sie hielt inne. „Ach du meine Güte, was ist denn hier passiert?"

In den dicken Planken nahe am Geländer war ein ovales Brandloch, das an den Rändern noch schwelte. Jemand musste auf dem Pier ein Feuer gemacht haben.

„Wie kann jemand nur so etwas Dummes machen!", sagte May verärgert. „Der reinste Vandalismus!"

„Es ist ganz durchgebrannt", bemerkte Ivor und spähte in das verkohlte Loch. Gebannt stellte er fest, dass das Meer zu ihm heraufsah. Es kam ihm vor, als ob der Pier plötzlich ein Auge bekommen hätte, schwarz, wo menschliche Augen weiß waren, und mit einer tiefen, zwielichtigen, grünen Pupille. Ein Auge, das vermochte, Gedanken zu lesen. Erschrocken fuhr er zurück.

„Ich glaube nicht, dass es gefährlich ist", sagte May. „Ich meine, es wird wohl nicht wieder zu brennen anfangen. Aber ich rufe trotzdem die Hafenbehörde an, wenn ich zu Hause bin."

Sie kamen ans Ende des Piers. Es war Flut, und sie stiegen die Stufen hinunter bis zum Wasserrand.

„Sei vorsichtig", sagte May, als ob er noch immer der kleine Junge von vier Jahren sei. Doch Ivor hörte sie kaum.

Ich habe in dich hineingeschaut dort hinten, schien ihm das Meer zu sagen. *Ich habe in dein Herz gesehen.*

Auf dem Rückweg achtete er darauf, das verkohlte

Auge so weit wie möglich zu umgehen, und am folgenden Samstag war das Loch mit einem quadratischen Stück Blech zugenagelt. Es machte einen ganz eigenen scheppernden Ton, als Ivor drauftrat. Das tat er regelmäßig, er trat mit Absicht fest zu, denn obwohl es verdeckt war, wusste er doch, dass unter dem Blechlid das Auge war, das seinen Schritt unweigerlich erkannte.

Als er schließlich zwölf war, hatten Ivors Besuche bei May fast ganz aufgehört, denn je älter er wurde, desto häufiger nahmen ihn seine Eltern zu ihren eigenen Unternehmungen mit.

„Lasst uns dieses Weihnachten mal *richtig* wegfahren", schlug seine Mutter vor. „Nicht einfach nur an die Nordküste. Rüber nach Australien … an die Goldküste. Wir könnten ins Casino gehen."

„Das ist typisch für dich, mit so was daherzukommen", erwiderte sein Vater, und es klang nachsichtig und unwirsch zugleich. „Die Geschäfte sind dies Jahr nicht so gut gelaufen, und nächstes Jahr kommen hohe Schulgelder auf uns zu, falls Ivor ins St. Christopher geht."

„Wie meinst du das – ‚falls'?", fragte Ivor erschrocken.

„Tja, nichts im Leben ist sicher", antwortete sein Vater. „Ich tu ja mein Bestes, aber schließlich bin ich kein Goldesel. Und St. Christopher – du weißt ja, dass es eine sehr teure Schule ist."

Aber Ivors Mutter schlang ihren Arm liebevoll um den Hals seines Vaters.

„Jetzt sei bloß kein Spielverderber", rief sie. „Ivor und ich mögen nämlich keine Spielverderber. Wir mögen coole Kitcats." Kitcats – so wurden die Schüler von St. Christopher genannt. „Und überhaupt, wer weiß? Vielleicht gewinnen wir ja so viel, dass wir das Schulgeld mit links zahlen können."

„Wenn ich für jeden deiner schlauen Einfälle einen Dollar bekommen würde, könnte ich die ganze Schule kaufen", brummte sein Vater.

Dennoch flogen sie erster Klasse zur Goldküste, wo das Meer glitzernd und herrlich war und wo es massenhaft warmen Sand gab. Die Strände waren überfüllt, aber Ivor mochte das. Es wurde ihm klar, dass die einsame alte Landungsbrücke ihm immer irgendwie Angst eingejagt hatte. Sie hatte ihm ständig das Gefühl gegeben, dass sie plötzlich ein grausiges Geschehen aufdecken würde. Dabei war nie etwas Schreckliches auf dem Pier passiert. Sonst hätte May ihm sicher davon erzählt. Natürlich liebte ihn May – das wusste Ivor –, aber er wusste inzwischen auch, dass ihm Liebe nicht so viel bedeutete, wenn sie nicht gleichzeitig mit anderen Annehmlichkeiten verbunden war.

Mitten im Urlaub wurden sie von einer der Nachbarinnen von May angerufen, die ihnen mitteilte, dass May schlimm gestürzt sei. Sie säße im Rollstuhl. Die

Nachbarn passten abwechselnd auf sie auf, und einmal am Tag käme eine Gemeindeschwester vorbei. „Ein komplizierter Bruch", berichtete die Nachbarin Ivors Vater. „Wann kommen Sie zurück?"

„Ungefähr in fünf Tagen", antwortete Ivors Vater. „Wir würden ja schon früher kommen, aber Sie wissen ja, wie das in der Ferienzeit ist. Alle Flüge ausgebucht."

Als sie dann aber daheim waren, fuhr Ivors Vater sofort zu May. Als er zurückkam, sah er traurig und besorgt aus.

„Es geht ihr zwar nicht allzu schlecht", berichtete er, „aber sie ist sehr geschwächt. Immerhin ist sie selbst zuversichtlich. Dennoch ..." Er warf Ivor und seiner Frau einen vorsichtigen Blick zu. „... es wäre das Beste, wenn sich Ivor St. Christopher für ein, zwei Jahre aus dem Kopf schlägt."

Ivor und seine Mutter schrien auf, als hätten sie einen Dolchstoß erhalten.

„Aber es kann doch nichts schaden, erst mal auf eine Staatsschule zu gehen, oder?"

„Und ob das was schaden kann", rief Ivors Mutter aus.

„Dann hättest du eben eher daran denken sollen", fuhr Ivors Vater sie an. „Ich hab dich immer wieder gewarnt. Wir haben in diesem Urlaub eine Menge ausgegeben, viel mehr, als selbst ich erwartet habe. Und May wird uns nicht unterstützen können."

„Warum nicht?", jammerte Ivors Mutter.

„Sie braucht ab jetzt eine Ganztagshilfe, die bei ihr wohnt, und das ist nicht billig", erklärte sein Vater. „Und sie kann noch viele Jahre leben. Wie dem auch sei, ich glaube kaum, dass sie sehr beeindruckt wäre, wenn ich sie ausgerechnet jetzt um Geld bitten würde, nicht einmal für Ivor. Nicht nach unserem Casino-Urlaub."

Ivor sah sich selbst im Spiegel über der Anrichte. Er sah stark und selbstsicher aus … ein idealer Kitcat. Während seine Eltern hinter ihm herumstritten, studierte er in der Zeitung die Tabelle mit den Gezeiten. Wasserhöchststand war am Spätnachmittag.

Am folgenden Tag, einem Samstag, nahm er wie gewöhnlich den Bus. Er war stolz auf sich, dass er sich so ruhig und geschäftsmäßig fühlte. So war es wohl, wenn man erwachsen war und das Leben in die eigenen Hände nahm. Trotzdem, er war sehr erschrocken, als er seine Urgroßmutter so viel dünner und geschwächter vorfand als sechs Wochen zuvor. Ihre Gesichtshaut hing in Falten über die Wangenknochen wie ein Bühnenvorhang, der gleich fallen und den grinsenden Schädel darunter enthüllen würde. Mays Augen lagen noch tiefer in den Höhlen als vorher, und ihr Haar sah strähnig und ungepflegt aus. Nervös blickte sie auf, als er ins Zimmer trat, doch als sie sah, dass es Ivor war, strahlte sie vor Erleichterung und Freude.

„Ivor, mein Lieber", sagte sie. „Was für eine schöne

Überraschung! Ich wusste gar nicht, dass du kommen wolltest."

„Ich habe die erste Gelegenheit ergriffen", sagte er. „Du hast mir so gefehlt." Er umarmte sie herzlich.

„Tee?", fragte sie ihn. Ivor sah wie zufällig auf seine Uhr.

„Gerne!" sagte er. „Aber können wir nicht zuerst spazieren gehen? Nur alles mal wieder kurz ansehen."

„Geh du mal alleine", sagte sie etwas wehmütig. „Ich bin dir nur ein Klotz am Bein."

„Was soll ich? Ohne dich zum Pier runter?", rief Ivor. „Kommt nicht in Frage!"

„Ich weiß nicht, wie gut der Rollstuhl auf der holprigen Straße fährt ..." May schien zu zögern. „Ich komm mit der Bremse nicht gut zurecht, wegen meiner Arthritis. Aber warum nicht?", fügte sie tapfer hinzu. „Wer nicht wagt, der nicht gewinnt."

„Ich bin kräftig", sagte Ivor und strahlte. „Und der Rollstuhl hat ja einen Sicherheitsgurt. Ich schnall dich an."

Der erste Teil war einfach. Auf einer bequem abfallenden, geteerten Straße ging es leicht abwärts. Doch dann bogen sie auf den Weg zum Pier ein, der voll von Schlaglöchern und Rinnen war und es wurde schwieriger, den Rollstuhl zu lenken. May protestierte halb lachend, halb beunruhigt.

„Lieber Himmel, pass bloß auf!"

„Keine Sorge", versprach Ivor. Er beugte sich vor, um ihren Nacken zu streicheln, wie sie es einst bei ihm getan hatte. „Ich passe ganz *besonders* gut auf dich auf."

„Guter Junge!" Seinen Gesichtsausdruck bei seinen Worten konnte sie nicht sehen.

Ivor hatte die Gezeitentabelle in der Zeitung genau studiert, daher wusste er, wann die Flut am höchsten stehen würde. Trotzdem war er ziemlich erleichtert, als sie um die Ecke bogen und er die Brandung über die Kaimauer spritzen sah. Das Wasser am Ende des Piers würde tief sein.

„Es ist wirklich schön, das alles wiederzusehen", sagte May. „Ich bin froh, dass du mich überredet hast mitzukommen. Lass uns noch den Pier entlanggehen, dann kehren wir schnell um, mir wird nämlich allmählich ziemlich kalt."

„Arme May", sagte Ivor mit ironischem Unterton. Vielleicht hatte er es zu weit getrieben, denn sie drehte sich plötzlich um und versuchte, so gut sie konnte zu ihm zurückzuschauen.

„Los geht's!", rief er beherzt, und rannte auf den Pier zu, den Rollstuhl vor sich herschiebend.

„Halt, Ivor! Halt an!", rief sie atemlos, aber er machte nicht Halt. Sie holperten schwankend über den Pier. „Klonk", machte ein ganz bestimmtes Brett unter seinem Tritt, obwohl es inzwischen viele lose Planken gab. „Twäng!", machte das Blechstück, das immer noch auf dem verkohlten Auge saß. May war verstummt, während sich ihre knotigen Finger verzweifelt an der Bremse und dann an der Schnalle des Sicherheitsgurtes zu schaffen machten. Draußen hinter der Hafenbucht war der Abend klar, der Himmel hatte die Farbe von reinem Honig. Ivor rannte über die gesamte Länge des Piers und steigerte die Geschwindigkeit zum Ende hin immer mehr, obwohl seine Lungen fast barsten, bis er mit einem letzten, heftigen Stoß den Rollstuhl über die Treppe ins Meer rasen ließ.

„Uups!“, schrie Ivor und spielte tatsächlich den Betroffenen, obwohl er doch ganz allein war. Erst jetzt erkannte er, wie groß seine Angst gewesen war, dass May sich losschnallen könnte. Wenn sie wieder an die Oberfläche gekommen wäre, dann hätte er sie hinunterdrücken müssen, und das wäre denn doch zu schrecklich gewesen. Aber der Stuhl sank rasch, und May mit ihm. Es kam Ivor so vor, als ob sie noch einmal seinen Namen rief. Dann schlug die Brandung über ihr zusammen und sie war verschwunden.

Schließlich glättete sich das Wasser. Die schlammige Eintrübung, die an die Oberfläche gestiegen war, löste sich wieder auf. Und endlich fühlte sich Ivor befreit … Befreit wandte er sich um, befreit schrie er hinaus, während er über den Pier zurücklief und unter seinen Schritten die losen Bretter eindringlich trommelten. Wenn seine ersten Schreie noch seltsam und mechanisch geklungen hatten, so war sein Weinen, als seine Plastiksandalen auf das Blechstück stampften, echt und ernst. Richtige Tränen liefen ihm übers Gesicht. Keiner konnte ihn hören, so wie ihn auch keiner gesehen hatte. Als er die Hauptstraße erreichte, rannte er in Richtung Supermarkt und winkte jedem vorbeifahrenden Auto wild zu. Die ersten beiden fuhren einfach weiter, aber das dritte hielt an, und er konnte unter Schluchzen seine schreckliche Geschichte loswerden. Seine Urgroßmutter hatte darauf bestanden, dass er sie spazieren fuhr, obwohl er sich mit dem Rollstuhl nicht auskannte. Er hatte den Stuhl am Ende des Piers gewendet und irgendwie war er mit den Rädern über die oberste Stufe geraten ... und irgendwie ... irgendwie ...

Ivor weinte. Es machte ihm keine Mühe zu weinen. Er weinte den restlichen Abend über immer wieder, während die Leute ihm sagten, dass er nichts dafür könne ... dass es ein schrecklicher Unfall gewesen sei. Und indem Ivor seine Geschichte wieder und wieder erzählte, begann er selbst daran zu glauben. Sie erschien so wahrscheinlich. Und dann passierte etwas Seltsames. Als er abends zum letzten Mal weinte, mit den Händen vor den tränenüberströmten Augen, hatte er plötzlich ganz deutlich eine Erscheinung vor sich, nicht größer als eine bunte Briefmarke. Er sah den Pier, der sich dunkel gegen das grüne Meer abhob, und sein Spiegelbild im Wasser darunter. Und an das Geländer gelehnt sah er jemanden stehen, der einen Strauß mit weißen und gelben Blumen hielt. Ivor erschrak so sehr über dieses unvermutete Bild, dass er nach Atem rang.

„Liebling", sagte seine Mutter, „armer Junge!" Er nahm die Hände vom Gesicht und sah sie aus verquollenen Augen an. „Was für ein Albtraum!", fuhr sie fort. „Aber hör mir zu, Ivor. Ich weiß, dass es herzlos klingen mag, aber es wäre ihr in Zukunft sowieso nicht mehr allzu gut gegangen. Es hätte sich ständig verschlimmert. Es war das Beste … wirklich, es war das Beste." Und dann sah sie ihn an wie jemand, mit dem man ein furchtbares Geheimnis teilt, was fast genauso beunruhigend war wie die Erscheinung der Figur mit den Blumen.

Nach der Beerdigung machten Ivor und seine Eltern mit ein paar engeren Freunden zusammen einen kurzen Gedenkspaziergang über den Pier. Ivors Vater hatte es sich in den Kopf gesetzt, dort Blumen ins Meer zu werfen, wo May so oft gestanden hatte und in den Himmel hinauf oder hinaus auf die Hafenbucht geblickt hatte.

„Trage *du* sie doch, Ivor", sagte sein Vater. „Sie hätte es sicher gern, wenn du derjenige bist, der sie ihr ins Meer wirft."

Ivor konnte nicht ablehnen. Er verbarg sein Grauen und nahm die Blumen. Sie kamen nicht vom Blumenladen. Das Sträußchen war in Mays eigenem Garten gepflückt worden – gelbe und weiße Margeriten, und dazwischen gelbe und weiße Rosen. Während Ivor hinter seinem Vater den Pier entlangging und die Blumen fest zwischen den Händen hielt, spürte er, wie sich die Blumenstiele veränderten. Plötzlich fühlten sie sich genau wie Mays knotige Finger an. Erst bewegten sie sich in seinen Handflächen, dann umklammerten sie seine eigene Hand und drückten sie sanft.

„Jetzt!", sagte sein Vater, und Ivor warf die Blumen genau an dem Punkt ins Wasser, wo der Rollstuhl vor vier Tagen versunken war. Er schauderte. Die Blumen tanzten auf den trägen grünen Wellen auf und ab.

I-vor! *I*-vor! *I*-vor!, sagten die losen Holzbohlen mit rasselnden Stimmen, als ernste schwarze Schuhe über sie weg liefen. Obwohl Ivor dem Blechstück so weit wie möglich auswich, wusste er, dass das Auge darunter ihn beobachtete.

„Sie hat den alten Pier so geliebt", sagte sein Vater.

„Das stimmt", bestätigte seine Mutter. „Und wisst ihr, es ist wirklich schön hier. Wäre es nicht in ihrem Sinne, wenn wir ihr Haus als Wochenendhaus benutzen?"

„Bitte nicht! Es ist zu traurig ohne May", sagte Ivor rasch. Ein paar der Freunde warfen ihm anerkennende Blicke zu.

Es war eine große Erleichterung, als alles vorbei war und sie wieder in der Stadt zurück waren.

„Na, wenigstens kannst du jetzt St. Kits besuchen", sagte sein Vater. „Wenn du sicher bist, dass du das willst."

„Ich bin ganz sicher", sagte Ivor und war erstaunt, wie ruhig seine Stimme klang. „Ich möchte es mehr als irgendwas anderes."

Also kam er schließlich auf die Privatschule St. Christopher und obwohl er den Hafen und den Pier nicht vergaß, genauso wenig wie den Rollstuhl, der langsam aber sicher vor seinen Blicken versank, schien es doch ein geringer Preis zu sein für das Leben, das er nun führte. Seine Eltern schienen beide so erleichtert und zufrieden, und er war stolz, einer der Kitcats zu sein ... die Topcats der Stadt. Gelegentlich fing er kritische Blicke auf wegen seiner Schuluniform, aber für ihn waren das Augenblicke des Triumphs, denn Ivor wusste, dass heimlicher Neid dahinter steckte.

Doch dann, eines Tages, als er in den Umkleideräumen des Sportplatzes die Hand auf ein Geländer legte, spürte er nicht den glatten Firnis, sondern das altbekannte raue und splitternde Holz des Geländers vom Pier. Es gab keinen Zweifel. Gleichzeitig war die Brise, die über den Sportplatz wehte, auf einmal erfüllt von dem vertrauten Geruch nach Schlick und Salz und nach Seetang, der am Spülsaum einer unsichtbaren Hochwassermarke trocknete oder vielleicht sogar verrottete. „Klonk", machte die lose Planke unter seinem Tritt und er hatte das Gefühl, dass ihm das Herz vor lauter Schreck stehen blieb.

Und nachdem diese Täuschung einmal angefangen

hatte, trat sie immer öfter auf. Die Gänge in der Schule wurden immer länger, fast so wie der Pier früher, der irgendwo auf seiner Länge ein düsteres Geheimnis verhieß. Ivor ging unbeirrt weiter und hoffte, dass die Täuschung vorübergehen würde. Das tat sie auch, nur um am nächsten Tag wieder aufzutauchen ... und am übernächsten ebenfalls.

Am Wochenende beschloss er wütend und verängstigt, ein letztes Mal den Bus über den Hügel zu nehmen. Indem er an einem strahlend hellen Tag den Pier entlangging, wollte er sich in Erinnerung rufen, dass es einfach eine alte hölzerne Landungsbrücke war, die allmählich zerfiel. Vielleicht würde ihr geisterhaftes Eindringen in Ivors Stadtleben dann endlich aufhören. Der Pier gehörte zur Küstenseite des Berges und durfte einfach nicht in die Stadtseite eindringen.

Der Bus hielt und er stieg aus. Rasch ging er an Mays altem Haus vorbei, das jetzt einen trostlosen und verwahrlosten Eindruck machte. Er ging die vertraute gewundene Straße entlang und bog um die Ecke. In der dünnen Wasserschicht über dem Watt spiegelten sich Himmel und Berge so vollkommen, dass es Ivor mit Staunen erfüllte. Es kam ihm vor, als sähe er zwei getrennte Welten, die mit dem Rand aneinander stießen. Und dennoch war die Spiegelwelt nicht das genaue Abbild der realen Welt. Sie war etwas unscharf, als ob er sie durch einen hauchdünnen Dunst sähe ... einen leichten

Nebelschleier. Schnell!, dachte Ivor. Runter zum Pier – zum allerletzten Mal hoffentlich. Nicht laufen. Zeig auf keinen Fall, dass du Angst hast. Wovor solltest du auch Angst haben? Es ist alles nur Einbildung.

Als er den Pier betrat, bekam er einen ganz sonderbaren Schreck. Die gesamte Welt schien eine Sekunde lang wie ausgeknipst, dann wurde sie wieder angeknipst. Ivor hielt inne und sah sich um. Himmel, Berge, Pier ... alles war an seinem Platz. Doch der Dunst war nicht mehr einfach Dunst, sondern richtiger Nebel ... Und wie er aufwallte und herandrängte, als Ivor auf ihn zu trat! Woher war er nur so schnell gekommen? Im Nu war Ivor ganz davon umgeben. Aber er war schon oft an nebligen Tagen auf dem Pier gewesen. Er wusste, dass er sich nicht verirren konnte. „Klonk", sang das lose Brett unter seinem Tritt, dann seufzte es ein wenig, als er weiterging. Die anderen losen Holzbohlen fingen mit rasselnden Stimmen *I*-vor! *I*-vor! *I*-vor! zu singen an. Der Nebel war inzwischen so dicht, dass man nicht mehr sehr weit sehen konnte. Deshalb achtete Ivor auf den Tritt seiner Füße, und da tauchte plötzlich das verkohlte Auge auf und sah ihn vorübergehen. Jemand hatte das Blechstück abgerissen. Komisch, dachte Ivor und hielt an. Er runzelte die Stirn. War nicht gerade noch Ebbe gewesen? Und doch war es eindeutig, dass die See auf der anderen Seite des verkohlten Lochs emporbrandete. Und horch! Da! Und noch einmal! Er konnte die Wellen gegen die Pfähle des Piers glucksen und klatschen hören.

Der Nebel hob und teilte sich etwas. Tatsächlich, es war Flut, und nur knapp unter den Holzbohlen des Piers kräuselte sich das Wasser. Etwas schwamm in den Wellen auf und ab ... ein Strauß gelber und weißer Blumen ... Margeriten und Rosen, so frisch wie an dem Tag vor vielen Monaten, als er sie ins Wasser geworfen hatte.

Plötzlich wusste Ivor, dass er nicht weitergehen konnte. Er würde sich wohl auf der anderen Seite des Hügels mit den Gespenstern abfinden müssen. Und wenn er sich ruhig und mutig verhalten würde, konnte er sie vielleicht allmählich hinter sich lassen. Alles – alles – war besser als das hier. Er wandte sich um und lief hastig durch den Nebel über den Pier zurück.

„Klonk", sang das Brett unter seinem Tritt. Er hielt abrupt an. Es war zu früh gekommen. Es hatte sich angehört ... Ivor schüttelte den Kopf, als wolle er einen unangenehmen Ton aus den Ohren schleudern, und ging weiter. Und da war das Auge, das seinen Rückzug beobachtete. I-vor! I-vor! I-vor!, sang der rasselnde Chor der Bretter unter seinen Schritten. Nur noch wenige Meter, und er würde wieder festen Boden unter den Füßen haben. Doch genau in diesem Moment fühlte Ivor ganz deutlich, dass ihm jemand folgte. Er konnte nicht genau sagen, woher er das wusste, denn seine eigenen Schritte waren die einzigen, die er hören konnte. Trotzdem, er wusste, dass der Nebel jemanden verbarg. Da er die Ohren spitzte, um auch noch den geringsten Laut zu hören, bemerkte er kaum, dass er ein zweites und dann ein drittes Mal an dem verkohlten Auge vorbeikam. Als er es jedoch schließlich zum vierten Mal sah, verstand er. Er hatte die reale Welt verlassen und befand sich jetzt an einem anderen, fürchterlichen Ort.

Drüben in der realen Welt, da war er sich plötzlich sicher, schien die Sonne auf einen alten hölzernen Pier. Drüben in der *realen* Welt stand der alte Pier nur knöcheltief in Schlick und Wasser und es war Ebbe. Er aber war dazu verdammt, endlos zu laufen, egal wohin, denn *dieser* Pier würde ewig weiterführen durch endlosen Nebel. „Klonk!“ Ja, natürlich, er würde diesen Ton immer und immer und immer wieder hören. Und da war das Auge, das ihn wieder beobachtete, als er vorbeiging. Es würde ihn ewig beobachten. Und die gelben und weißen Blumen, sie würden immer neben ihm auf und ab schwimmen.

Was immer hinter ihm im Nebel war, es kam ohne Zweifel näher und näher. Ivor schritt unbeirrt weiter, wie ein wahrer Schüler von St. Christopher, denn das war es, was er tun musste. Wenn er zögerte, nur einen Augenblick lang, würde er straucheln. Er versuchte, seinen Vorsprung zu halten. Schließlich versuchte er sogar zu laufen, doch er blieb an einem unebenen Brett hängen und er stolperte.

„Uups!“, sagte eine Stimme hinter ihm – eine Stimme so sanft wie eine winzige Welle, die sachte auf den Schlick schwappt. Knotige Finger streichelten seinen Nacken, zart und liebevoll, und Ivor wusste, dass ihr sanftes Liebkosen diesmal für immer bleiben würde.

Bjarne Reuter

Großvaters Uhr

Strahlendes Sommerwetter. Otto steht im überwucherten Garten seines Großvaters und schaut hinauf in den Kastanienbaum. Plötzlich öffnet sich der Himmel. Wie eine Blüte. Otto würde gerne seinen Vater herbeirufen, damit der auch sehen kann, was an diesem strahlenden Tag passiert, da kommt ein Seil vom Himmel herunter. Ein langes, gedrehtes Seil, so eins, mit dem man Schiffe am Kai festmacht. Es windet sich nach unten, bis es Otto vor der Nase hängt. Ein unglaublicher Anblick. Erst jetzt entdeckt Otto seinen Großvater. Er hält das Seil am anderen Ende fest.

„Noa", sagt Großvater, „Noa, mein Junge." Otto wird von seinem Großvater immer Noa genannt. „Nimm das Seil, Noa." Otto umklammert das Seil. Es schneidet ihm in die Handflächen, als ob es mit Glassplittern übersät ist.

„Meine Hände", schreit Otto, „es tut meinen Händen weh, Großvater. Sie bluten. Ich kann nicht. Es tut mir Leid. Ich kann nicht. Es tut mir Leid."

Er schreit so laut er kann. Kalter Schweiß rinnt ihm über den Körper.

„Otto! Otto, wach auf. Kannst du mich hören?"

Otto erkennt seine Mutter, die am Bettrand sitzt. Im Flur brennt Licht.

„Du bist ja ganz nass, Junge.“ Sie hält ihn an sich gedrückt. Ottos Vater kommt auch herein. Er sieht verschlafen aus und fragt, wie viel Uhr es ist. „Halb vier“, sagt Ottos Mutter. „Hast du einen schlimmen Traum gehabt?“

Otto nickt. Er ist immer noch ein bisschen verwirrt und sieht seinen Vater an, der ihn fragt, ob er wieder vom Großvater geträumt hat. Mutter hält Otto noch immer fest an sich gedrückt, doch Otto macht sich los, schließt die Tür hinter seinen Eltern und kriecht wieder ins Bett. Durch die Wand durch kann er seine Mutter sagen hören, dass es doch allmählich krank sei und dass er es jetzt endlich akzeptieren müsse: tot sei tot. Tot und vorbei. Sein Vater sagt, er sei müde.

Jeden Tag packen sie Sachen ein. Sie alle drei, vor allem aber seine Eltern. Otto hasst Durcheinander. Das schlimmste Durcheinander, das er sich vorstellen kann, ist ein Umzugskarton, der voll gestopft ist. Eine leere Wohnung. Das Haus, in das sie einziehen, ist eigentlich in Ordnung. Es ist groß und schön und sie haben doppelt so viel Platz. Und einen Garten. „Da kannst du dir einen eigenen Kastanienbaum pflanzen, Otto“, hatte sein Vater gesagt.

Im Esszimmer stehen fünf große Müllsäcke. Seine Eltern stopfen Zeug rein, bis sie total voll sind. Otto hasst es, Sachen wegzuwerfen. Eines Nachts ist er aufgestanden, um die Säcke zu durchstöbern. Um sicher zu sein, dass sie nichts weggeworfen hatten, was er auf jeden Fall behalten wollte.

Er steht wieder auf und setzt sich auf die Fensterbank. Es ist schon fast hell. Er sitzt gerne auf der Fensterbank und schaut zu, wie es hell wird. Genau genommen kann man es eigentlich nicht sehen. Manchmal, wenn er bei seinem Großvater zu Besuch war, sind sie früh aufgestanden, um es hell werden zu sehen.

„Es ist ein Wunder, jedes Mal wieder", bemerkte sein Großvater, und dabei hustete er.

Otto schlich in das Zimmer mit der großen Standuhr. Schon seit ewigen Zeiten funktionierte sie nicht. Sie hatten sie letztes Jahr geerbt, als Großvater gestorben war. Aber sie hatten bisher nicht den Schlüssel gefunden, mit der man sie aufzog. Otto schlich ins Arbeitszimmer seines Vaters und öffnete eine Schublade. Darin lagen ein Briefmarkenalbum, eine Lupe, ein Foto seines Großvaters, als er noch jung war, und eine Kiste mit Zigarren. Alte, trockene, schlammfarbene Zigarren der Marke „Caminande". Zwölf Stück insgesamt. Die restlichen hatte Großvater geraucht. Als er noch lebte. Otto mochte es gern, die Zigarren zu riechen. Die Augen zu schließen und einen tiefen Atemzug zu nehmen. Dann stand das Bild vom Großvater sofort vor ihm. Umgeben von dem leichten, trockenen braunen Geruch. Es roch nach einer Hand. Groß und warm, rau und doch weich.

„Otto!"

Er schrak zurück. Sein Vater war auf dem Weg zur Toilette. Nein, nicht jetzt, dachte Otto.

Sein Vater kam ins Arbeitszimmer, schloss die Zigarrenkiste und stellte sie in die Schublade. Er befahl Otto, wieder ins Bett zu kriechen, und zwar ganz schnell.

„Und die verdammten Zigarren ziehen gewiss nicht mit uns um, Otto."

„Papa ..."

„Schlaf gut, Otto. Das haben wir doch längst besprochen. Die Zigarren kommen weg!"

„Du darfst sie nicht wegwerfen. Versprich mir, dass du sie nicht wegwirfst!"

„Ich habe ‚Gute Nacht' gesagt, Otto."

Sein Vater ging auf die Toilette. Otto konnte es plätschern hören. Und wartete geduldig, bis er fertig war. „Du bist noch immer da?", brummte sein Vater.

„Wie ist es passiert?"

„Wie ist was passiert, Otto? Bist du dir bewusst, dass es mitten in der Nacht ist und dass ich ..."

„Wie ist es genau passiert, das mit Großvater auf der Schiffswerft?"

„Herrgott noch mal, Otto." Sein Vater drängte Otto in sein Zimmer und ins Bett zurück.

„Du hast immer gesagt, dass er umgefallen ist und dann tot war. Aber ich hab gehört, wie Mami gesagt hat, dass es vielleicht nicht passiert wäre, wenn er einen Helm getragen hätte. Ich glaube, du redest nur so."

„Ich rede nie nur so. Gute Nacht, Otto."

„Warum dürfen wir nicht darüber reden?"

„Natürlich dürfen wir darüber reden. Großvater ist tot."

„Es ist ihm etwas auf den Kopf gefallen."

„Na gut, etwas ist ihm auf den Kopf gefallen. Solche Unfälle passieren eben auf Werften. Bist du jetzt zufrieden?"

„Was ist ihm auf den Kopf gefallen?"

Papa ging in sein Schlafzimmer und schloss die Tür hinter sich.

Otto starrte die Tür an und wiederholte die Frage bei sich. Der Geruch der trockenen Zigarren hing noch in seiner Nase. Er erweckte ein vergilbtes Bild. Ein herrlicher Sommertag: Otto und sein Großvater sitzen auf der Terrasse. Großvater poliert die Gewichte der großen Standuhr. Der Rauch seiner Zigarre kommt ihm immer in die Augen. Deshalb trägt er seine Schutzbrille fürs Schweißen. „Wenn ich einmal nicht mehr bin, dann bekommst du diese alte Uhr, Noa", sagt er, während er die Gewichte wieder einhängt und den kleinen Zeiger weiterstellt. Er lächelt Otto zu.

Sie lauschen der zittrigen Melodie, die aus der Uhr hallt. Als ob sie ihnen etwas sagen will. Nur ihnen. Vielleicht erzählt sie eine Geschichte davon, was sie gemeinsam haben. Eine Geschichte ohne Worte, nichts als eine kleine, klingelnde Melodie. Danach tragen sie die Uhr in

Großvaters Zimmer. Sie ist schwer. Erst als sie am richtigen Fleck steht, schaut Otto seine Handflächen an. Kleine Blutstropfen sickern aus winzigen Rissen. Großvater holt eine Flasche Jod.

„In Ordnung, Noa?"

„Ja danke, alles in Ordnung."

Auf dem Heimweg von der Schule machte er einen Umweg. Behielt den Himmel im Auge, der aussah, als ob er aus Blei sei. Die Häuser sahen wie Kohlestückchen aus. Ein seltsamer Tag. Er zog den Pullover aus. Die Luft fühlte sich recht warm an. Kurz darauf stand er im Laden des Uhrmachers. Der Zettel lag auf dem Ladentisch. Er hatte den Namen darauf notiert, der auf der Uhr stand: Anton Kehl, 1898.

Otto fragte den Uhrmacher, ob er einen neuen Schlüssel machen könne. Er wusste, dass seine Eltern gesagt hatten, es würde nicht gehen, denn die Uhr sei zu alt und zu selten.

„Alles ist möglich", sagte der Uhrmacher, „wenn du bereit bist, genug dafür zu zahlen. Aber der Schlüssel für eine Kehl-Uhr muss von Hand angefertigt werden. Das ist unerschwinglich."

„Die Uhr hat früher um sechs und um zwölf Uhr ein Lied gespielt."

Das wisse er, sagte der Uhrmacher.

Draußen hatte es zu regnen angefangen. Große, weiche Regentropfen schlugen an das Schaufenster. Als Otto die Ladentür öffnete, schoss ein Blitz über den Himmel. Einen Augenblick lang war eine riesige Kralle aus blauem Neonlicht am Himmel zu sehen. Dann verschwand sie wieder. Otto sah auf die Uhr. Es war spät.

„Hast du es eilig, Noa?"

Die Frau lehnte an der Hauswand. Sie lächelte Otto zu und nahm ihre altmodische braune Kappe ab. Otto betrachtete ihre Kleider, die kurze Jacke und die wollene Hose. Sie trug eine Sonnenbrille, rund, mit dicken Rändern. Die Brille sah fast wie eine Schutzbrille zum Schweißen aus. Oder war die Frau überhaupt ein Mann?

„Kennen wir uns?" Otto nahm seine Hand vor die Augen als Schutz gegen die plötzlich hervorbrechende Sonne. Die Person war weiß, ohne jedoch bleich zu wirken. Nur ihre Lippen hatten Farbe. Eine Farbe, die lebendig aussah. Otto hatte das bestimmte Gefühl, dass er die Person schon mal getroffen hatte. Aber es fiel ihm nicht ein, wann oder wo.

Er ging weiter. Er mochte es nicht, einfach so angesprochen zu werden. An der nächsten Ecke blickte er über die Schulter um nachzusehen, ob ihm die andere Person folgte. Sie tat es nicht. Oder er. Oder was es auch war. Otto schüttelte den Kopf und ging über die Straße. Inzwischen schien wieder die Sonne. Der Gemüsehändler schüttete das Wasser von seiner Markise und in dem Eckcafé wurden wieder Tische und Stühle hinausgestellt.

Otto blieb stehen. Er fühlte sich plötzlich so seltsam. Leer. Als ob er auslaufen würde. Langsam ging er an den Häusern entlang zurück, vorbei an dem Uhrmacherladen, wo er einen Moment innehielt und sich umsah. Der Fremde hatte Noa gesagt. Und es gab nur eine Person auf der ganzen Welt, die ihn jemals Noa genannt hatte.

„Was ist los, bist du krank?"

Otto drehte sich auf den Rücken, sodass er seine Mutter ansehen konnte.

„Nein, ich ruh mich nur aus."

„Du? Ruhst dich aus?"

„Ja, sag ich doch."

„Warum gehst du nicht und packst ein paar von deinen Sachen? Du hast fast noch nichts gemacht. Außerdem wollte ich dich bitten, ob du mir etwas Reis und Lauch kaufen könntest. Machst du das?"

Otto schwang die Beine über die Bettkante und nahm den Geldschein. Seine Mutter legte die Hand auf seine Stirn.

Ärgerlich wiederholte Otto, dass er nicht krank sei. Er ging gerne in den Supermarkt. Es war nett, Leute zu beobachten und zu sehen, was sie kauften. Er ging ohne Umwege zum Reisregal und in die Gemüseabteilung.

„Dein Name ist doch Noa, oder?"

Stocksteif blieb er stehen. Er erkannte die Stimme sofort wieder, ohne sich umdrehen zu müssen. Bemerkte sofort, wie das leere Gefühl wiederkehrte. Der Mann oder die Frau, er wusste es immer noch nicht, war in die Tabakwaren vertieft.

„Woher kennen Sie meinen Namen? Übrigens heiße ich gar nicht Noa."

„Oh, das tut mir Leid. Wie soll ich dich dann nennen?"

Otto starrte zu der Person empor, in deren Sonnenbrille er nichts als sich selbst sehen konnte.

„Kennen wir uns?"

„So viel ich weiß, haben wir uns mal kennen gelernt. In einem Bastelkurs."

Otto entschied sich, dass es eine Frau sei. Er konnte sich nicht konzentrieren, solange er immer darüber nachgrübelte, ob es ein Mann oder eine Frau sei.

„Ich glaube kaum, dass ich je in einem Bastelkurs war", sagte er leise.

„Wir haben Figuren gemacht, aus Kastanien und Streichhölzern."

„Sie spinnen ja."

Otto machte sich rückwärts davon. Zuerst langsam, dann schneller.

Eilig ging er zwischen den Lebensmittelregalen hindurch zu den Kassen, wo er die Tüte Reis und die Lauchstangen auf das bewegliche Band warf. Als er sein Geld hervorsuchte, schaute er sich zum ersten Mal nach der Fremden um. Aber sie war offensichtlich wieder verschwunden.

Das Wechselgeld rollte in die kleine Metallschale. Otto sah der Kassiererin auf den Mund, der sich bewegte. Er klammerte sich an dem Geländer neben ihm fest. Figuren aus Kastanien. Plötzlich hatte er das dringende Verlangen zu weinen. Tiere mit wackeligen Beinen aus Streichhölzern.

Unter dem Baum liegt die Frucht mit der stacheligen Haut, Großvater tritt drauf, damit sie aufplatzt – nicht zu fest und nicht zu leicht. Den ganzen Tag sitzen sie zusammen auf der Bank und machen Kastanientiere, Giraffen, Affen, Bären und Kühe. Eingehüllt in den Rauch von Großvaters Zigarre. In der langsam untergehenden Sonne. In jenem Sommer. Jenem schönen Sommer. Großvaters letzter. Der letzte für ihn und Otto.

Nach dem Abendessen kam Ellinor. Otto war überrascht, obwohl ausgemacht war, dass sie jeden Donnerstagabend kommen sollte. Sie war in derselben Klasse wie Otto und sie teilten eine Leidenschaft: Schach. Gewöhnlich spielten sie Blitzschach, aber nicht jedes Mal. An diesem Abend nicht. Ellinor war gerade zwölf. Seit sie neun war, lief sie als Punk herum. Mit drei Ringen in der Nase, zwei in den Ohren, kurzem grünen Haar und riesigen schwarzen Stiefeln. Außerdem war sie eine fürchterliche Kicherliese und eine tückische Schachspielerin. Vor allem im Endspiel. Otto sagte:

„Gibt es Leute, die weder Mann noch Frau sind?“

„Außer unserem Mathe-Lehrer hab ich noch nie so jemanden gesehen. Mein Läufer geht auf ..."

„Ellinor, ich kann mich heute Abend nicht konzentrieren. Tut mir Leid."

Otto setzte sich auf die Fensterbank.

„Wenn ich umziehen müsste, wäre ich schon lang auf einen Lastwagen aufgesprungen."

„Das ist es nicht. Ich hab mich sogar an den Gedanken gewöhnt. Es ist etwas anderes."

Ellinor meinte, man würde die Pubertät als Ursache für Stress häufig unterschätzen. Otto stellte sich vor, wie sehr er sie vermissen würde, wenn sie fortgezogen waren. Er sah sie direkt an und sagte: „Jemand folgt mir, irgend so ein Idiot, der mit mir redet, als ob wir uns kennen. Es macht mich verrückt."

Ellinor, praktisch veranlagt, fragte, ob es ein Perverser sein könne. Otto wusste nicht genau, was sie meinte, und schlug nun vor, dass sie spazieren gingen.

Es war schön draußen. Otto und Ellinor gingen getrennt, jeder auf einer Straßenseite, damit niemand auf die Idee kam, sie seien ein Paar. Sie wählten immer eine Strecke mit schmalen Straßen, damit sie sich rufend unterhalten konnten. Ellinor rief etwas von einem sizilianischen Eröffnungszug herüber und von Kasparows letztem Spiel, als Otto anhielt und unter einem weißen Fliederbusch stehen blieb. Der Duft der Blüten ließ ihn lächeln.

„Mein Großvater ist immer eingeschlafen, wenn er solche Blüten gerochen hat", rief er. „Zumindest im Juni. Dann stand immer eine Vase mit Flieder auf seinem Nachttisch."

„Redest du immer noch von deinem Großvater?" Ellinor fuhr fort, davon zu erzählen, wie sie einmal auf ein Remis gespielt hatte, obwohl es gar nicht nötig gewesen war. Otto sah sie an. Sie hatte es schwer mit den großen Stiefeln. Vielleicht, weil sie so lange Schritte machte.

„Willst du ihn wiedersehen?"

Otto wandte sich um. Sein Atem setzte fast aus. Woher kam die Stimme? Er musste nicht fragen, wessen Stimme es war, denn das wusste er.

„Reden Sie mit mir? Warum haben Sie das nicht gesagt?" Otto stampfte mit dem Fuß auf.

Ellinor war schon fast an der nächsten Ecke. Ungefähr dreißig Meter weiter.

Die seltsame Person mit der dunklen Schutzbrille stand unter dem Fliederbusch und schälte einen Apfel.

„Du solltest die Zigarren mitnehmen. Er mag sie so."

Unwillkürlich bewegte sich Otto ein Stück zurück.

„Wer sind Sie?", flüsterte er.

„Ich bin einer von denen, die einen Führerschein haben", sagte der Mann, der wie eine Frau aussah. Oder andersrum.

Otto sah verzweifelt in Ellinors Richtung, da verschwand sie gerade um die Ecke.

„Wenn du dich beeilst, dann schaffen wir es gerade noch."

Kam die Stimme aus dem Mund einer Frau? Oder hing sie einfach so in der Luft? Otto trat einen Schritt vor.

„Sprechen Sie von Großvater?", fragte er leise.

Die Schale von dem kleinen runden Apfel lag wie eine Spirale auf dem Boden.

„Holst du sie, Noa?", sagte die Stimme.

Otto rannte los. Erst rückwärts, dann seitwärts und schließlich vorwärts und so schnell er konnte, zurück zu seiner Haustür, die Treppe hinauf, in die Wohnung, wo es nach Abendessen roch, wo der Fernseher zu hören war, wo die Nähmaschine seiner Mutter war und dreizehn Jahre Staub, alles von Otto.

Sie saßen im Wohnzimmer. Er ging in sein Zimmer und schloss hinter sich die Tür. In weniger als einer Minute stand seine Mutter unter der Tür und fragte, was denn mit Ellinor passiert sei. Otto befürchtete, das Gespräch würde so enden wie schon öfters in letzter Zeit: Warum er nie Freunde mit nach Hause brachte, warum er nie zu anderen ins Haus ging, warum er nicht Sport trieb. Und jedes Mal schloss seine Mutter: „Es ist jetzt ein Jahr her, Otto."

„Ich finde, Ellinor hat ziemlich schlechte Manieren. Aber das kommt vielleicht, weil sie ein Punk ist." Seine Mutter stieß die Tür auf, damit Otto in den Flur sehen konnte. „Schließlich haben wir einen Abfalleimer im Haus." Mit verschränkten Armen blieb seine Mutter stehen. „Das Fräulein muss seinen Abfall nicht auf den Teppich fallen lassen."

Otto starrte auf den beigefarbenen Kokosläufer, auf dem die Apfelschale in Form von einer Spirale lag. Mutter nahm die Schale auf und brachte sie in die Küche. Währenddessen ging Otto an die Schublade im Schreibtisch seines Vaters, nahm die Zigarrenkiste heraus und versteckte sie unter seinem Anorak. „Was soll das alles?", flüsterte er zu sich selbst, als er aus der Haustür trat. Zehn Minuten später war er an der Hecke unter dem weißen Flieder. Wo natürlich keiner zu sehen war. „Hallo! Ist da jemand?", rief er. „Ich bin's, Otto."

Er drehte sich blitzartig um, als hinter ihm das Auto mit einem Seufzer anhielt. Es war grau und Otto kannte die Marke nicht. Die Person im Fahrersitz dagegen kannte er sehr wohl.

Der Rücksitz ist weich, fast zu weich. Ein eigenartiger Duft hängt im Wagen, süßlich und gleichzeitig scharf, ein Geruch, von dem einem schlecht wird, ein ranziger Geruch. Schon fahren sie los. Das Auto fährt ziemlich schnell. Erst jetzt bemerkt Otto, dass zwischen ihm und dem Fahrer eine Trennscheibe ist. Sie fahren an einer großen grünen Wiese vorbei, über der sich der Himmel lavendelblau wölbt. Hunderte von fremdartigen Tieren weiden im Gras. Rotbraune Tiere mit weißlichen Bäuchen auf dünnen, wackeligen Beinen. Riesige Kastanientiere.

Plötzlich hält das Auto an. Die Tür wird geöffnet. Oder öffnet sich von selbst. Kalte, feuchte Luft umgibt ihn. Luft, die stark nach Rost und Öl, Gummi und Meer riecht. Das Wasser zwischen der Straße und der Werft ist pechschwarz.

Ein kleines Schiff kommt auf sie zu. Als ob ihm plötzlich etwas einfällt, streckt er seine Hand nach dem Fahrer aus. „Du darfst mich nicht berühren, Noa." Eine Minute später sitzt Otto in dem Motorboot hinter einem älteren Mann im blauen Overall. Sie fahren in ein großes Dock, vorbei an einem riesigen rostbraunen Schiff, auf das gerade ein Name gemalt wird. F E O ... kann man schon lesen. Der Maler steht auf einer Art Schaukel. Er pfeift eine Melodie, die durch die trichterartige Einfahrt hallt.

„Gib Acht auf den Kran, Noa", sagt der Mann im Boot und zeigt nach oben.

„Gib Acht auf den Kran, Noa", hallt es durch das Dock wie von hundert Männern mit tiefen Stimmen.

Der große Kran schwenkt einwärts über den Bug des Schiffes: Eine schwere Kiste hängt an dem glänzenden Drahtseil. Der Kran sieht genau wie eine Art Eidechse aus, die eine große Kiste im Maul hält. Das Boot legt an. Otto sieht in das schwarze Wasser, das unnatürlich schimmert.

„Warum sieht das Wasser so seltsam aus?", fragt er den Mann, der mit dem Rücken zu ihm sitzt.

„Öl", antwortet er. „Öl ist ausgelaufen. Ein Unfall."

„Öl. Öl ist ausgelaufen. Ein Unfall", hallt es von allen Seiten … Wie ein Chor.

„Was soll ich tun?", ruft Otto.

„Folge dem Kran", erwidert der Mann, der mit dem kleinen Boot davonfährt.

Otto umklammert die Zigarrenkiste und geht los. Er starrt hinauf zu der schwarzen Silhouette des riesigen Krans.

Plötzlich bleibt er stehen. Eine Flamme leuchtet auf im Dunkel. Übergroße Schatten von Männern, die auf dem Bug des Schiffes herumlaufen, bringen alles in Bewegung. Eine Sirene fängt an zu jaulen. Otto starrt die Arbeiter in den blauen Overalls an, die überall herumlaufen. Erst jetzt bemerkt er, dass das Wasser brennt. Auch er fängt an zu laufen. Immer im Kreis. Wie durch ein Labyrinth. Das Wasser brennt. Hier und da steigen dicke blaue Rauchsäulen auf wie Windhosen. Motoren, die angeschmissen werden, heulen auf. Otto geht über eine Art Persenning. Das Material gibt nach und er kommt nicht voran. Er schaut nach oben, wo die Spitze des Krans vom Rauch halb verborgen ist. Aber die Kiste, die Kiste an dem dicken Stahlseil hängt noch über dem Dock. Otto sieht seine Handflächen an, die blutig sind. Das Blut kommt aus winzigen Rissen. Plötzlich taucht jemand zwischen dem Schiffsbug und der hohen Mauer aus Containern auf. Wie sich der Mann bewegt. Otto blinzelt und schüttelt langsam den Kopf hin und her.

„Großvater", flüstert er.

„Was um Himmels willen machst du hier?"

Er sieht hoch in Ellinors bleiches Gesicht. Auf Ellinors grünes Haar. Er lag unter dem Fliederbusch auf dem Boden.

„Hast du angefangen zu rauchen?"

„Zu rauchen?"

Sie nahm die Zigarrenkiste aus seiner Hand.

„Unglaublich dämlich, Otto. Zigarren, Mann!"

Er schüttelte den Kopf und betrachtete seine Handflächen.

Ellinor sagte, dass einem von solchen Zigarren schwindelig werden könnte. Otto fragte sie, ob sie auch ein graues Auto gesehen habe.

„Los, Kopf zwischen die Knie. Du bist bleich wie eine Leiche."

Ellinor hatte was von einem Feldwebel an sich und Otto hielt es für besser zu gehorchen. Sie sagte, plötzlich sei ihr aufgefallen, dass er nicht mehr da war.

„Da bin ich zurückgekommen und hab dich hier gefunden, wie du ein Nickerchen machst. Vielleicht ist es auch Blutarmut. Du zitterst ja am ganzen Leib, Otto."

Otto murmelte, es sei wohl besser, wenn er nach

Hause ginge. Ellinor begleitete ihn den ganzen Weg. Diesmal auf derselben Straßenseite. Sie standen vor dem Eingang zum Treppenhaus beieinander.

„Lass es lieber, solche Zigarren zu rauchen. Du riechst total danach."

„Ich hab nicht geraucht", sagte Otto tonlos.

Ellinor trat einen Schritt zurück. „Man kann es eine Meile weit riechen. Tschüss."

Sonntag. Sie fuhren zu dem neuen Haus an der Küste. Maler und Tischler hatten vierzehn Tage lang dort gearbeitet. Otto folgte seiner Mutter von Zimmer zu Zimmer. Sie sagte, sie sei begeistert von dem Licht. Das Licht, das in geometrischen Mustern auf den leeren Boden fiel. Sein Vater sprach mit einem Landschaftsgärtner, der sich mit Bambushecken auskannte.

Im Obergeschoss öffnete seine Mutter die Tür zu einem großen Zimmer mit Blick aufs Meer. Es enthielt einen großen alten Schrank und einen Korbstuhl, der etwas jüngeren Datums war. An der Wand hing ein ovaler Spiegel mit einem alten Goldrahmen.

„Schön, was, Otto? Doppelt so groß wie dein altes Zimmer. Und genau das Richtige für dich, wo du doch so gerne auf der Fensterbank sitzt! Du wirst schon sehen, du findest sicher ein paar Freunde hier in der Gegend. Es wird höchste Zeit, dass du wieder Anschluss findest."

Papa rief etwas aus dem Garten. Seine Mutter ging

nach unten. Otto zählte die Stufen. Achtzehn insgesamt. Es war in der Tat ein schönes Zimmer. Aber lieber hätte er auf andere Häuser gesehen, auf Schornsteine und Läden, auf Leute in gemütlichen Wohnungen; auf seltsame Art war ihm der Blick auf Wälder und das Meer zu sauber. Wie ein Schachbrett ohne Schachfiguren. Ohne Uhr. Er ließ seinen Rucksack auf den nackten Boden gleiten. Seine Schultasche, die das Reiseschachbrett mit magnetischen Figuren enthielt, seinen Walkman und die Zigarrenkiste. Er hatte einen Plan. Einen Plan, der es erforderlich machte, die Zigarrenkiste hier im Haus zu verstecken. Damit sie während der großen Ausräumaktion vor dem Umzug nicht verschwand.

Er drehte sich um und sah sich in dem Spiegel mit den blinden Flecken im Glas an. Ich habe rote Wangen, sagte er bei sich. Ellinor hatte nach seiner neuen Adresse gefragt, aber er hatte sie ihr noch nicht gegeben. Er hatte nichts gegen ihre Gesellschaft, aber es war ihm einfach lieber allein zu sein. Er ging auf den Spiegel zu und schreckte plötzlich zurück. Begann schneller zu atmen. Der fremde Mann stand hinter ihm. Oder die Frau. Hinter ihm oder im Spiegel.

Es war, als ob Ottos Füße angenagelt seien, er konnte sich nicht umwenden.

„Du entscheidest, Noa."

„Gehen Sie weg."

„Im Ernst?"

„Was wollen Sie von mir?"

„Dein Großvater hat etwas für dich."

„Mein Großvater ist tot. Warum wollen Sie das nicht verstehen? Er ist tot. Über ein Jahr schon."

„Ein Jahr, zwei Monate und fünf Tage."

Der Fremde steckte die Hände in die Tasche. Otto machte einen weiten Bogen um diese Person und ging zur Tür. Achtzehn Stufen hinunter. In den Garten, wo seine Mutter bei seinem Vater stand. Sie lächelten. Fragten, ob er mit ihnen zum Wasser käme. Otto sagte nichts und blickte wie abwesend zu dem großen Holzhaus mit den hohen, schmalen Fenstern. Fand sein eigenes Fenster, an dem ein Schatten über der Fensterbank lag.

„Den alten Spiegel kann ich nicht leiden", sagte er.

„Na, dann hängen wir ihn woanders hin."

„Ich finde, ihr solltet ihn rausschmeißen."

„Otto, was ist los mit dir?"

„Jetzt. Sofort. Ich finde ihn gräßlich. Wenn ich tatsächlich das Zimmer in dem schrecklichen Haus nehmen muss, dann nehmt wenigstens den Spiegel raus. Sofort."

„Du meine Güte, Junge", lachte Mami verblüfft.

Ottos Vater legte den Arm um ihn und zog ihn ins Haus.

„Wenn du ihn da nicht willst, dann nehmen wir ihn weg."

Sie gingen die achtzehn Stufen hinauf. Sein Vater öffnete die Tür zu Ottos Zimmer. Otto blieb im Flur. Hörte, wie sein Vater den Spiegel von der Wand nahm. Er kam damit aus dem Zimmer. „Ist seine Lordschaft nun zufrieden?"

An seinem Vater vorbei sah Otto in das Zimmer. Die Sonne stand jetzt so tief, dass sie genau auf die Wand schien, an der man klar und deutlich den Schatten eines Mannes sehen konnte.

„Da drin ist jemand", flüsterte Otto.

„Wo drin?"

„In dem Zimmer."

Sein Vater grinste ihm zu und stieß die Tür weit auf. In dem Moment verschwand der Lichtschein.

„Ich kann keinen sehen. Glaubst du, es geistert hier?"

„Nein, es geistert nicht", murmelte Otto, der nie an Gespenster geglaubt hatte.

Der ovale Spiegel lehnte jetzt im Flur an der Holztäfelung. Otto konnte den Fremden darin sehen. Dann musste er oder sie im Schlafzimmer seiner Eltern stehen. Sein Vater sagte etwas. Zumindest bewegte sich sein Mund.

„Wir machen einen Spaziergang an den Strand. Kommst du mit, Otto? Kannst du mich hören?"

Otto sah zu Boden und schüttelte den Kopf. „Ich bleib hier. Übrigens, das mit dem Spiegel ist nicht so wichtig."

Sein Vater lachte und schlang die Arme um ihn. Sagte, dass er einen Sohn habe, der den Menschen Rätsel aufgab. Otto schlang die Arme um den Hals seines Vaters. Und er sah, wie die fremde Person nickte und lächelte. Als ob es ihr gefiele.

„Vater, was ich fragen wollte …"

„Ja, Otto?"

„Kannst du mir nicht sagen, in ganz einfachen Worten, wie Großvater genau umgekommen ist?"

„Ach Otto. Warum fängst du immer wieder damit an? Ich hab es so satt. Du solltest die Sache mit deinem Großvater vergessen. Kommst du mit an den Strand? Da kriegst du ein bisschen frische Luft."

Otto wiederholte seine Frage.

Und Ottos Vater antwortete. Er wandte sich um, streckte die Arme aus, seufzte und sagte: „Es war ein Unfall. Auf der Schiffswerft. Ich glaube, es hat damit angefangen, dass Öl ausgelaufen ist. Alle haben versucht, wegzulaufen, aber überall waren Flammen. Und giftige Dämpfe."

„Das Wasser brennt", flüsterte Otto.

„Ich weiß eigentlich nicht, wie es genau passiert ist. Vielleicht hat Großvater ebenfalls versucht, wegzukommen. Aber als das Feuer gelöscht war und man nach Überlebenden suchte, da fanden sie ihn. Man sagte uns, dass ihm wahrscheinlich was auf den Kopf gefallen war. Weißt du, er trug nie einen Schutzhelm."

„Er ist noch immer dort", flüsterte Otto vor sich hin. „Der arme Großvater ist noch dort. Er kann nicht weg."

Und Otto setzte sich auf die Fensterbank und sah seinen Eltern nach, die zwischen den Bäumen verschwanden. Ein graues Auto hielt vor dem Haus. Otto nahm seinen Rucksack und ging die achtzehn Stufen zur Haustür hinunter.

Er starrt durch die Windschutzscheibe. Entweder ist es nebelig oder sie fahren durch einen Tunnel, der wie ein dreidimensionales Spinnennetz ist. Vielleicht, denkt er, bewegen wir uns überhaupt nicht vorwärts. Der Motor macht gar kein Geräusch, er spürt weder Unebenheiten noch das Vibrieren und komischerweise fahren sie die ganze Zeit geradeaus. Sie sitzen einfach da. Während draußen etwas vorbeiflitzt.

Plötzlich öffnet sich die Tür. Otto steigt aus und hat das gleiche Bild vor Augen wie das letzte Mal. Alles ist gelb und schwarz. Das kleine Motorboot schaukelt auf dem brennenden Wasser. Sie haben es jetzt eilig. Otto sieht hinauf zu dem Maler, der immer noch damit beschäftigt ist, den Schiffsnamen aufzumalen. Inzwischen steht da F E O D … Menschen laufen aneinander vorbei, ohne sich richtig wahrzunehmen. Otto kann sehen, wie der Kran herumschwenkt und sie hängt direkt über dem Dock. Die Kiste an dem Stahlseil. Otto fängt an zu laufen. Eine ganze Gruppe von Menschen kommt auf ihn zu. Dicke Rauchwolken steigen auf wie Windhosen. Otto bleibt stehen und sieht seinen Großvater in seinem abgetragenen Overall. Er steht da, als ob er monatelang auf diesen Moment gewartet hat. Ein Jahr, zwei Monate und fünf Tage. Als ob seine Füße festgenagelt wären. Aber Otto muss den Kran die ganze Zeit im Auge behalten, den Kran mit der großen schweren Kiste und das Drahtseil, an dem die Flammen wie Schlangen hochzüngeln.

„Großvater."

„Leg sie dort auf den Boden, Noa."

„Aber Großvater, ich ..."

Otto sieht seine Handflächen an, die wieder anfangen zu bluten.

„Schnell, mein Junge. Ich kann nicht mehr lange hier stehen bleiben. Ich hab was für dich. Versprochen ist versprochen."

Otto kramt in seinem Rucksack herum. Als das Geräusch von einem reißenden Stahlseil das Dock durchschneidet. Das Seil ist durchgeschmort. Genau in der Mitte. Eine Sekunde lang scheinen die Sirenen zu schweigen. In dieser Sekunde starrt Otto die schwere Kiste an, die in freiem Fall durch die Luft saust. Wie ein riesiger Würfel, der sich ständig dreht.

„Die Kiste", ruft Otto seinem Großvater zu. Sie blicken sich an. In der einen Sekunde. Leben und Tod treffen aufeinander. Zeit und Ort.

„Was machst du denn, Otto?"

Er sah auf zu seiner Mutter, die mit einem Strauß Johanniskraut bei ihm stand. Er selbst war auf Händen und Knien und sammelte die kleinen magnetischen Schachfiguren ein, die auf dem ganzen Boden verstreut waren.

„Sie sind mir runtergefallen."

„Runtergefallen? Du hast in der Erde herumgewühlt. Ist irgendwas los, Otto? Nach was riechst du bloß?"

„Nach nichts." Er wich drei Schritte zurück, doch seine Mutter folgte ihm. Papi saß schon im Auto und hupte ungeduldig.

„Hast du etwa geraucht?"

„Natürlich nicht."

„Deine Kleider riechen nach Rauch."

„Dann liegt das an dem Haus."

Sie warf ihm einen Blick zu, voller Misstrauen, als wollte sie sagen: Ich geb nicht auf. Ich werde schon noch rausfinden, was du angestellt hast.

Er sah Ellinor im Lesesaal der Bücherei wieder. Rein zufällig saßen sie sich beide mit großen Atlanten gegenüber. Otto ließ den Blick über den schönen Lesesaal wandern, über die Hängelampen, die grün bespannten Tische, die Bücher, die Rücken an Rücken in den Regalen standen.

„Ellinor", wisperte Otto. „Du kannst doch was für dich behalten, nicht?"

Ellinor antwortete, sie sei doch keine Tratschtante.

Otto legte seinen Atlas beiseite und sah sie an. „Manchmal werde ich von einem merkwürdigen grauen Auto abgeholt, von einer seltsamen Person, einer Mischung aus Mann und Frau. Ich weiß nicht, ob sich das Auto fortbewegt oder ob sich vielleicht die Dinge um das Auto bewegen, doch dann bin ich plötzlich auf der Schiffswerft meines Großvaters. An dem Ort, wo er umkam. Ich habe seine Zigarren bei mir. Das ist schon alles. Glaube ich. Du bist die Einzige, der ich es zu erzählen wage. Werd ich vielleicht verrückt? Ich glaube, ich hab inzwischen schon fast Angst, allein zu sein."

Ellinor sah sich um. „Halt den Kopf unter kaltes Wasser. Und die Handgelenke. Du bist auf jeden Fall nicht der Einzige.

„Nein?"

„Letzten November war ich völlig verrückt nach Geckos, du weißt schon, Echsen. Ich bin schlafgewandelt. Sehr unangenehm. Wir haben so etwas in uns. Wir meinen, dass wir nur aus Fleisch und Blut sind, mit einem Blumenkohl-Kopf und einem Gedächtnis. Aber ich sag dir, Otto, es ist noch mehr. Viel mehr. Viel Furcht erregendere Sachen. Viel tiefer."

„Ehrlich gesagt", meinte Otto und schüttelte den Kopf langsam von einer Seite zur anderen, „ich glaube, es ist was Anderes. Weißt du, die Zigarren, die bedeuten etwas. Sie sind eine Art Pass oder so etwas."

„Vielleicht willst du heimlich rauchen."

„Auf keinen Fall. Aber sie erinnern mich an ihn. Meinen Großvater. Der Geruch. Ich bin fast süchtig danach."

„Na, dann werd die Sucht aber lieber wieder los. Es wird doch alles viel zu viel."

Otto nickte.

„Ich glaube, ich weiß auch wie", sagte er. „Ich habe einen Entschluss gefasst. Ich hab sie in einen der großen Müllsäcke daheim geworfen. Wo wir alles reintun, was wir nicht mitnehmen wollen. Jetzt habe ich nichts mehr, was sie von mir wollen. Und jetzt müsste es auch mit der seltsamen Person in dem grauen Auto vorbei sein. Es war nicht leicht, aber ich hab's geschafft. Heute werden die Säcke abgeholt."

„Perfekt", sagte Ellinor. „Im letzten Spiel musst du ihnen zeigen, wer wirklich der Boss ist."

„Ich hab nur das Gefühl, dass ich ihn enttäuscht habe." Otto legte den Kopf auf den Tisch.

„Deinen Großvater?"

„Ja, meinen Großvater. Er wollte die Zigarren so dringend."

„Vielleicht", meinte Ellinor, „vielleicht braucht er die Zigarren, um weiterzuziehen."

Otto sah sie an. Ellinor erklärte: „Vielleicht sitzt er fest."

„Festsitzen – wie meinst du?"

„Na ja, ich weiß ja nicht, was bei euch los ist. Ich hab meine eigenen Probleme. Aber vielleicht kann er nicht weiter. Vielleicht fehlen ihm seine Zigarren. Ein Auto fährt nicht ohne Benzin und eine Uhr muss aufgezogen werden."

Otto starrte sie an. Dann stand er auf.

„Ellinor", sagte er schnell, „du bist super, einfach super."

„Bitte keine Lobeshymnen."

Er rannte. Es waren höchstens ein paar Kilometer von der Bücherei nach Hause. Aber es konnte hier um Minuten gehen, vielleicht sogar um Sekunden. Um die Ecke. Seine Füße auf dem Asphalt. Ich komme, flüsterte er vor sich hin, ich komme. Ich werde auf jeden Fall rechtzeitig da sein. Der Lastwagen stand vor ihrem Haus. Blauer Rauch kam in kleinen Stößen aus dem Auspuff, wie kleine Huster.

„Warten Sie", schrie er. „Warten Sie!" Er entdeckte seine Mutter auf dem Gehweg.

Otto spürte den Schmerz in seinen Lungen und seinen Schenkeln. „Warten Sie", schrie er, während er auf die Höhe des Lastwagens kam.

Der Mann hinter dem Steuer starrte ihn an. Jetzt trat seine Mutter dazu. Fragte, was um Gottes willen los sei. Mit Otto. „Ein Missverständnis", keuchte Otto. „Tut mir Leid, aber ich muss …"

Der Mann sagte, er habe noch andere Dinge zu tun. Da kletterte Otto schon auf die Pritsche. Mindestens fünfzig graue Säcke lagen da herum. Es war der Sperrmüllwagen. Mit einem Haufen von altem Müll. Seine Mutter befahl ihm herunterzukommen und der Fahrer, der sehr verärgert war, stieg aus der Fahrerkabine.

„Was suchst du denn, Otto?"

Otto steckte seinen Kopf schon tief in einen grauen Sack. Der falsche.

„Komm runter, Junge." Der Mann war jetzt selbst so weit, auf die Pritsche zu klettern, um Otto herunterzuholen. Da entdeckte Otto die Kiste. Er konnte sie durch die Plastikhaut gut erkennen und schüttete den Sack aus. Jetzt hatte ihn der Mann erreicht. Er war wütend.

„Komm runter, Otto", rief seine Mutter erneut. Der Mann packte Otto in dem Moment beim Kragen, als dieser das graue Auto erblickte, das still von der anderen Straßenseite auf sie zugerollt kam. Otto klaubte die Zigarrenkiste aus dem Müll. Und sprang auf den Gehweg. Landete genau vor den Füßen seiner Mutter, die ihn verständnislos anstarrte.

„Das ist unhygienisch", sagte sie.

Otto nickte. „Das ist es vielleicht", sagte er. „Aber es ist fast vorüber."

Der Sperrmüllwagen fuhr davon. Otto sah, wie seine Mutter hinter der Tür verschwand und ging auf das graue Auto zu.

Unterwegs hält er die Augen geschlossen. Hält die Zigarrenkiste und versucht sich auf das vorzubereiten, was ihn erwartet. Redet sich ein, dass es schon alles klappen wird. Auf der Schiffswerft ist inzwischen totale Panik ausgebrochen. Krankenwagen, Feuerwehr, Hilfskräfte, die zwischen den verletzten Werftarbeitern herumlaufen. Jeder starrt auf die Flammen. Otto geht über den Bug des Schiffes zu der halb verbrannten Schaukel, auf der noch vor kurzem ein Maler stand und den Namen des Schiffes aufmalte. Der Kran taucht über Ottos Kopf auf. Das Drahtseil brennt.

„Noa."

Otto bleibt stehen, sieht seinen Großvater an, der am gleichen Fleck steht wie vorhin. „Großvater", flüstert er. „Gib auf die Kiste Acht, sei vorsichtig, Großvater."

Otto sagt es, obwohl er weiß, dass es nichts bewirkt. Dass es kein Entkommen gibt.

„Stell die Zigarrenkiste da hin, Junge." Otto legt sie ihm vor die Füße. Jetzt reißt das Drahtseil. Mit einem sehr lauten Knall. Aber etwas rollt über den weichen, blasigen Asphalt, etwas, das wie Kupfer schimmert und wie Metall klingt. Otto hebt den Schlüssel auf und alles verschwindet in einer schwefelfarbenen Rauchwolke.

Die Wohnung war jetzt fast leer. Vater putzte das Badezimmer, während Mutter die Kleider packte. Jetzt warteten sie nur noch auf die drei Umzugsmänner, die die letzten Sachen abholen würden. Die Stereoanlage, den Fernseher und die Standuhr mit den Zeigern, die sich nie bewegten.

Otto geht herum und sagt zu allem Lebewohl. Nicht zuletzt zu dem Licht und den Schatten auf der Wand. Schließlich öffnet er das quadratische Fenster und steckt den Kupferschlüssel in die alte Uhr. Dreht ihn achtmal um. Ganz herum und ganz herum.

Die alte Uhr stöhnt und knackt. Dann fängt sie an, tick-tack, tick-tack, tick-tack, tick-tack. Er bewegt die Zeiger so, dass sie in derselben Position sind wie die auf seiner Armbanduhr.

Otto steckt den Schlüssel ein.

Kurz darauf stehen die drei Umzugsmänner in der Tür. Sie schwitzen, sehen aber freundlich aus. Sie heben die Uhr an und tragen sie ganz vorsichtig nach unten.

„Achtung", sagt Otto, „man kann sich an den Seiten schneiden."

Auf dem Weg nach unten schlägt die Uhr zwölf und spielt eine kurze zittrige Melodie.

Im Badezimmer hebt sein Vater den Kopf und im Schlafzimmer legt seine Mutter erschrocken die Hand vor den Mund.

Doch Otto setzt sich auf die Fensterbank.

Es ist ein schöner Sommertag. Ein Seil kommt vom Himmel herunter. So sollte es sein. Es wird immer dahängen wie das Seil einer Kirchenglocke. Nicht weniger und nicht mehr. Otto springt von der Fensterbank und zieht einen kleinen Briefumschlag aus der Tasche. Geht zum Briefkasten und sieht, wie der Brief verschwindet.

„Liebe Ellinor, wir sind heute umgezogen. Ich mag unser neues Haus. Ich finde, du solltest mal zu Besuch kommen. Wie du siehst, hab ich eine kleine Kastanie beigelegt. Sie fühlt sich gut an in der Hand.

Viele Grüße, Otto.

PS: Mein neues grünes Haar finde ich auch stark."

In eurer Umgebung gibt es genügend Bücher: daheim, in der Bücherei, im Buchladen. Jede Menge zur Auswahl.

Aber das ist nicht überall so. Es gibt viele Länder auf der Erde, in denen es nur ganz wenige Kinderbücher oder sogar überhaupt keine Bücher gibt. Aber es ist ganz wichtig, dass auch die Kinder solcher Länder die Gelegenheit erhalten zu lesen. Wer Geschichten liest, bekommt doch eine Ahnung davon, was in der Welt los ist. Man liest über andere Leute, andere Vorstellungen oder andere Kulturen. Wer viel liest, versteht das Auf und Ab in der Welt immer besser.

Aus diesem Grund wurde die IBBY (*I*nternational *B*oard on *B*ooks for *Y*oung People – Internationale Kommission für Bücher für junge Menschen) gegründet. In der IBBY sind Autoren, Illustratoren, Übersetzer, Bibliothekare, Verleger und Buchhändler aus über fünfundsechzig Ländern organisiert. Dieser Verband möchte gerne sicherstellen, dass so viele Kinder wie irgend möglich auf der ganzen Welt die Chance bekommen, schöne und unterhaltende Bücher zu lesen.

Daher unterstützt die IBBY zum Beispiel einen kleinen Kinderbuchverlag in Ruanda, in einem Land also, in dem lange Zeit Krieg herrschte. Deshalb regt die IBBY Leseprojekte an und stiftet Preise dafür, etwa im Libanon, wo Kinderbücher sogar bis in die Luftschutzräume gelangten. Die IBBY bietet auch Kurse für Bibliothekare und Verlagsleute an, zum Beispiel in Bulgarien, damit auch dort gute Kinderbücher verlegt und gelesen werden können.

Alle zwei Jahre vergibt die IBBY den Hans Christian Andersen-Preis – die wichtigste Auszeichnung in der Welt der Kinderbücher – an einen Autor und einen Illustrator. Die meisten Autoren, die eine Geschichte zu diesem Band beigetragen haben, waren irgendwann einmal für diesen Preis nominiert oder haben ihn sogar gewonnen.

Wenn die IBBY ihre Aufgaben wirkungsvoll erledigen will, dann braucht sie dafür Geld, und zwar eine Menge Geld. Aus diesem Grund wurde dieses Buch verlegt.

Halt, wartet! Erstens haben wir dies Buch natürlich herausgebracht, weil wir haarsträubende Gruselgeschichten lieben, und wir hoffen, dass ihr das auch tut.

Zweitens aber geht ein Teil des Gewinns von jedem verkauften Exemplar dieses Buches an die IBBY, damit der Verband noch umfassender und wirkungsvoller arbeiten kann. Und vielleicht wird die IBBY eines Tages ihr großes Ziel erreichen: wunderbare Bücher für jedes Kind in der ganzen Welt.

Rindert Kromhout